この国は誰のもの

クヴィスリングのいけにえ

草薙 秀一
Shuichi Kusanagi

本の泉社

この国は誰のもの　―クヴィスリングのいけにえ―

〈目次〉

第1章 激突

一九七X年、九月下旬。十三時十分頃、米軍機が墜落した。K県Y市M区の閑静な住宅街が噴火山と化した。全長約二十メートル、重量二十七トンの機体が時速約五百五十キロメートルで地をえぐり、アスファルト道路に四メートルもめりこんだ。半径数キロの大地が揺さぶられた。爆煙は無数の矢の勢いで天を刺し、地を払った。続けて密生した森林の塊のように黒く湧きあがって渦巻き、空を覆った。瞬間、一帯は真っ暗になった。米軍機の胴体に満載したジェット機燃料が数千度の火焔放射となって大地をなめ、家屋を、立木を、人を火だるまにした。

事故機はA基地から千葉県野島岬沖洋上の米国海軍第七艦隊空母ミッドウェーに向かっていた。通称ファントムと呼ばれるジェット戦術偵察機RF4Bだった。重軽傷者九名。全・半焼家屋それぞれ三棟で合計六棟。周辺家屋三十数軒がガラス窓、屋根に被害をこうむり、自動車十数台に損傷があった。

炎上した家屋周辺は、焼け焦げ破砕されたエンジン部分や車輪、翼に無数の金属片で埋めつくされた。

「皆、早く来ないと焼けすぎてしまうぞ」

秋吉豊は炭火で焙った網上の肉や野菜を菜箸でひっくり返しながら庭先から呼びかけた。ガラス戸を開け放った居間の縁側から一番に飛び出して来たのが中学二年生の光だった。

「お兄ちゃん。私が先に味見するんだから」

小学二年の翔子が黄色い声をあげて続いた。

「なんだよう。俺はバーベキューセットを準備したり、炭火を熾したんだからなあ。だからお前は当然俺のあと」

光は両手をひろげて翔子をさえぎるジェスチェアをする。

「私だって、お母さんと一緒に野菜や肉を切ったんだからね」

翔子は飛びあがるように光の首筋にしがみつく。翔子は光とは数十センチの背丈の差があって、ぶらさがる格好になった。

「ふたりとも、なんですか。本当はお父さんにほとんど任せきりで食べる時だけはり切ってからに。それをいうならお父さんに一番に食べてもらうのと、ビールでも用意してあげるっていうのがエチケットでしょうが」

秋吉葉子はバーベキューセットの横に設けたテーブルに食器を運びながら光と翔子に小言をいうが、笑みを浮かべている。

「とにかく、今日はこちらに引っ越して来てちょうど一年を迎える新居記念日なんだから、皆でまず乾杯をしましょう」

葉子はコップにビールを注いで豊に持たせ、光や翔子、そして自分の杯にジュースを満たして眼の高さに掲げた。

「こんなひろい庭のある素敵な家と緑いっぱいの環境の街に住まわせてもらって私たちはしあわせです。これもお父さんのおかげだからね。皆で感謝しなくちゃねぇ」

葉子の声は澄んでよく透ったが、最後はすこしくぐもった。豊は待ちかねたようにビールを飲み干し、泡を飛ばした。南向きの庭には四月の陽光があふれ、豊のひろい額は炭火の熱も受けて汗がにじんでいた。

「僕も転校はいやだったんだけど、この街ってきれいだし、景色もいいから今は気に入ってるんだ」

光が感想をもらすと、翔子も続けて「私も学校かわるのいやで泣いちゃったけど、今は友だちもできたし、お母さんが好きなお花作りをしているのを見ていられることがうれしいんだ。だってお母さん、土いじりしている時って、目がきらきらして素敵に見えるんだ。とにかくお母さん、こちらに来て、前より元気できれいになったから、引っ越して来てよかったと思う」

葉子は光と翔子のことばに「ふたりにそういってもらえて母さんうれしいわ」と胸元でそっとコップをにぎりしめた。

「うん、お父さんも皆がそういってくれるとこちらに来てよかったと思っている。まあ、本当に母さんがいうように今日を入居記念日のつもりで、これからますますがんばらなくっちゃなあ」

豊も目を細めてあごをなぜた。

「僕も心を入れかえて、絶対勉強がんばるからね」

「お兄ちゃんは調子がいいんだから。でも私は自分の部屋が出来たのが一番うれしいんだよだなあ」

「そっ、そうなんだよなあ。こいつと一緒の部屋の時は、勉強に集中出来なくてさあ」

翔子のことばに光が両手を強く打って同意した。

「それは、私がいいたかったことだからね」

翔子は思いっ切り唇を尖らせた。

「よしっ。皆の気持ちは確かに聞かせてもらったから、ますます父さんも気合を入れて働くことにするぞ」

豊は腕を曲げ頬近くで拳を固めた。筋肉質な体だったが、特に上腕に力こぶが盛りあがった。

「でも、お父さんには通勤でご苦労をかけて申し訳ないと思っています」

葉子がいうように、以前は豊の通勤時間は三十分程度だったが、転居先のこの街からは一時間半近く要するようになったのだ。それも乗り換えが多くなった。

「いや、俺はこれでも学生時代は陸上選手だったんだから体力には自信があるんだ。昔より早く家を出れば通勤電車も座って本も読めるし、以前はぎゅうぎゅう詰めの地下鉄だったから、今の方が楽かもな」

豊は家族に負担感を抱かせないためにも精いっぱいいらいらくな調子をこめた。豊は実際、午前六時すぎには家を出て始発バスに乗り、私鉄駅から都心近くの会社に出勤する。それを一番に危惧したのは葉子だった。通勤だけで疲れが出てしまわないか、とこの地を選ぶのをためらったようだった。だが、住みはじめると豊は苦にせず、時にはバスにも乗らず約二キロ先の私鉄駅まで駆けてゆくこともあった。葉子は頑丈なその背なかを見送りながら、無理しないでよね、とつぶやく。

「それにしても空の青さも都会とは違うし、周りの景色だって丘陵地帯の高い所にあるから見晴らしがいいし。せまくて窮屈なアパート暮らしだったことを思えば今は天国というものです」

葉子は両手をひろげ、胸をそらせて深呼吸をしてから周りを見まわした。区画された住宅地がなだらかな高低の丘陵地帯にひろがっている。背後の遥か北の方面に鉄塔が一定間隔で続いていた。庭先からすこし下った所に道路があり、それに沿った対面に公園が設けられていた。その遥か遠くを望むとなだらかな傾斜の向こうに都心までの電鉄のミニチュアみたいな電車が見えた。

葉子がもう一度空を見あげると粒のような飛行体が見え、真っ青なキャンパスに白い糸が引かれていた。

「飛行機雲ってきれいわね」

葉子が手かざしをしながらつぶやくと、「ああ、隣りの市に米軍基地があるからね。よく飛んでいるよ」

豊も見あげながら説明した。

「そのA基地近くに住んでいる人たちは、あの飛行機の発着の騒音をめぐって裁判を起こしているそうだよ」ともつけくわえた。その話題はそれっきりになり、とにかく家族一同、バーベキューを楽しむことに集中した。

満腹になると、葉子の花壇作りの話題でにぎやかになった。

約三百平方メートルの敷地の北側半分に新居が建ち、南に面した余地がほぼ葉子の庭造りの場になっていた。道路から数段あがったアルミ柵に囲まれた敷地の入口扉から玄関先まで煉瓦敷きの通路で、両脇にいくつにも仕切られた花壇が設けられていた。

煉瓦で仕切られた花壇は、一区画四平方メートルで通路わきに二つずつ並べられて、春にはすみれやスイセン、初夏にはタチアオイやバラの香りと色彩が目を華やかに射た。盛夏にはヒマワリやダリア、秋になると菊やコスモスなどが花咲いた。

そのために、葉子は季節ごとにせっせと土を入れ替え、それに混ぜる腐葉土などをどっさりと買いこんだ。

「お母さんも土いじりが好きなんだなあ。私なんか手が真っ黒になるし、爪の間に土が詰まって、太いミミズなんかが出てきてさあ、悲鳴をあげちゃうのにね」

翔子があきれたようにいうと、「僕は花より団子で、あんまり興味ないんだけどさあ、お母さんが土いじりしている姿はいいなあって思うんだ。さっき翔子がいったように、団地にいた時と違ってお母さんいきいきしているものね。前よりよく笑うようになったしね」光は串刺しの大きな肉の塊を頬張りながら同調した。

豊は子供たちの感想を耳にして、自分の思いも反芻するところがあった。都心の２ＬＤＫの団地に住んでいた頃、葉子は階段の上り下りの足音や階下の部屋に響く生活音を気にし、また扉ひとつ隔てた密集した近所づきあいにも息を詰まらせていたと思う。その息抜きにと思っても、花を植える空間もなく、コンクリートの壁に囲まれて、ただ家事に専念していたはずだった。だがこの街に引っ越して来てからの葉子は、家族が起き出すまでに朝食を整え、食事を終えて通勤、通学の時間になる頃には軍手をはめ、ちいさなスコップを手にして花壇の脇にしゃがみこんだまま「行ってらっしゃい」と手をふった。豊は葉子のその顔色を見て思わず笑みがもれた。肉づきの薄かった頬がふっくらして、ほんのり朱色が乗ってつやつやとしていた。髪も短くして活動的に映ったし、なにより腰や臀部などの贅肉が落ちて引き締まり、体全体が弾むような印象があった。以前は、団地でのせまい居住空間や人つき合いなどで表情にも精彩がなかった。それと対比して、今は交際していた頃と違わない若やいだ雰囲気があり、豊の通勤路をたどる足どりも軽かった。

「私ね、庭の隅にバラのアーチを作ろうと思うの」

と葉子が提案すると、豊は「よしっ。母さんの成功を祈ってもう一度乾杯だ」と光と翔子にうながした。

「僕らには夏休みに旅行に連れてってくれる約束だもんね」

豊は光のおねだりに、よしっ、とビールを干した。

光の旅行の提案に豊が「いつも海に行くから、今年は山にするか。信州の乗鞍や白馬岳には雪渓があってきれいだし、涼しいぞ」と応じた。

「私、山なんか登りたくない。やっぱり海がいい」

翔子がやはり焼き肉を頬張りながらすねた。

「そうか、そうか。翔子は海派だったな」

豊は光と翔子の顔を見くらべてから、「母さんの意見も聞いてみなければなあ」と葉子に話をふった。

葉子はバーベキューの具材をつぎ足しながら

「ローンの支払いもあるし、そうそう皆の希望を聞いてられないと思うわよ」と子どもたちの盛りあがりに水を差す。

「でもさあ、お父さん、去年昇進して支店長になったっていってただろう」

「そうそう。お給料だってあがったってお母さんいってたじゃない」

翔子も光に追随して甲高い声をあげる。ふたりがいうように、豊は都心近くのT信用金庫の支店長に昇進していた。だからこそ、持ち家を決心したのだ。

「ふたりとも勝手なことをいわないで、これからは家計も締めていかないとだめなんだから、協力してもらわないとね」

葉子がたしなめた。

「なんだ、つまらないなあ。それじゃあ、今年の夏は退屈じゃん」

子どもたちはさらに声を高めた。

そこへアルミ柵越しに西隣の衣川健太が声をかけて来た。

「にぎやかでよろしいですね。うちはまだ子どもが一歳と三歳ですからおとなしいものですわ。もうすこし大きくなったら、うちも庭でバーベキューなんかもしてみたいものです」

三十歳半ばの衣川は首に手ぬぐいを巻き、作業服姿だった。住宅地から離れたところにあるビニールハウスでトマトやイチゴなどの栽培をしているという。昼食のために帰って来ていたのだ。

「どうです。衣川さん、ちょっとやりませんか」

豊が缶ビールを差し出すと、ちょっと迷うようすを見せたが、根が好きなほうなのか、断らなかった。

「一家でにぎやかに楽しめるって理想的な図ですよ」

豊はそのことばに心底しあわせを感じた。


米軍機墜落の知らせが秋吉豊の元に飛びこんで来たのは午後二時すぎだった。

豊はその時、支店長室で長年取引のある中小機械メーカーの社長と面談していた。

「まあ、うちは大手と違って技術だけが勝負ですから。でも、頑固に大手の下請けに甘んじずに、なんとかやって来れたのは、秋吉さんがうちの仕事を見こんで融資してくださったからだと、感謝しております」

五十歳前後の社長が前かがみの姿勢でしきりに頭を下げた。

「この度も、新規の機械購入では本当にお世話になりました。絶対に世界に負けない物を作って秋吉さんの信頼に応えますから」

社長はそこまでいって立ちあがり最敬礼した。

「社長、そんなことしないでください。うちらは大手銀行と違ってちいさな信用金庫ですから、山椒は小粒でもピリリと辛いいい仕事をされる会社を応援して、この町の発展に役立つことが使命でもありますから」

豊が勤める支店はK県をエリアとするK信用金庫の十店舗のうちの一つで職員は八名ほどだった。担当エリアは二市で中小鉄工、機械メーカーに個人商店が多かった。融資額の多寡はあったが、それぞれに堅実な経営がうかがわれ、特に機械メーカーには中小、零細工場が多いのに、世界的に注目される製品を作るところもあった。宇宙望遠鏡のレンズ研磨やロケット部品などを手がける職人を抱え、技術を蓄積していた。豊はそうした人々の仕事と意気をなによりも信頼してきずなを深め、一度も融資をめぐるトラブルなどなかった。対面している社長も先代社長の父親と新規事業で意見衝突しながらも融資を申しこんで来たのだ。豊は彼の企画案、ＮＡＳＡからの依頼だというロケット部品を大手企業から受注して、加工機械の資金が必要だといった時、一緒に賭けてみようと決意した間柄だった。話がまとまり社長と笑顔をかわしている時だった。

支店長室の扉に体当たりするように副支店長の大倉慶が飛びこんで来た。

「し、支店長。ア、アメリカのジェット機が、せ、戦闘機が、墜落して爆発したそうです」

大倉は豊の顔につばきがかかる勢いで叫んだ。豊は大倉が血相をかえている意味が分からず、商談の最中になんだ、と立腹さえ覚えた。

「一体、なに事なんだ。お客様に失礼じゃないか。ノックもせずにいきなり入って来て、訳の分からんことをわめきちらして」

豊は思わず大倉の胸ぐらをつかみかからんばかりに怒鳴ってしまった。直後に、はっと気づいたように社長に向きなおって頭を下げた。

「大変見苦しいところをお見せして、申し訳ありませんでした」

社長も気をとりなおしたようにゆっくりと立ちあがり「いえ、私にかまわず副支店長さんのお話をお聞きください。きっと、よほど急いでお伝えしなきゃならないことが起こったのだと思いますよ」と、豊の剣幕をなだめるようにいった。大倉は蒼白な頬を引きつらせ、紫色になった唇をふるわせている。体を棒状に硬直させていたが、「飛行機が、戦闘機が」とうわごとのようにくり返した。

「ねえ、飛行機がどうしたっていうんでしょうか」

社長が大倉を落ち着かせるようにそっと肩に手を添えた。大倉はそれで大きく息を吸いこんでから再びいった。

「と、とにかくテレビを見てください。支店長のお家が、お宅が大変なことになっています」

豊は大倉の興奮にまだ舌打ちしながら、社長にことわって部屋の隅のテレビのスイッチを入れた。画面中央にアナウンサーが立って解説していた。背後には炎と黒煙があがっていた。火焔と黒煙の現場の街並みが自宅の周辺だとすぐにわかった。それでも自分の家が直接被害を受けているとは思いもよらなかった。だが、画面下のテロップに全身が凍りついた。

『Y市M区緑町三丁目の住宅街に米軍機が墜落し、家屋が全半焼し、重軽傷者は九名で、そのうち衣川咲子さんや秋吉葉子さんら四名の方が重篤の熱傷を負ったということです』

豊は一瞬、空気が失われたように胸を波打たせた。貧血に似た感覚が襲ってきて、床面にそのまま沈みこんでしまいそうだった。ソファの背を必死ににぎりしめて支えた。

「秋吉さん、しっかりして下さい」

副支店長の大倉と社長が豊の背後から両脇を抱える姿勢で耳許に吹きこんだ。

豊はただ目の前が真っ白で全身に力が入らず、嘘だ、これは夢だ、と声にならない叫び声をあげていた。

「おーい。車を用意してくれ」

大倉が開け放った扉の向こうに大声を出した。

「社長さん、あとのことは大倉君に任せましたのでよろしくお願いいたします」

豊がかろうじて契約の話を口にすると、「わかっていますよ支店長、とにかく一刻も早くお帰りにならないと」大倉と社長は声を合わせ、玄関口まで豊の背を押すようにして総務部員の轟寛太の運転する車に乗せた。大勢の職員がそれを見送った。

「業務大変なのに、申し訳ない」

豊は声を絞り出した。

「支店長、そんなこと。それよりできるだけ早く着くようにしますので」

轟は後部座席の豊のようすをバックミラーでたえずうかがっていたが、スピードをあげるにつれて黙って運転に集中した。その代わりにラジオのスイッチを入れ、ニュース番組に合わせた。

豊は若い職員の気配りに感謝した。今はだれとも口を利きたくなかった。ただ現地の状況を知りたいだけだった。だが、ニュースの時間はずれていた。ただ歌とおしゃべりだけが流れていた。

豊は全身を神経にして耳をそば立てていたが、なんの情報もつかめず、のけぞるように背もたれに身を預けた。心臓が踊って細い棒でつつかれているようだった。こめかみの血管がふくれあがり、今にも破裂して血が噴き出すように思えた。眼球もボールみたいに飛び出しそうな圧力を感じた。

支店長室では一瞬に血の気を失ったが、今は全身の血が沸騰し頬が燃えているようで、金魚のように口をぱくぱくさせているのに胸苦しかった。身を持てあまして窓外に目をやると、妄想がふくれあがった。

「重篤」ということばが「危篤」そのものに響いた。葉子に光、翔子の黒焦げの体が目に浮かび、炎につつまれてのたうちまわる姿が胸をかきむしった。葉子、光、翔子が熱いよう。熱いようと絶叫する声が聞こえた。ああ、三人の肌は焼けただれ、いやもしかして溶けてしまっているかもしれない……。

豊は高速道路を走る車から飛び降りたい衝動にかられた。体が一瞬も到着を待てないと、わっと反応してしまう。運転していた轟がそのようすにはらはらしながら、絶えずバックミラーに目をやった。

轟がそっと話しかけてくれたことばが豊をはっとさせた。

「たしか、息子さんと娘さんは今日は学校ですよね」

そうだ！今日はふたりは学校だった。そうだった、と豊ははじけるように身を起こした。一瞬の光明のあと、でも葉子は、葉子だけはやはり火炎地獄に放りこまれたのだ。そう思いなおすと、いっそう我が身も焦がされる苦悶に襲われた。

今朝、早くいつものように弁当を作ってくれた葉子。

豊は詰められたメニューを見て、「母さん、光の学校がはじまると、やっぱり中身が違うな」と軽く嫌味をいった。

「そうかしらね。いつも心をこめて作っているつもりですよ。お父さんも光も大事な家族なんですから、きっとあなたの思いすごしですよ」

　葉子は頬に人差し指を添え唇を突き出していい返した。

「だって光が夏休みの折には、弁当は俺だけの分でよかっただろう。毎日、鮭に卵焼き。それに梅干しが続いたこともあるからな。光の学校がはじまるとこうも違うものかなあと思ってさ。だって今日は焼き肉にウインナーソーセージだろ、焼き魚に卵焼きとホウレンソウ、キャベツにくわえて、ご飯の上は色とりどりのふりかけで飾ってあるんだから。まあ、子ども第一ってのは、別に反対する訳じゃないけどさ」

　豊が笑っていうと、葉子はちょっと舌先をのぞかせて肩をすくめた。その表情に愛嬌があった。耳朶あたりでカットされた髪のせいか若返って見える。微笑むと口元にきゅっとしたこぎみよいえくぼが浮かぶ。

　豊が出勤する折りには花壇脇にしゃがみこみ、「秋の花に植えかえるのよ」と、土いじりの手をとめなかった。都心の団地に住んでいた時には見られなかったいきいきとした瞳と身のこなしだった。

　臀部を包むスラックスが張り切って、腰の周りも引き締まった感じになり、全身がはずむ印象があった。豊は葉子が今の生活を楽しんでいる姿に、この地に引っ越して来てよかったとますますがんばる気になった。バス停に向かう豊に、葉子は門扉の外に出て、土くれで真っ黒になった軍手のまま真っ白な歯を見せて手をふってくれた。その時の笑顔がもう見られない――。

　そんなことがあってたまるか。豊は車の窓枠に何度も頭を打ちつけた。

　通勤している電車の線路が見えて来て、その両側の丘陵地にひろがっている住宅地が目に入って来た。

　そこまで来ると、車のスピードがもどかしくて走り出したくなった。じっと席に座っていると気が狂いそうだった。呼吸が急に荒くなり、空気が足りなかった。吐き気さえ覚えて限界が来た時、車は高速道路を降りて、普段、豊が乗降している駅近くのA病院に着いた。

病院前は報道陣の旗を立てた車でひしめき、黒塗りの高級車が数台も停まっていた。政府関係者のもののようだった。

豊が転げるように車からおりると、被害者の夫だと分かったのか報道陣が殺到して来た。

「秋吉葉子さんのご主人ですね。この度は奥様が大変な目にあわれて、今はどういうお気持ちですか」

数名がわっとばかりにとり囲み、つばきが飛んでくる距離まで顔を近づけ、マイクを突き出した。フラッシュがまばたきする間もなく目を射て、めまいで立っていられないほどだった。

轟が報道陣たちに体当たりする勢いで輪を解いて病院内に導いた。

「なんてやつらだ。支店長はたった今着かれたところで、一刻も早く奥様の容態をお知りになりたいですのに」

ラグビー部に所属していたという体格のよい轟はふらついた豊の体を支え報道陣に毒づいた。普段すこし生意気なところがあって業務上のことで注意を受けると唇を突き出す表情を見せ、「それはですね」といい訳する声も大きい。その若い向こう意気が今は頼もしかった。

Ａ病院は病床が約四十床あり、常勤の医師が三名に看護婦十数名が常時の医療スタッフだった。その日、入院患者が三十名で二十人を超す外来患者がいた。そこへ緊急治療を要する熱傷患者八名が一度に担ぎこまれたため、即座に一般治療は中止された。

八名のうち重傷者は三名で、あと五名が軽傷だった。

もう一名の重篤な被害者だけはＡ病院では手に負えそうにもなく近郊の大学付属病院に運ばれたという。

轟がＡ病院の状況を看護婦から聞いて伝えてくれたが、豊には葉子のことが第一番で、とにかく収容されているという二階ベットに駆けあがった。

病室にはすでに光と翔子がいた。翔子は「お母さん、お母さん」とベット脇で泣きじゃくり、光は直立不動の姿勢で唇をかみしめ拳をにぎり締めていた。

ベットに寝かされた葉子はミイラそのものだった。頭部に胴体、両腕や両脚、すべてが包帯でぐるぐる巻きにされ、さらに厚いバスタオル生地にも包まれ、普段の二倍ぐらいにふくれあがった全身のせいで大きないも虫にも見えた。

かろうじて目がのぞいていたが腫れあがって閉じられていた。それでも豊や光、翔子の声には反応してわずかに頭を動かした。

生きている――。豊はそのことが一気に胸に来て、顔中涙で濡らした。だが子どもたちの前で気丈でなければならなかった。それに目だけでなく、わずかに黒ずんだ唇がのぞいていて、葉子はしきりにことばを発しようとしていた。豊は「しゃべるな。安静に」と叫びたかった。だが翔子と光が必死に聞きとろうとしているのを止めることはできなかった。かすかに「大丈夫よ。大丈夫よ」ともらしているのが理解できた。

豊は虫の息の葉子にこれ以上無理はさせられず、光と翔子を引き剥がすように病室の外に出したが、自分はしばらくただベッド脇に座っているばかりだった。葉子を包んだ真っ白いはずの包帯はにじみ出る体液のせいか黄色っぽく染まっている。それを目にするだけで、火傷のひどさが想像できた。それに黄色い分泌液のにおいは魚の腐敗臭に似て、薬品の化学臭と混じりあいせまい病室内にむせ返っていた。豊は葉子の容体だけが頭にあり、ようやくそのことに気づいた。

豊は葉子の正確な被害状況を知りたくて看護婦にたずねた。看護婦は他の患者にも手がかかるのか、もうすこし落ち着いたら先生から説明がありますからと足早に去っていった。

待っている間、ようやく他の被害者のことに気がまわるようになった。会社に帰るように指示していた轟がまだいて、他の患者の情報を聞いてまわってくれた。その上に、光や翔子にジュースや菓子を差し入れしてくれていることを知って、轟への見方を一新した。

「隣の病室には、衣川健太様の一歳と三歳の息子さんが入院されていて、奥様の咲子様は全身の火傷でこの病院では手に負えないとかで大学病院に転送されたそうです」

　豊は轟の報告を聞きながら、包帯でダルマみたいな葉子の姿に驚いていたのに、この病院で手に負えない火傷なんて想像もつかず、身ぶるいするしかなかった。

　轟には感謝しながら、社に事態の報告をお願いして帰らせた。

　午後四時すぎに、ようやく医師に呼ばれて葉子の容態の説明を受けることができた。五十歳代の関医師は腕組みして豊の顔をひたと見つめた。丸顔で額が後退し、肉づきのよい頬で温厚に見えたが、眉間が険しかった。やがて切り出す声も低く太かった。豊は関から受ける表情や口ぶりだけで息が詰まり、脇の下にじくじくと冷や汗が湧き出て来るのを覚えた。豊は椅子の三分の一にも腰かけない姿勢で関のことばを待った。

「奥さんは全身熱傷度三のやけどです」

　関はまず簡潔に葉子の診断結果を告げた。

「熱傷度、三、ですか」

　豊は診断の程度がすぐに理解できず、おうむ返しになぞった。

「要するに、やけどのうちで一番重度の段階のものだと理解していただきたい」

　関はそういって症状を詳しく説明をはじめた。

　やけどの程度の判断には三段階あるという。まず「一度」は皮膚が赤くなる程度で、要するに皮膚の表面の単なるやけどで、「二度」は水ぶくれができて、すこしずる剥けになったりするものがある。

「問題は」

　関はここから腕組みを解き、太い声に力をこめた。

「奥さんの場合、体表面の約四十％の熱傷で、右半身もそうですが、左半身や左顔面、それに左手部分が特にひどいものです。幸い体表面積の八十％を焼かれた衣川咲子さんや百％のふたりの子どもさんは、非常に危険な状態ですが、それにくらべたら奥さんは重篤とまではいっていません」

　豊は衣川咲子たちの症状にショックを受けたが、やはり葉子がまだ命に別条がないとの関の診立てを聞いて引いていた血の気が戻って来る感覚があった。

「奥さんの場合、事故当時、半袖のTシャツにスカートをはいておられたので、その部分がやけどを避けられてよかったのです。でも、服の燃え滓が焼けた皮膚にこびりついて、ピンセットでひとつひとつ剥がすのに時間がかかり、それに血管が焼けただれ、輸血するのに難儀しまして静脈を切開して処置しました」

豊は聞いていて耳をふさぎたかった。葉子の苦痛にのたうちまわる姿が目に浮かび全身に鳥肌が立った。だが、関はそれが義務として話を進めた。

「とにかく、血液中の血漿成分がどんどん流れ出して血圧は低下し、尿は出なくなるのです」

豊は関の診立てを聞きながら、だんだんいら立って来た。医学的所見はもちろん聞きたかった。それに重篤ではないとも先に告げられたが、でももう一度はっきりと断言してほしかった。葉子は本当にたすかるのか、治ったとしても後遺症はどのようになるのかを、とにかく知りたかった。関は豊がしきりに指先で大腿をかきむしり、膝を小刻みにゆするので、今度は断固とした口調でいった。

「奥さんは大丈夫ですよ」

豊はその声にどんと背なかをどやされた思いで、気をとりなおした。関は豊の反応を確かめ説明を続けた。

「普通、健康な皮膚の皮下脂肪組織は黄色なんだが、熱傷三度というと真っ白になって、組織が破壊されてすぐに処置しないと腎不全を起こし、続いて細菌感染などで敗血症などを起こすのです。まあ、奥さんの場合、全身の半分以下の熱傷で、焼けた肌にまだらに貼りついた服の生地などはピンセットなどでとり除き、その上に軟膏をたっぷりと塗りつけ、リント布をあてて包帯を巻いています」

豊はひとことも聞きもらすまいと首を伸ばし前かがみになりながら、人差し指を無意識に持ちあげた。

「リント布というのは傷めた肌にやさしい、ふかふかしたバスタオルとでも理解してください」

関は豊のしぐさで察してつけくわえてから続けた。

「とにかく、やけどした部分は風船のように腫れあがっています。そこに水がたまり、二、三日もすると皮膚が細かく裂けて、それが死んだ皮膚細胞として散らばって貼りつき腐敗し、裂けたところからは黄色い体液がどんどん染み出て来ます。あなたは病室に足を踏み入れられた時、きっと吐き気さえ覚えられたと思います。それは真夏の日盛りの下に放置されていた生ごみの袋から発するような体液のせいだったのです。

でもそれは体がやけどに対して、必死に闘ってくれている証拠なんですから、奥さんが生きようとしている臭気だと理解してください。とにかく、一日何度もベッドのシーツをかえなければならないほどの量ですから驚かないでください。それを補う十分な点滴を切らせていませんから。ですから、今は軟膏を塗って、リント布をあてがい、包帯をする。それがたった今の処置です。それに点滴をしていますが、針を挿入する場所がなく、焼けていなかった足の指先を見つけて挿入しているしだいです」

「あのう。先生お聞きしてもよろしいか」

豊は葉子の症状と治療内容をどうにか飲みこんだ。関をはじめ病院スタッフの努力にただ頭が下がり、今はこれ以上の負担はかけまいと思ったが、これだけはとたずねた。

「葉子はたすかるとしても回復するのにどれぐらいかかるのでしょうか。それに後遺症はどれほど残るのでしょうか」

関は豊の問いに再び、太い腕を組み天井を見あげた。やがてゆっくりと豊に視線を戻しながら答えた。

「うむ。それはもうすこしようすを見てから申しあげたいと思います。ただ、今いえるのは左顔面や左脇腹にケロイド状の痕は残ります。、それに左手の五本指が完全に焼けて癒着してしまっていること。関節もそのため固定して曲げられないだろうことは予想できます」

豊は再び、ずんずんと奈落に落とされていく思いだった。葉子は、結局、これからは火焔に熔かされてねじれて凹凸になり、また引きつって固まった素肌を毎日、鏡の前で確認させられ、癒着してひとつの塊となった指で生きていかなければならないのだ。

豊は関の宣告に、全身を鉛にしていたが、ふっと大きく息を継ぐと隣の病室の衣川一家のことに思いがおよんだ。葉子は全身の四十％の熱傷だというが、衣川咲子は八十％、ふたりの幼い子どもたちは百％だという。

豊は自分のことばかり考えていたことを恥じて、関に衣川咲子たちの容態をたずねた。

「うむ、衣川咲子さんについては、当病院では人手も足りず、高度な治療を要すると判断して大学病院に転送していただきましたから詳細はつかめていませんが、これからの治療次第だと思います。衣川咲子さんの子どもさんたちは、手の施しようもなく、当病院でようすを見ることにしました。ほぼ今夜が山でしょう。ではまたなにかお聞きしたいことがありましたら、看護婦長におたずねいただきたい」

関はそう告げるとあわただしく白衣をひるがえした。

豊は関医師と対面を終えると、二階病室に戻った。病室前に立つと、魚が腐敗し切って蒸れたような空気が充満していた。それでも子どもたちは葉子のベッドのかたわらで母親のようすを見守っていた。

豊の顔を見て、翔子は「お母さん、ちょっと体を動かしては、うん、うんってうめくのよ」と声をあげてまた泣いた。

「お前な、泣いているだけではだめなんだよ。僕らがしっかりしなくちゃ、お母さんは痛くて苦しいはずなのに僕らに大丈夫だからっていってくれてるのに」

光は声がわりしかけていたので、その口ぶりに豊はずいぶん兄貴になったな、と実感し、支えられる気がした。

「あのな、今夜は父さんがつき添うから、ふたりはとにかく一度、家に帰って」

豊はそこまでいってから、うろたえて現実をリアルに認識できていない自分に舌打ちした。

「父さん。帰るたって家はもう燃えちゃってないんだろう」

　光が先まわりするように話しかけたので、「あっ、そ、そうだな」と思わず発した。それに続けて「私の大事にしていた熊の縫いぐるみも日記も、それに皆で旅行した時の写真も全部焼けちゃったのよね」と翔子が泣き腫らしたまぶたをしばたたかせながら鼻声でもらした。豊はふたりのことばであらためて事態のすべてをつきつけられた思いでその場にしゃがみこみそうになった。だが、すぐに今夜はどこで寝る。どこを頼る。誰に相談する、という思いでいっぱいになった。どこからもそのことでは連絡はなかった。あんなに人をもみくちゃにするほど殺到した報道陣も取材するだけで、市や警察からはもちろん、こんな場合、米軍と密接な関係のあるはずの防衛庁の人間から一番に接触がなければならないのではないか。病院内外にはそれらしき人はたくさんいるのに、と思いは巡るが、手をこまねいてはいられなかった。とにかく子どもたちの今夜の寝床の確保をなんとかしなければならなかった。

「お前たちに悪いけれどどな、今夜は二駅向こうのビジネスホテルに泊まってくれるか。明日からのことは父さんがなんとかするから。それから光、これ渡しておくから今夜の食事や宿代のこと、よろしく頼む」

　豊は数枚の札を光の手ににぎらせた。光は大きくうなずいた。並んで立った背丈はほぼ百七十五センチメートルの豊とかわらず、陸上部に入っているせいか豊に似て、筋肉質な体格を備えて来ていた。光は奥歯をかみ締め、唇をぎゅっとむすんだ。この時は大人びた精悍な面構えに見えた。

　豊はふたりと別れ、自宅のようすを確かめるために事故現場に向かった。

　午後五時前になろうとしていた。病院から自宅現場を確認しておこうと歩いて二キロ近く離れた現場に向かった。テレビやラジオからの報道では自宅周辺道路には、昼間の病院の周り以上に警察や市役所、防衛施設庁、米軍関係者の車、それに消防車などがぎっしりと集まっているという。それゆえ徒歩で向かうほうがよいだろうと判断したのだ。

　片側二車線のバス道の歩道の両側は、豊たちが購入した住宅に似て二階建て住宅が多く、拓かれた丘陵地に色とりどりの屋根が貼り絵のようにひろがっていた。豊はバスの通っているアスファルト道をゆっくりとたどった。その脳裏にふつふつと湧いて来るのは、これほどの事故を起こしながら、なぜすぐに当事者から連絡がないのか。誰が一体責任者なのか。自分はともかく、子どもたちが一夜をすごすところまで奪っておきながらそしらぬ顔をしている。

豊は自然と血がにじむほどに唇をかんでいた。あたりかまわずわめき散らしたかった。鼻孔をふくらませ息を荒げてものれんに腕押しの虚しさしかなかった。胸をかきむしられながら歩いていると、葉子の容体の動向と同時にやはり明日からの暮らしのことが巨大な岩石にでも押しひしがれるように迫って来た。自分には頼るべき親戚もないのだ、と絶望的に思った。

豊は北海道の出身で両親はふたりとも早くに亡くしている。ひとりっ子なので兄弟もいない。叔父に伯母がいるがやはり北海道に住んでいる。

豊は東京の大学に進み、都心近郊のK信用金庫に就職して、中小企業の取引先で事務員をしていた葉子と知り合った。葉子の父親はやはり癌で逝っており、母親も今、癌で入院中だった。

どうするか?考えこみながら現場に近づいていくと、鼻の奥にかみつくような刺激臭が漂って来た。病室では便と魚の腐敗に似た臭いが充満して息詰まる思いをしたが、この一帯のそれは鼻孔を直接無数の針先で突き刺す鋭さで襲って来た。

墜落機のゴムタイヤに機体の金属。土くれ、樹木、家財、プラスチックなどが千度以上の温度で焼き焦がされ、くわえて火焔の塊となったジェット燃料の燃え滓の臭気は胸奥をえぐるような吐き気をもよおすものとなって、きりきりと頭痛をも誘った。ハンカチで口元を押さえても逃れようもなかった。

必死に息をひそめながら自宅に近づくにつれさらに刺激臭は尖鋭になった。それでも進んでゆくと、被害の広範さが実感できる光景が目に入って来た。

家々の窓ガラスが割れているところがあり、ガレージの屋根が吹っ飛んで車がへこみ、べっとりと黒々したものが貼りついていて、フロントガラスなどが破損しているものもあった。さらに進むと、道路や家々の庭先に金属片が散らばっていた。足の踏み場に注意を払わなければならなかった。道路の脇に子どもの頭大の金属の塊がころがり、黒焦げでエンジンの一部のようにも見えた。

　自宅まで数百メートルはあったが、黒煙と蒸気のようなものが立ち昇っているのが分かった。いよいよ自分の家がどうなっているのかこの目で確かめられるのだと思うと、身ぶるいが襲ってきた。現場近くは予測した通り報道関係者の車や十数台の消防車にパトカー、それに大型のクレーン車などがひしめき、数台の投光器を備えた草色の装甲車のような作業車もあった。

　消防署員や警察官、報道陣でごった返していたが、現場一帯はひろく黄色いロープで囲まれ、立ち入り禁止となっていた。豊はしかし、当然のようにロープ内に立ち入ろうとした。だが、居丈高な声で拒否された。

「君、君。立ち入り禁止と書いてあるだろうが」

　豊は自分の家に向かうのに、だれにも止める権利はないだろうと、声を無視してさらに踏みこんだ。ロープを超えたとたん、警官に腕をつかまれ背後に引きずられた。強い力でねじあげられる姿勢になったので豊はのけぞりよろけた。

「自分の家に行くのに許可がいるのか。あんたはなんの権利があって止めるのか」

　豊は全力で抵抗した。豊の「自分の家」ということばで警官は一瞬、考えこむ表情を浮かべ、手の力をゆるめた。くわえてことばつきもかわった。

「失礼しました。おたくのお名前は」

「秋吉豊です」

　その名前を聞いて、警官ははっとしたように豊を見詰めてていねいに答えた。

「当局からたとえ被害者の方であっても、どなたも立ち入らせないようにという命令を受けていますので」と敬礼するしぐさをまじえて、同情的にいった。だが豊は引かなかった。警官は困ってしまって、レシーバーで現場責任者と連絡をとった。その結果、特別の事情のある者としてロープをくぐれることが許された。

家には近づけたが、条件は警官のつき添いの元で、ほんの短時間で済ますようにとの指示だった。豊はそのことにもう一度かみつきかけたが、警官のあとの応対に人の善さを感じて、とにかく確認が先だと、警官の前に立って歩き出した。それでも豊は制服制帽のつき添いが気に入らなかった。その不快感に誘われてたずねた。

「どうして自分の敷地や家を確かめるのに、邪魔されなければならないのか」

人の善さそうな警官は並んで歩きながら気の毒そうに答えた。

「今、現場検証の最中ですから家主であってもご遠慮願っているのです。私たち警察官であってもロープ内に立ち入るのには許可がいるんですから」

やがて、事故現場のほぼ直近に来た。墜落機は西から道路につっこみ、まず衣川宅に火焔を直撃させ、と同時に隣家の豊宅や近辺の数棟を瞬時に全半焼させて、爆風で数十件の被害を与えたと説明を受けた。

豊の目にマッチ棒のようになった柱と庭の片隅にあった物置が形を残している自宅が見えた。衣川宅はコンクリートの壁や土台の一部だけが原型をとどめ、なぜか炎が走った痕が白っぽかった。電柱も折れ曲がっていた。あとは豊宅とは違ってすべてが消失していた。道路を挟んでもうけられていた公園は立木がすべて炭化してただの棒杭にかわっていた。鉄パイプ製のブランコや鉄棒などは地面に這うようにへしゃげていた。

目を転じると、自宅前から約三十メートル離れた道路中央は深く掘り起こされたようにえぐれ、両脇に土が盛りあがっていた。そこからまだ煙のようなものが立ち昇っている。豊の玄関入口への階段に翼の破片のような金属板がころがっているのも見えた。

豊は散乱した金属やガラス片などにかまわず靴裏で踏みにじり進もうとした。だが、そこからは警官は厳しい態度をとり戻した。

「秋吉さん。許可が出ているのはこの地点までです」

豊は先ほどと同じ口調で抗議した。警官はしかし同行途中のやわらかい物言いと違って妥協なく宣言した。

「たとえ被害者の当事者としてのあなたでも、絶対に立ち入りは禁止なのです」

豊は警官に体当たりしてでも、と思った。警官は強く豊を押しとどめた。

「とにかく、米軍の許可がおりたらご自宅の確認はできますから。残念ですが今の私たちでさえ現場には入れないのです」

豊はそういわれて離れた現場に目をこらした。確かに、そこで作業し、見守っているのは大柄な草色の軍服を着た米兵ばかりだった。日本の警察官など関係者はロープ際に集まって米兵の動きを見詰めているばかりだった。米兵たちは深く大きな穴ぼこになった周りで動きまわり、道路脇に山盛りになった土くれをユンボで脇にどけ、クレーン車を操作して真っ黒な金属の塊をつりあげていた。

マスクをし、宇宙服のような作業服とヘルメットをかぶった者もいた。そのすべてが米兵だった。豊の家の敷地にはまだ煙の名残りがあり、その平面いっぱいに燃え滓の残骸が重なり、病人の骨みたいに痩せた柱がかろうじて数本立っていた。燃えつくされた黒い積み重なりは豊たちの生活のすべてだった。なによりも、自宅・家財財産そのものへの未練以上に、一家の歴史、その記録の一切が灰になった喪失感で身がよじられた。光や翔子が生まれた時からのアルバム。入学式・卒業式のふたりの顔。制服姿のきりっとした光。胸に大輪の花をつけた翔子の丸顔の満面の笑顔。そのかたわらでめったに着ない着物姿で豊かな髪を結いあげ、微笑んでいる葉子。

毎年のキャンプでの水着姿の三人の焼けた肌に真っ白な歯がはちきれそうに健康に写っていた。Ｖサインしてはキャンプ料理を我先に頬張り、はしゃいだ家族の写真。十数年築いて来た絆の宝物の記録。いつでもありありとこの目で確認し合えるものがとり返しのつかないものになってしまった。

家族の記録がもしかして奇跡的に焼け残っているかもしれないと、己の手で探したかった。それゆえに、せめて消失した形のままにそっとしておいてほしかった。

なのに米兵たちは底の厚い頑丈な編みあげ靴でところかまわず歩きまわり、豊の宅地の残骸もがしがしと靴裏で踏み砕いてゆく。そのきしみ音のたびに、豊は、その下には自分たちの家族にとって命と同じくらいに大切なものが残されているかもしれない、と思わず悲鳴をあげそうになった。

豊は米兵たちの作業姿を見ていると、日本の人ならもっと丁寧に作業をしてくれるのではないか、と想像した。その思いが募って来て思わず吐き捨てた。

「なぜ、こんなことになるんだ。日本人がなぜ作業できないいんだ」

豊は自分のことばにあおられるように怒気をこめた。

「日本の土地なのに、どうしてアメリカの兵士に好き勝手にさせるんだ。それに国の役人は一体なにをしているんですか。あなたたち警察や消防署員、なたたちはなんのためにここにいるんですか」

豊は足先から突きあげるような理不尽な思いを警官にぶつけた。その時、はじめてまっすぐに顔を向けた警官は四十代半ばに映った。赤ら顔で眉尻がさがり、全体に丸みを帯びた体つきで、温厚な雰囲気をまとっていた。豊はそのせいではないが、権力の鎧を感じさせない彼に気安く話せそうで、そうした口調になったのかもしれないと自覚した。

「すみません。燃えてなくなった家を目にすると興奮してしまって」

豊はことばをやわらげ軽く会釈をした。警官はうなずくしぐさを見せながら、腕時計を確かめ、豊の話かけには答えず、「許可の時間がすぎたようです。先ほどの規制線に戻りましょう。十分という決まりでしたから」と事務的にいった。

豊はこの場で一警官にこれ以上喰らいついてもしかたがないという思いで素直にしたがった。

だが踵を返しながらやはり聞いておきたかった。今度は静かな声で問うてみた。

「どうして現場にはアメリカ兵しか入れないんですか。日本側も現場検証などをする必要があるんじゃないのですか。ここは日本でしょ。日本の警察がとり仕切るのがあたり前なのに、私には訳が分かりません」

　豊は以前、交通事故で自分に過失はなかったが、双方の責任確認のための事情聴取や現場検証に相当の手間と時間がかかった経験があるので、あれほど執拗な日本の警察がロープの外側にたむろして米兵の作業をながめているだけという姿が奇妙すぎた。

　警官は制帽を脱ぎ、もつれた髪を指先でかきあげてせいせいしたように大きく深呼吸してしばらく空を見あげていた。

「まあ、私たち下っ端の者には詳しくは分からないのですがねえ」

　警官はやがて下あごに指を添えながらいった。その口ぶりには、豊の質問には職務上しゃべりすぎることを自制する響きがあった。それでもことばをえらぶようにして説明してくれた。

「日米安保条約はご存じでしょう。まあ、それでアメリカとの話し合いでそうなっているようです」

　豊は条約がむすばれていることは常識的に承知していたが、内容については無知に近かった。


一九六十年の旧安保条約改定をめぐっての騒然とした空気はもちろん記憶している。だが、当時の豊は大学卒業後、就職して日が浅く、仕事のことだけしか頭になかった。

　ひたすら取引先まわりに靴底を減らし、担当取引先との債権・債務の交渉、金融業務の全般的知識の吸収に没頭していた。

　東大生が安保反対を叫んで国会のなかで亡くなったことも、安保条約が成立した直後、岸首相が暴漢に襲われて刺されたことも身のまわりから遠いところの出来事だった。それから十数年間、それは遠い政治の世界の話で、日々の生活に直接かかわりを実感したことはなかった。それゆえに豊は素朴にたずね返した。

「でも、いくらなんでも自分の家の敷地に入れないとり決めをするなんてむちゃくちゃじゃないですか。それでも日本の警察が私の土地で作業するというならまだしもですよ」

　豊はやはり警官を責める口調になった。

「まあ、一般的にはそういえるでしょうけれどね。

とにかく条約に基づいて、こんな事故の場合にどうするかなど細かいことは『日米地位協定』とかでね、逐一決めてあるそうですよ」

警官はそこまでいって柏手を打つしぐさで話を打ち切るように、「まあ。そういうことですよ」とそれ以上の説明を切りあげた。そうしたことしか口外できない己の立場に不満を持っているようでもあったが、あとは一切不要な口を利くようすは見せなかった。

豊は警官から離れ、ロープ際で取材している報道陣にたずねてみた。報道の腕章をつけた男は、豊を墜落被害の当事者と判明したとたん、病院前と同じで、豊の質問を飛ばしてしまってわっとばかりコメントを求め、他の記者も群がって来た。

豊は質問をあきらめて、適当に記者たちにコメントした。彼らは自分の用事が済むといっせいに退いていった。

闇が降りて来て、投光器が作業する米兵たちの姿を浮かびあがらせた。見るからに屈強な男たちだった。

また激突した道路穴の深さと巨大さに目を見はった。土くれの盛りあがり、ほぼ家屋が焼失し残骸の集積場になり、黒く炭化して横たわっている柱や家具、電化製品の金属片が照らし出されて鮮明になった。

第2章 生と死

豊はやがて病院に戻るため元の道をたどった。道々、光と翔子の今夜の宿は確保したが、明日からどうしたものかという焦眉のことが胸にとぐろを巻いていた。

午後十時をすぎていたが病院内には人数は減ったものの、報道陣や防衛施設庁の職員が数人居残っていた。豊は彼らに、これからの自分たちの住いはどこにしたらよいのかたずねてみた。皆、首をふるばかりだった。豊になんらかの情報をもたらす訳でもなく、今後の動きに関してもひとこともなかった。今は彼らにこちらから話しかける気持ちも失せて、とにかく葉子のかたわらにいたかった。

豊は葉子のベッド脇の椅子で夜を徹するつもりだった。葉子の身じろぎやうめきのいちいちに反応した。全身が熱っぽく、神経が針先のように葉子の容態を探っていた。十一時すぎにお茶と豚汁、おにぎりが差し入れられた。付近の住民の配慮だと聞いた。そういえば事故の報を受けて今まで、飲まず食わずだったと気づいた。渇きは覚えていたが、飯粒はのどを通りそうにもなかった。一階におりて廊下の壁ぎわの長椅子に腰をかけ、無理にでも茶と汁で流しこんだ。やはり空腹だったのか、一気にかきこんでしまった。むせて思わず吐き出しかけた。そのせいか目に涙がにじんだ。それに誘われてか、縁もゆかりもない人たちがこうして無償の気持ちで支えてくれようとしているのにと、事故を起こした当人やその関係者が被災者の自分に声をかけてさえ来ないことに、血が逆流して来るのを覚えた。それでも豊は腹が満たされることですこしは力を得て人心地ついた。

二階病室に戻ると看護婦ふたりで葉子の包帯の巻替えをしていた。ふたりが話してくれたのは、夜も昼も点滴は切らせないし、もれ続ける体液のため包帯がすぐにぐっしょりとなるので数時間おきにとり替えが必要だということだった。豊は彼女らの労働の負担の重さを思って、ただ感謝のことばを伝えるしかなかった。看護婦たちはそれに対して「仕事ですから」と答えたあと、「この病院は、こんな大事故に対応できる体制がないので、十分なことができず申し訳ありません」とわびながら、夜は医師がひとりで、夜勤の看護婦はふたり、それもアルバイトだといった。豊は葉子や衣川家の子どもさんたちが生死をさまよって収容されているのになんということだと、防衛施設庁の職員に抗議しようと階下におりたが、彼らの姿は見当たらなかった。

午前一時半頃に、再び看護婦たちが葉子の熱傷部に軟膏を塗り、また新しいリント布と包帯を処置してくれた。点滴液の補充も済ませて病室を出ていこうとした時、豊はようやく隣室の衣川家の子どもたちの容体をたずねる余裕が持てた。

ふたりいた看護婦のひとりは隣室に移り、もうひとりが残って答えてくれた。

「うーん。そうですねぇ」

小太りな中年の看護婦は一瞬、ことばを途切らせ、豊を病室外に誘ってささやくようにいった。豊はそのことばを聞いて、葉子の耳に入らないようにとの配慮に感謝した。

「坊やは今夜が山でしょうね。なにしろ病院にかつぎこまれた時には、全身の皮膚が焼けてしまってずる剥けでしたからね。ふたりともあれほどに焼かれると神経も溶けてしまうというか、痛みさえ感じなくなるんですよね。

でも、剥き出しになった肉の部分がリント布や包帯に貼りついて絶えずかえなければならず、その時には痛みを呼び起こすのか、ちいさな子とは思えないほどの力でそり返るわ、泣き叫ぶわで押さえつけるのも辛くて、今夜だけは看護婦の仕事を恨みました。

　それにふたりとも水やジュースをほしがるんですよ。分かるんですよね。全身やけどなんですから。そりゃあ、のども渇きますよ。でも飲ませすぎると容態に悪いので、なだめるのが大変なんですよね。でも、僕、これからいい子でいるから、ほんのちょっとでいいから、お水ちょうだい。ジュースを、ってね」

　看護婦はそこまでいって目頭を押さえた。そのあとに「おふたりとも難産で、でもその分、お生まれになった時はそりゃあもう、喜ばれましてね。おふたりともうちの病院で出産されましてね」と声をふるわせた。その看護婦も隣に移ってしまうと、つかの間の静寂が訪れた。豊が葉子のベットに近づき葉子の顔をのぞきこむと目がさかんに動いていた。廊下での豊と看護婦のひそひそ話に神経を尖らせていたのかもしれなかった。

　豊はゆっくりと首を左右にし、葉子に眠るようにと自分のまぶたを閉じて見せた。だが葉子の唇からは、「光たちは今夜どうしてる。私は大丈夫。ふたりのこと頼みます」とかすかな息遣いに願いをこめた。豊は己の唇に人差し指を添えて、ただうなずいた。

　葉子は必死に子どもたちを案ずることばをもらすと、あとは目を閉じて息さえしていないかのようにも見えた。

　豊はベッド脇の壁際に折り畳み式の椅子をそっと寄せ、上体を背もたれに頭を壁にあずけた。

　まぶたの裏に赤黒いものが渦巻き、耳奥から頭の芯まで虫の羽音みたいにじっ、じっと伝わって来るものがあり、時折それにサイレン音に似たものがまじってくる。それでも、昼間からの疲労が洪水のように押し寄せて来た。だがまどろみかけると、融資交渉の大詰めを迎えた取引先との話やそれを副支店長の大倉ひとりに任せておく心許なさが浮かんで来る。大倉は頑張り屋で頭も悪くない。だが小心で、ここというところでの決断が弱い。今度の取引は地元T機械工場の新増設に伴う大口の融資話である。それは元請け企業からの要請ではあるが、元請け企業の経営戦略も頭に入れて下請け企業であるTの経営見通しも十分考慮しなければならない。地元信用金庫にとって三億の融資は容易な判断はできない。それを大倉ひとりに担わせる訳には……。そうした想念の中に、明日からの子どもたちのことがまぎれこんでくる。学校の教科書にかばん、ノート、鉛筆もなく、着替える服もないのだ。

それに隣の病室に詰めている衣川家の人々の足音や出入りするざわつき。けんめいに押し殺してかわすことばも低奏音になって耳に忍びこんでくる。

「自分がかわってやりたかった」

「神様、仏様、私の命と交換してでも、どうか孫をたすけてやってください。どうかどうか、お願いします」

祖父母の嘆きのようだった。それをなだめるように、「お義父さん、お義母さん、僕がついていますからとにかく今は家に帰って、ちょっと横になっていてください」と衣川健太らしき声がまじって来る。

「お前はここにいないで、咲子のそばにいてやらないと」

健太を叱りつけるような声も聞こえた。豊はそれを耳にして、あらためて衣川咲子のことに思いがおよんだ。看護婦がこの病院では手に負えないので、大学付属病院に転送されたといっていた。

咲子は全身八十％が熱傷度三という。豊は、衣川の子どもたちは百％の熱傷度三だったので、処置のしようもないと判断されて転送もされず、死期を待つだけのことにされたのではないか、と思いを巡らせた。

豊は衣川の子どもたちのことを思うと、以前写真で見たことのある空襲で焼かれて、路上に転がったままのこどもの姿が目に浮かんだ。あお向けになって四肢を生まれたての赤子のように体を丸めて密着させていた。腹部が異様にふくれている子もあった。もみじのようなちいさな手で空をつかむように五本の指がカギ型に硬直していた。黒焦げの全身が炭化して粉を噴き出しているように見えた記憶があった。その写真の場面をまぶたの裏にひろげながら、ただ理不尽だ、とみぞおちからつきあげて来るものがあり、思わず足を踏み鳴らした。そうした想念にかきまぜられ、神経はけば立つばかりだった。でも、すこしは眠っておかなければならなかった。豊はまどろむために、今まで歩んできた己の道をふり返るなかでそれを呼びこもうとした。

高校時代に両親を亡くしていた豊は叔父の世話になりながら大学を出た。叔父は自動車部品下請け工場を営んでいたが、常に資金繰りに苦しんでいた。そうした叔父に学業の援助を得ながらその姿を見ていた豊は、卒業したら金融関係に進もうと思っていた。

だがなぜか大手銀行などに就職する気が起こらなかった。景気のよい時は、ことわっても設備投資をすすめ、悪くなるとたんに資金回収に狂奔するやりかたを叔父の会社で見てきた。それに、自分の性格から地域に密着して地元商工業者とむすびついた地元振興に直結するような地道な組織としての金融機関が合う気がした。そのためK信用金庫に就職した。担当する市区エリアの商店や中小企業を一軒一軒まわるなかで叔父と同じようなかれらの経営上の苦闘を知った。豊はそれを支えてゆく職場に就けたことで水を得た魚の思いではり切った。金融全般に関する勉強に打ちこみ、就職して二年間ほどはそれだけに集中し、地元企業などの個別の特色や問題を頭にたたきこんだ。

二十年経って支店長になった。そして葉子や子どもたちのために新居を構えることもできた。明るい空。緑あふれる街。子どもたちは元気に学校へ、葉子は若返ったと思えるほど溌溂として趣味に生きている。順風満帆のはずだった。なのに一瞬にして。その日々の痕跡は燃えつきてしまった。光や翔子の生まれた瞬間の写真。ベッドの上で赤子を抱いた葉子の目の輝き。すこしむくみが残ったような頬は光っていた。はちきれそうな喜びが画面からこぼれていた。

海水浴に行った。キャンプをした。学芸会があった。運動会。そして入学式に卒業式。家族が寄り添って来た年月の記録。その日々の痕跡は、すべて無になってしまった。もう秋吉一家の歴史の記録はとり戻せない。そのことに、豊のまぶたの裏は一切の光を失った。豊は椅子から崩れ折れそうになり、必死で葉子との出会いを脳裏で探った。出会いからむすばれるまでの記憶をよみがえらせることでわずかでも自分を回復させようとした。

葉子は建設会社の経理担当社員だった。仕事を進める机の端には灰色のスチール製の机に、同色の事務用品収納箱が五十センチメートルの高さで置かれていた。葉子はいつもうつむいた姿勢で電卓をたたき、帳簿にペンを走らせていたので、横顔さえ目に入らなかった。それにグレーの事務服を着ているので、よけいに印象が薄かった。社長と融資のことで折衝しているところへお茶を運んでくれた折に、ちらりと表情をうかがうだけだった。その時観察できたのは、まぶたは二重で目元は切れ長なことだった。唇にルージュは引いてあったが、それ以外はほぼ素顔で、髪は無造作に後頭部でまとめているという感じだった。それにくわえて特別ことばをかわす機会もなく印象は平凡にすぎた。

葉子とつき合うまで豊が気になっていたのは、やはり取引先の老舗和菓子屋の娘だった。面長の顔立ちに化粧がうまく乗っていた。鼻筋が通って、とにかく人目をひいた。客のあしらいもうまく、店主の父親と打ち合せする豊にも愛嬌をたやさなかった。特に微笑みかけてくれた時にのぞく八重歯がよかった。デートに誘いたかったが、いい出せなかった。父親との融資交渉のため店先で待つ間、店内で動く彼女の姿を目で追っていた。和菓子屋のせいか着物姿で店に立っていた。和服が彼女をいっそうあでやかに見せていた。見とれてしまっている豊に気づいてか、彼女は細いうなじを傾けて笑顔を向けてきた。一大決心をして一緒に映画鑑賞に行きませんか、と声をかけた。彼女はことわらなかった。だがボーイフレンドの多さが気になった。

他の男性と腕を組んでいるのを目撃して、豊は自分はその他大勢の男友達のひとりなんだと胸の内ですっと引いてゆくものがあった。豊はそれを機に入社一年目なのに女性とつき合うのはまだ早いと心に決めた。

豊は仕事一筋に打ちこむと決めて、会社と下宿先を往復するだけの生活を送っていた。取引先を増やすために外まわりで足を棒にし、帰社してからは事務処理で夜遅くまで居残った。休・祝日にはゴルフなどの接待に駆り出された。金融マン三年目を迎えて学生時代の木造アパートから、職場に近い鉄筋コンクリート建ての一室に住まいをかえた。当然、通勤経路がかわった。そのためにか、出退勤途上で葉子とよく顔を合わせることがあった。葉子の服装は会社での印象と同じで、地味な紺色のワンピースだった。はじめは軽く会釈するだけだった。だが何度も同じ駅のホームや車内で顔を合わすうちに短くことばをかわすようになった。ある時、帰宅途中で雨が降りだした。改札口近くでやむのを待っていると、彼女が声をかけてきた。

「この傘をどうぞ」

「でも広井さんが」

固辞すると、「私は近くで、電話をしたら母がすぐに持って来てくれますから」とさりげなく豊に持たせてくれた。豊はそれを葉子の勤める建設会社を仕事で訪れる時に返そうと思った。だが葉子との仲を相手の社内で誤解されるのも嫌で、退社時に駅の改札口で待ち構えて手渡すことにした。駅で顔を合わす時間帯は、今までほぼ同時刻だった。なのに数日間は、何時間経っても姿が見えなかった。

どうしたんだろう。病気でもして、会社を休んでいるんだろうか。それとも事故にでもあったのか。

豊は一日、二日と経つうちにすっかり葉子に感情移入しはじめていた。自分でも心のなかに起こっていることを自覚していなかった。

五日目の退勤時にやっと出会えた。それも午後十時はすぎていて、あきらめて帰宅しようとした時だった。豊が改札口近くから踵を返した背後から、「今、お帰りですか。遅くまでお仕事ですね」と駆け足で追いかけてくる感じで話しかけて来た。

「いえ、まあ」

豊はあなたを三時間も待っていたとはいえなかった。

「あらっ、それ」

葉子が豊の手元の傘に目を止めてちいさく叫んだ。

「ああ、これあなたに返そうと思って」

豊は他にいいようもなくて正直に答え、不覚にも頬を染めた。

「そんなもの、いつでもいいですのに」

葉子は傘を受けとりながら豊にたずねた。

「秋吉さん、もしかしてこんなものを返そうと思って私を待っていてくださったの」

豊はとぼけたが、葉子は豊がうつむいて足元を踏みかえたり、頬を赤くしたことで口元をゆるめた。そしてもしかして、豊が待機していてくれたのは今日だけではなかったのではないのかと推測するようにいった。

「ここ五日ほど、現場での事故の対応で社員全員が毎晩九時すぎまで居残っていたんです」

豊は〝事故〟と聞いて、葉子自身にかかわることじゃなくてよかったと、心底ほっとするものがあった。なぜこんなに安堵の気持ちが動くのか、戸惑いにも似た思いもあった。

「あのう。待っていただいて疲れられたでしょう。私も居残り続きで疲れちゃって、ちょっとお茶でも飲んでいきませんか。遅くなりついでですから」

葉子は自分から誘って首をすくめ、なぜかちょっぴり舌をのぞかせた。そのしぐさにくわえて頬に大きなえくぼができた。彼女の社内で見る能面みたいな表情からはうかがい知れない愛らしさだった。

葉子は額がひろく、顔立ちは全体として平板にも映った。そのせいか、切れ長なまぶたで口元をむすぶと無表情な印象が強かった。だがこうして正面から話してみると、瞳がきびきびと動き、よく透る澄んだ声も心地よかった。

その折は駅前の喫茶店で短い会話をかわしただけだった。なにを話したかは、もう記憶にない。次に会う約束などもしなかった。だがその後、通勤時に駅のホームなどで顔を合わすと親しげな口を利くようになった。豊はやがて葉子の出勤時間を意識して駅に向かうようになった。

すこし早めに部屋を出てホームにたたずみ何本か電車をやりすごしては、葉子の姿を探した。あとで聞くと葉子も豊の出勤時間のタイミングをはかってホームにあがっていたという。

なのに豊が葉子の勤める建設会社を訪れると、葉子はやはり眉ひとつ動かさずお茶を差し出すだけだった。豊は葉子の表情の落差を内心でおかしがった。

そのことを朝の出会いの折に話してみた。

「だってあなたはお仕事で大事な取引においでになっているでしょう。建設会社って男の人ばかりで、変に親しげにしますと、すぐに話のタネになっちゃって」

葉子とくだけた会話をするようになって、自然な流れで交際をするようになった。

はじめてふたりで郊外にでかける日、豊は葉子のイメージの一新に驚かされた。

いつも自分をくすんだ色に塗りこめるような服装だったのに、その日は黄色く大きな花柄のシャツを着て、真っ白なパンタロンのいでたちで待ち合わせ場所に現れた。それにくわえて髪型もひっ詰めて、無造作に後頭部で束ねたそっけないものではなく、首筋あたりでひろがって、黒黒としたつやを帯びていた。前髪が額にかかり、切れ長なまぶただが二重のせいか瞳が大きく見えた。

豊が人違いしたかのように葉子をながめたので、「あのう、私、変ですか」と葉子は足先から胸元まで確かめるように見まわした。

「いいえ、素敵です」

豊は唾を飲みこむようにしていった。葉子は頬を赤らめて「いつもおばあさんみたいな事務服に、普段も紺や黒っぽいものばかり着ているので、今日は明るくと思って」と首をすくめた。そのしぐさは葉子が照れた時などのくせのようだった。

なによりも軽快な服装が葉子のスタイルのよさを気づかせてくれた。背丈は百七十五センチメートルの豊よりも頭ひとつ低いが、白いパンタロンが足の長さを強調し、均整のとれたスタイルが見てとれた。

遊園地に行った。豊はジェットコースターなどは苦手だった。葉子は大好きだといい、むりやりつき合わされた。

「秋吉さんて、陸上選手でたくましいって思ってましたのに、高所恐怖症なんですか」と問われて、意地でも乗りこむしかなかった。葉子は爽快な声をあげるのに、豊は急上昇、急下降のたびに絶叫した。

地上におり立つと、豊は息を荒くし、すこし青ざめていたと思う。葉子は気の毒がって「すみません。むりやりつき合わせちゃって。本当にこういうのだめだったんですね」と豊の背に手を添えた。

豊は頭をかきながら、「僕は小学生のころ跳び箱で失敗してから恐怖心を抱くようになってしまいましてね」と正直に告白した。

「そっか、秋吉さんにも苦手なものがあるんだ。ちょっと安心しました」

豊は葉子のことばに買いかぶりだといいたかった。

葉子はジェットコースター乗車で見せた活発さと違って、デートの行先や食事などは豊が好みを聞いても、「秋吉さんがいいと思うところでいいです」と控え目に返してくるだけだった。なのにその支払いにはこだわって、必ず割り勘を主張した。豊は強くそれを押し返そうとしたが、葉子の固い態度にしたがった。豊はそのことで葉子に水臭さを感じ、やはり自分は和菓子屋の女性と同じで、ただのボーイフレンドにすぎないのか、と気持ちが引けるものがあった。

そんな思いが原因してか、しばらく逢瀬が遠のいたことがあった。葉子は商用で会社を訪問した豊にめずらしくそっと話しかけて来た。

「この頃、お忙しいんですね。次の日曜日はお時間おありじゃないですか」

葉子は唇の端をかむようにして、鼻にかかる声でいった。

「いえ、予定はないです」

豊は葉子の口調に迫るものを感じてこっくりと頭を上下させた。

豊は日曜日、久しぶりに葉子と動物園に出かけた。園内をまわりながら、やがて爬虫類館前にきた。豊がこだわりなく入ろうとすると、葉子があとずさりした。

「私、ここはだめ」

と動こうとしないので、豊はジェットコースターの仕返しのつもりで強く葉子の腕を引っ張った。葉子は不意に泣き出した。豊は驚きけんめいになだめた。

「私、ちいさいころに蛇にかまれたことがあるの、だから」

　葉子はハンカチで口元を押さえ嗚咽をもらした。豊はつまらない子どもじみた仕返しの思いつきをした自分の浅はかさを後悔した。　やがて園内を出て食事をしながら、葉子が涙を見せるほどに嫌がることをむりじいしたことをわびながら自然の流れで、葉子に一番に聞きたかったことを口にした。

「僕らこうしていろんなところに出かけるようになってもう数ヶ月は経つけど、なにか一向に距離が縮まらないというか、奥歯に物が挟まったところがあるというか、そんなもどかしさがあって、君にとって僕ってどういう存在なのかなあって、一度話したかったんだ」

　豊は決定的なことを告白している意識はあったが、なぜかすらすらとことばに出てきた。

「ええ、私も実はそれを感じていたんです。なにか本心から話していないっていうか。でもそれを口にするのが怖くて、秋吉さんからそういってくださって、なんだか気持ちが軽くなりました」

　葉子はそういってコップの水を口に含んでから、ことばを継いだ。

「多分、それって私のせいだと思っています。私の父は高校時代に亡くなったんですが、お酒を飲んでは母親に暴力をふるう人で、それをずっと見てきた私は、男の人を信用できないというか、頼ってはいけないという思いが強いのだと思います。だから食事をしたり、どこかへ行くにしても自分の分は自分で払って負担をかけたくなかったし、自分の悩みなどを打ち明けてあなたの心に負担をかけるのも避けたかったんだと思います」

　葉子は両手指を重ねては組んで揉むしぐさをくりかえしながら声をくぐもらせた。しばらくことばを途切らせてから、うつむき加減の顔をあげて今度ははっきりとした口ぶりになった。

「私これからはもう構えないであなたに向き合っていこうと思います。もっと私のことを知ってほしいし、あなたのことをもっと教えてほしいです」

豊は葉子が豊のことをはじめて姓ではなく、あなたと呼びかけてくれたことを深く受け止めた。

「あの、これから君のこと葉子と呼んでいいかなあ」

豊は喉奥から絞り出す思いで問いかけた。葉子はまぶたをしばたたかせこっくりとうなずいた。

「私もこれからは豊さんと呼ばせてもらいます」

葉子も合わせるようにいうと、「さんでは釣り合わないよ。君も豊でいいよ」

豊が強調すると、葉子はちいさく「豊」と口にした。ぴたりと気持ちがひとつになった気がした。そして結婚を意識した。親の問題では、豊の両親はすでに亡くなっていて、葉子には母親がいたがまだ元気に働いていた。障害は豊の稼ぎだけだと思えた。豊はそのことが引け目になっていたのであいまいな態度しかとれなかったのだと思いあたった。互いの名を呼び合う心の重なりに引き出されるように、豊は率直に告白できた。

「僕はまだ、給料が安いからなあ」

豊は自分のセリフの重大さには気づいていなかった。だが、葉子が瞳を輝かせて身を乗り出した。

「ふたりでならなんとかなるものよ」

豊は葉子の意気ごみに、自分の吐いたことばの意味にようやく気づいた。実質的に自分はプロポーズしているのだ。葉子はそれをまっすぐに受け止めてくれている。豊はなにかをいわなければならないと思った。だが葉子が先にもっと踏みこんでいった。

「私もがんばって働きます。力を合わせれば」

豊はそのことばにぐっと押されて唇をむすび、まっすぐ葉子に目を向けてうなずいた。


豊はまどろむなかで、葉子、とつぶやいた。路地に面した長屋で暮らし、光や翔子が生まれるまでふたりで働いて貯金をした。勤続二十年で支店長になり、ようやく都心から離れているが建売住宅を購入して一国一城の主になれた。

葉子や子どもたちの喜びが一番のしあわせだった。あとはとにかく自分ががんばることだけだった。

キャンプをした時は学生時代に慣れているからと豪語して料理を引き受けたが、できたご飯は芯だらけで、お惣菜の味付けも塩辛くって、結局街の食堂まで食べに行った。それ以来、子どもたちは旅館に泊まることを条件に旅行をすることに同意した。

光や翔子の運動会では、朝早くから場所とりに出かけ、カメラを持って走りまわった。ぐんぐんと伸びてくる光や翔子の手脚。葉子は光たちを産んでからのほうが活発になった気がする。とにかく駅からの坂道でもふたりを前後に乗せて自転車であがってきた。ひろい額の生え際や首筋は汗まみれで息も荒かったが、真っ赤になった頰は元気にあふれていた。

豊はその一場面、一場面を夢のなかで追っていた。

豊は浅い眠りのなかでいとおしい過去をまさぐっていたが、突然のけたたましい足音と悲鳴に断ち切られた。

「わあっ。晃、翼」

一歳と三歳の衣川家の子どもたちの名前だった。

「私が、私がかわってあげたらよかった」

それは声というより、喉奥を絞りあげられた断末魔ともいえる老婆のものだった。

「おばあちゃん。しっかりして」

その声も身が裂かれ天井につき抜ける鋭いものだった。子どもたちの名を呼ぶ何人もの声が部屋中で跳ね返った。豊は思わず隣の病室前に立った。

医師と看護婦たちがふたりの幼児が吐き出すものをけんめいにバスタオルで受けていた。最初は黄色くヨード状のものだったが、やがてどす黒い液状にかわった。その時医師が思わずもらした。

「うん、これは」

絶句したあと、うめくように発した。

「だめだなあ」

この声に、先ほどよりも悲鳴がさく裂した。それはもうことばではなく、ああっ、ううっ、というのたうちまわる響きでしかなかった。豊は思わず葉子の病室に戻って扉を閉めかけた。衣川家の子どもたちの臨終を悲嘆する声を聞かせたくなかった。葉子がそれを聞けば、きっと自分の死について恐怖するだろうと葉子の耳をふさぎたかった。豊が葉子の目の動きをのぞきこむと、まぶたを閉じていて身じろぎもしなかったので、胸をなでおろした。隣室では

「残念です」という医師の宣告がなされた。部屋中がさらに絶叫で爆発した。

豊が腕時計を見ると午前四時半だった。三歳の兄と一歳の弟がほぼ同じ時刻に息を引きとった。

階下から階段をたたきつけるように駆けあがってくる足音があった。幾人ものそれは豊の肌をじかに打ち、腹の底にまで堪えた。夜を徹して待機していた防衛施設庁の職員やマスコミ関係の人々のようだった。なだれこむような彼らの足音と同時に、病院中を揺るがす怒号が響きわたった。

「孫を返せ」

「子どもを返せ」

「お前たちも焼かれたらいい」

なにかが倒れるけたたましい音がした。そして壁にどしん、どしんと打ちつける振動音が続いた。豊は再び隣の病室前に立った。開け放たれた病室内で人が揉み合う姿が見えた。衣川家の祖父母や親戚の者たちがカーキ色した現場の制服を着た防衛施設庁の職員につかみかかり、壁に押しつけ、怒号を放っていた。数人の職員はただうなだれてなすがままにされていた。

「人殺し。なにが国民を守るだ。こんな病院しかなかったのか。もっと、もっと国の立派な病院があったはずだろうが。火傷専門の先生に診てもらってたら、この子らはたすかったかもしれん。なのに、なのに」

祖父母たちはそこまで声を絞ると、あとは嗚咽でことばがくずれてしまった。

豊は衣川家の人々の防衛施設庁の職員にぶつけることばを聞いていて、もっと高度に熱傷を治療できる国の病院があるはずだと、出し惜しみされているような気がして、いても立ってもいられなくなった。たった今でも葉子の容態は一進一退で、激痛にのたうちまわっている。最高の治療をする義務が国や米軍にはあるはずだ。そう考えると、病院の廊下の長椅子に座っているだけに見える防衛施設庁の職員たちの怠慢、他人事の態度に衣川家の人々と一緒になって責めまくりたかった。職員たちはただただうなだれ、「夜が明けたら、さっそく上司に相談してみます」と、同じ返答をくりかえすばかりだった。

「なにが上司だ。返答もできない連中ばかりで責任者もいないのか。わしらの苦しみをその程度にしかとらえていないから、そんな返答しかできないんだ」

激高したひとりが職員の胸倉をつかんだ。豊もそれにあおられて血が沸騰した。

「早く、なんとかしろよ。子どもたちだけじゃなく葉子や衣川咲子さんも死にかけているんだ。一刻も争うんだぞ。今すぐ、手配しろ」

豊は全身をぶつけるように職員の体を壁に押しつけた。つばきが相手の顔中に飛んだ。職員の顔は青ざめ、頬が引きつっていた。目には恐怖の表情があった。

豊はさすがに職員の疲れも見てとった。腫れぼったくなったまぶたと、血走った目に脂汗の浮いた額や鼻頭。頬の肉がげっそりと落ちているのに気づいて力を抜いた。ひとりの職員の額の生え際には白髪もまじっていた。彼らも徹夜で待機してくれていたのだ。職務で待機している彼らばかり責めてもらちがあかないことに、荒い息を吐きながらも気づいた。

もっと上の責任者を引きずり出してこなくては話にならないのだ。

豊がそう思いなおしてことばを和らげ、「夜が明けたら、ぜひ、私たちの要求を伝えてください」といったので職員たちも全身から力を抜く表情になった。居合わせてメモをとっていた報道陣にも、「私たちの思いをぜひ正確に伝えてもらって、国に迅速に動くような報道をお願いします」

豊が冷静さをとり戻すと、衣川家の人々もすこし気持ちを収めたのか、同じように重くうなずいた。

豊が葉子のいる病室に引きあげると、葉子は目を開けていた。隣室の騒動で子どもたちの死を知ったようだった。そして、「私も、死ぬのよね」ともらした。

葉子は死を覚悟している。そしてあえぎながら口にするのは子どもたちのことだった。

「あの子たちのこと、よろしくお願いしますね」

そう吐き出すのが精いっぱいなのかことばを途切

らせてから、もう一息全力で声をふり絞ったのがわかった。

「ごめんね。こんな体になって」

豊の抑えていたものが噴火した。全身がけいれんするようにふるえが止まらなかった。こんなに声をあげて涙を流したことはなかった。

「あうっ、あうっ、うぅ」

葉子に伝えることばが喉奥でせめぎ合って声がのたうつばかりだった。何度もつばを飲みこみ、深く息を継いで呼吸を整えた。

「だ、大丈夫だよ。せ、先生はたすかるといってくださっている。よ、葉子が、葉子さえ生きていてくれれば」

豊は葉子の手をにぎりたかった。それさえもできないくやしさに身をよじった。豊はとにかく朝一番に最良の治療を受けられる病院への転院の申し入れを防衛施設庁にしようと、夜が明けるのをじりじりと待った。身のやり場のない思いに悶々としているところに衣川健太が病室を訪れた。

トマトや野菜栽培などの農作業に従事しているせいか、普段は日焼けして、あごの発達した角ばった顔と相まって精悍な印象が強かった。だが、今は皮膚に黒い色素が沈着したように憔悴しきって、真っ赤になった目だけがぎらついて見えた。眉が太いのでよけいにその視線がきつかった。健太は別の病院に運びこまれていた妻の咲子に付き添っていたはずだった。だが、子どもの臨終の報にそこを離れてきたのだ。

豊と健太はしばらく顔を見合わせているだけだった。お互いにかけることばが見つからないようだった。

「晃君と翼君のこと、本当に」

豊がようやく亡くなった子どもたちの名をかすれ声で口にすると、「あいつらは、百％の火傷でしたから、あきらめてはいました」

健太はうなだれて聞きとれないほどの声でつぶやいた。いつもは声が大きく、冗談の多い青年だった。

「黒焦げにしやがって。ちくしょうめが」

健太は先ほどとは違って、満身に憎しみをこめた。豊は健太の胸に渦巻く憤怒を己のものとして受け止めた。

豊は葉子より症状の重い咲子のようすをたずねてみた。

「ええ」

健太は深い息を吐きながらがっくりと首を折った。豊には問いに答えるには重すぎる胸の裡がわかったのでそれ以上は口を閉ざした。健太はなにかを押しあげるように頭を起こし、野太い声をもらした。

「咲子も八割も体を焼かれていますから、どこまで持つかわかりません」

健太はそこまでいってやはりしゃくりあげた。両足を開いて踏ん張る姿勢でしゃがみこむのをこらえているようだった。豊は自分の慟哭とくらべて健太のその深さを思った。豊は涙をこらえなかった。それは噴きあげるように頬を濡らした。きっと報道陣や警察、防衛施設庁職員の前では必死にこらえていたのだろう、それが同じ立場の豊を前にして堰を切ってしまったに違いなかった。豊は健太が吐き出すのをただ見守った。

「あいつ、風船みたいにふくれあがって、ちょっとでもふれたら破裂しそうで。子どもが死んでしまって、あいつまでいなくなってしまったら、私は、私はこれからどうしたらいいのか」

あとはことばにならなかった。

豊は健太の身悶えに葉子への配慮をすっかり忘れてしまっていた。葉子が身じろぎするのがわかった。豊はあわてて健太を廊下に誘った。健太も気配をさとってか、「すみません。秋吉さんも大変なのに」とようやく声を飲みこんでわびた。

「いいえ、咲子さんにくらべれば、葉子はまだ」

豊は健太を慰めるつもりでいったが、虚しすぎることばだと思った。

「とにかく、私は明日、防衛施設庁の人にもっと専門的な治療が受けられる病院に移すか、専門の医師を派遣するように申し入れするつもりです」

豊がそう伝えると、健太は「ぜひ、私も一緒に要請させてください」と強く返してきた。豊は心強さを覚え、健太の手をにぎった。ふたりは廊下の長椅子に並んで朝を待った。疲れ切っていたのか健太は壁に頭をあずけるなり、ちいさな寝息を立てはじめた。豊は健太の横顔を見つめ、若さの力を感じた。健太とは十歳近く違うのだ。でも自分も四十歳前半でまだ若いと自信を持っている。だが今日一日で一気に老けこんでしまった気がしていた。

ようやく夜が明けた。午前七時すぎになると病院内は報道陣や防衛施設庁職員の数が増えはじめた。

地元の人々の好意で、昨夜に続き差し入れがあり、海苔巻きのおにぎりにみそ汁まであった。

「朝早くからこんなにまでしてくださる人がいるかと思うと、事故の当事者や責任者はなにをしてやがるのかと我慢できませんね」

健太はそういいながら、昨日からまともに食事をしていないのか、こぶし大の飯の塊を飲みこむようにして、一気にふたつも平らげた。豊は食欲もなく、ただ体力維持のためにぼそぼそと口に放りこんだ。やはり健太は若いのだ、とうらやましくもあった。

生来ひげが濃いのか、頬から口の周り、あごにかけて黒く密生している。それに一晩を徹夜に近いすごし方をしたせいと、脂性の肌のせいか顔全体がてらてらと光っているように映った。

「昨日もね、差し入れをくださってたすかったんですよ。衣川さんがいわれるように、事故を起こした米軍関係者は誰も顔を見せませんし、防衛施設庁の人らはなにを聞いても、上に聞いてみますと、はっきりした返答のできない人たちばかりが集まって、本当になにもしてくれません。ただの連絡係でいるだけなんですから」

豊は健太がそばにいることで心が落ち着いているのを覚えた。健太が先ほどいったことをひとりで考えたら、また防衛施設庁職員に体当たりをしかねないと頭をふった。ふたりは腹ごしらえをすると、洗面所で並んで顔を洗った。健太は入念に顔の汚れを流したあと、ひげをしごいた。

「ああ、ひげ剃りがあったらなあ。私は朝済ませても夜にはまた同じになるくらいに伸びちゃうんで。咲子によくいわれました。まるで熊みたいねって」

健太はここで一瞬、口元をゆるめ普段見せる人なつこい表情を見せた。豊は健太のセリフに薄く笑った。こんな時に、笑顔を見せられる貴重さを思って、健太に感謝した。

健太は日焼けした肌にひげ面、角ばった面貌と太い眉下の目の大きさでこわ面そのものだった。それにくわえて目が充血し、声も大きかった。これから防衛施設庁職員に要請する折の迫力が想像された。それが自分でもわかるのか、「今日は穏やかに、申し入れするつもりです」とさっぱりと顔を両手でなでた。

豊もうなずいたが、どこまで冷静でいられるのか、自信はなかった。

一階ロビーの待合室におりると数人の防衛施設庁職員が詰めていた。そのうちの半数が新しい顔ぶれだった。全員がカーキ色の服に身を固めていた。

そのなかにあって、昨日責められた職員はやはり青ざめた顔色で、目の縁には隈ができていた。豊と健太の顔を認めると、間髪を入れず立ちあがり両手を膝に添えて、深々と頭をさげた。昨日のふたりの剣幕で、今日も相当覚悟して出向して来ているのか、唇をかみしめ、眉根をきびしく寄せていた。

彼らは豊と健太にいっせいに名刺を差し出した。昨日は健太の家族や豊たちの怒りに揉みくちゃにされてそれを差し出す余裕もなかったようだった。そこには防衛施設庁Ｙ防衛施設局業務課の所属名が記されていた。

「事故補償担当をさせていただいております真鍋謙作でございます」

オールバックでよく手入れされた黒々とした髪に肌の血色もよく、肩幅のひろさや胸の厚さも健康そのものに映った。年齢は豊の二、三歳上に見えた。

豊は真鍋が背広姿ではなく、制服だと思われる服装であっても黒縁眼鏡をかけてネクタイを締め、身なりを整えて背筋を伸ばし、慎重にことばをえらんで語りかけてくる姿には官僚臭を強く感じた。なによりも事故の被害者として、なぜこんな事故が起こったのか。原因や直接の加害者の責任などが先に説明されてしかるべきなのに、補償担当の課長が今出てきてどうするのか、とやはり心が波立ってしまった。

健太は唇を八の字にむすびながらあごひげをしごき、課長の名刺をにらんでいた。

「金の話の前に事故の原因を話してくれよ」

健太が豊を代弁するようにいった。

「おっしゃる通り、皆様のお気持ちを考えるとごもっともだと存じます」

真鍋は平身低頭する姿勢だったが、豊たちにことばを継ぐ間を与えない早口でいった。

「今日は、とにかく皆様の今後のことをお世話させていただくことになりましたので、ご挨拶、お見舞い方々、寄せていただいた次第でございます」

真鍋の口上に、健太が露骨に舌打ちした。

「あのさあ、ご挨拶やお見舞いとかいう暇があったら、もっと火傷の治療の専門医師を呼ぶとか、専門の病院に咲子や秋吉さんの奥さんらを転院させるとかの手配をしてほしいんだよう。うちの子どもをふたりも焼き殺しておいて、その上に嫁さんも死にかけてんだぞ」

健太はこの場に来るまでの自身への戒めで必死に声を抑えているようだったが、ことばを発するにつれて激して来た。豊は深呼吸し、気持ちを鎮めて訴えようとした。

「私が聞いたところでは、自衛隊中央病院や防衛医科大学付属病院などは最高の熱傷度患者を診る設備と医師がそろっていると聞きますが、と、とにかく、い、一刻も早く、そ、そうしたところへ移して、き、衣川さんや私の家族の命を救ってもらいたいんですがね」

豊は熱く泡立って来るものをけんめいに抑えていたので、体にふるえが来た。舌が口腔内で貼りつきことばがもつれた。

「私どもも最良の治療をしていただくように、今の病院にお願いしている訳でございます。ですから、もうすこしようすを見てご相談させていただきたいと思います」

真鍋課長が隙のないことばで応じた。豊は官僚としてよく訓練された人だな、と手ごわささえ感じた。それゆえにか、口上のばかていねいさにかえって血の通わないものを感じた。これからの交渉相手がこうした人や同じ部類の人たちが多く組織されている国を相手にしなければならないのか、と気が滅入る思いだった。

——なぜ苦しんでいる被害者の要求に迅速に応えてくれないのか。もたもたしている間に葉子や咲子さんは痛みとにじみ出る体液とその悪臭にまみれながら、死んでゆくかもしれないのに、あなたたちはここに坐って、精いっぱいやっているとか、それは本庁に相談いたしましてのことばしか口にしない。被害を受けた者に対しては仕事としての事務処理対象としてしか受け止めていないのではないか——

豊は心の裡で反問しながら、能面のような表情で接してくる真鍋課長などを前にしていると、そう断じざるを得なかった。そうした思いを抱いていた豊に真鍋がもらしたことばが豊自身に禁を破らせた。

真鍋課長は両手を揉みながら前かがみになり、精いっぱいの意を迎えるようにいった。

「衣川様のご子息の逝去については誠にことばもございません。衣川様の奥様や、それに秋吉様の苦しみは私どもの痛みと受け止めさせていただいております。また消失しました家屋一切の補償については私どもが責任をもって対処したいと認識しております」

「今は補償がどうのといってる場合ですか」

豊は吐き捨てるようにいった。確かに今夜からの寝場所や子どもたちの学校のこと、仕事のこと、生活全般に渡って頭がぐるぐるまわっていて、すぐにでも対応してくれることはのどから手が出るほどの要求だった。だが、今はとにかく、墜落事故の原因となぜ我が家につっこんだのか、加害者は今、どこでなにをしているのか。そのことを第一に聞きたかったのに、補償の話を持ち出す態度に、今日は穏やかにという思いが吹っ飛んでいた。

「俺もさあ、今はとにかく咲子がたすかることが第一で、そのためにはなんでもしてほしいんだよ。補償の話なんてあとの話なんだ」

健太が今度は豊と交代するように声は濁っていたが、意外に穏やかな口調でいった。

「はい、奥様方のお命こそ第一に考えなければならないのは当然のことでございます」

真鍋が返すと、すかさず健太がかぶせた。

「なら、秋吉さんのいわれた防衛医科大学とか自衛隊中央病院っていうところに咲子も秋吉さんの奥さんもすぐに転院させてもらえば早く治るんじゃねえのかよう」

健太の物言いがとたんに巻き舌にかわった。

「子どもらもすぐに専門の先生に診てもらっていたらたすかっていたかもしれないって、俺は思っちゃうんだよ。だから今からでも手配してくれねえかなあ」

健太は声のふるえを止められないで涙を浮かべた。

「課長さん、どうなんですか。今からでも局に連絡して段どりをお願いできませんか」

豊は課長の膝に自分の膝をぶつけるように間を詰めた。真鍋はふたりの要請に今度は腕組みをし、天井を見あげてから答えた。

「おふたりのお話はよくわかります。ただ、この病院の先生方や看護婦の皆様も全力でがんばっておられる訳でして、とにかく今の段階で重篤な奥様方たちを転院させるのは返って治療には悪いかと存じます」

豊はやはりこちらの切実な要求をそらすのに長けている人だな、と胸奥で起きあがって来るものがあり、歯ぎしりをまじえていった。

「そんなことはいわれなくても、わかってますよ。あなたねえ、この病院にどれだけの医者に看護婦がいると思っているんですか。夜なんか医者ひとりに看護婦ふたりなんだ。それもバイトというんですよ。それで十分な治療ができると思いますか。」

「私も昼間の体制しか聞いておりませんでしたので、今お聞きして、応援の医療スタッフをさっそく派遣するように手配したいと思います」

真鍋は豊の高じて来る声音をすっと引きとる口調で受け止めたので、豊はするりとかわされた思いだった。

「それっておかしいんだよ。この病院の医療体制を今まで知らなかったって。事故が起きてから一日も経っているんだぞ。そんなにいけしゃあしゃあとしたことがよくいえるな」

　健太は真鍋につばきがかかる勢いで発した。

「とんでもありません。事の重大性は痛いほど理解しております。これから本庁に帰りまして、さっそくおふたりのご意向を上司にも報告いたしましまして善処させていただきます」

　真鍋は最敬礼して引きあげかけた。

「いちいち、相談してる場合か。即答できる責任ある人に来てもらってくれよ。らちのあかない人間がいくら来ても、女房はどんどん悪くなっていくばかりじゃねえかよう」

　健太はもう我慢せず怒鳴り声になった。

　豊は健太と一緒になって声を荒げたかったが、健太のまくれぎみになった厚い唇とぎらついた瞳に鼻孔をひろげた形相を前にして、自分も同じ表情になるだろうと意識してしまってことばを飲みこんだ。

　真鍋はただ低頭して、「おふたりの要請を真摯に受け止めまして、ご返答させていただきたいと思います」とくりかえしながら、あとずさりする姿勢のまま辞していった。


　職員たちが去ったあと、健太は「私は咲子のそばに戻ります。私は最高の治療を受けさせるために、がんがんとあいつらに要求していきます。秋吉さん、がんばりましょうや」と豊の手をにぎった。部厚く力が強くて痛いほどだった。豊も妥協するつもりはなかった。思いを共有するために自分も手に力をこめた。

　健太が去ったあと、豊は朝早くからの防衛施設局職員との話し合いや健太とのやりとり、それにくわえての睡眠不足などで地に引きずりこまれるような疲労を覚えた。目を閉じると、とたんに椅子から体が前かがみになり通路に倒れこみかけた。はっとして持ちなおし、頬を両手で激しくぶった。葉子のつき添いや今夜からの寝床や子どもの学校のこと、職場のことなどへの思案がどっと頭に渦巻いた。葉子のことは第一だが、これからの生活上の要求をもっとぶつけておけばよかったと、地団駄踏む思いがこみあげてきた。

　防衛施設局の職員も常識的に考えて、家屋も一切の家財も失った自分たちに対して、どう手をさしのべるべきか考えてあたり前なのに、病院の医療体制についても知らなかった。ましてや、今日からの生活の応援に関する具体的な話なども一切なかった。当然、相手が配慮すべき問題だった。それを今になって問いただしておくことを失していたことで己に対して猛烈に腹が立ったが、次の機会にと気持ちを収めた。豊は気をとりなおして、墜落現場や現地の整理作業を再び目に焼きつけておこうと思った。豊が出かけようとした時、玄関扉の方向から数人の大きな声がした。

「防衛施設庁長官がまいられました」

玄関前を見ると、黒塗りのセダンがすべりこみ、背広姿の男数人に囲まれて初老の男性が姿を見せた。屈強な男たちを両脇に従え、何名もの背広姿の職員や報道陣が続き、その中にあって長官は中肉中背で額が後退し、眼鏡をかけていたが、その地位とは違って学者のような印象があった。豊はとり巻きの職員たちの物ものしさと長官の物柔らかな雰囲気との落差に違和感を覚えた。だが、事故にかかわる最高責任者が見舞いに訪れてくれたことに、先ほどまでの防衛施設局に対する不満がすこしは薄まったのも正直な気持ちだった。

髪を七、三に分けた職員がもったいぶった口調で長官を豊に引き合わせた。長官は豊に対面するなり、「この度は犠牲を負わせて相済まぬことでした」と深々と頭を下げた。その瞬間を逃すまいと報道陣のカメラがいっせいにフラッシュした。

豊はなぜか長官の頭頂のまばらな髪と地肌の艶のよさに目をやった。ことばを区切って低いが、一語一語明晰に発音される響きに誠意を感じた。

「奥様は二階病室ですね」

長官は待合室横の階段を見あげて歩を進めようとした。豊はあわててことばを添えた。

「病室はにおいがこもっておりますが、お許しいただきたく思います」

豊は長官の人柄には意外に好感を覚えたものの、なぜ被害者がへりくだらなければならないのか、と自問した。だが、とり巻きの職員の長官への態度から、自然と影響を受けていたのだと思えた。そのことで、自分は案外、権力に弱い人間なんだと自覚した。豊はそのことで、巨大な官僚組織の人たちとこれから話を進めていくことに気後れさえ覚えた。

豊が二階病室に案内すると、長官はおつきの職員に外で待機するように指示し、ひとりで入室した。

豊は葉子のベッド脇の椅子を長官に勧めた。長官は包帯姿の葉子の顔をのぞきこむようにして大きく息を継ぎ、「先ほど衣川咲子さんが入院されている病院に見舞ってまいりましたが、おふたりともお気の毒です」

長官はそっと葉子の手にふれようとしたが、豊はそれを止めた。

「長官、ふれられると、とても痛がりますので、お気持ちだけでありがとうございます」

豊がそういうと、長官は静かにうなずいて、「失礼いたしました。もっと奥様に配慮すべき私が」とまた頭を下げた。豊は恐縮した。この長官なら率直に話ができるのではないかと期待する気持ちが動いた。その思いは、病室の扉前からカメラを構えてシャッターを切ろうとする記者たちに向かって、「君たち、それはやめたまえよ。患者の方を刺激してはいけないよ」ときびしい声で制したことで、よけいに意を強くした。それでも、豊は質問するのに緊張してことばがもつれた。

「ち、長官、おたずね、し、したいのですが」

長官はまっすぐ目を合わせてきた。豊は一瞬目のやり場に困ったが、長官のはぐらかさない姿勢に勇気を得て続けた。

「あの、長官は先ほど、犠牲を負わせて済まないとおっしゃいましたね」

豊が切り出すと、長官は眼鏡の奥のまぶたをしばたたかせ、ゆっくりとうなずいた。正面からながめると、長官は丸顔で額には数本の深い横皺が刻まれ、理知的にむすばれた口元はやはり学者といった雰囲気をまとっていた。豊の次のことばを静かに待つという姿勢を見せた。豊は深呼吸して続けた。

「どうして僕たちが犠牲にならなければならなかったのでしょうか」

豊はそれだけで胸の内のすべてをぶつけた思いだった。だが、長官はすぐには口を開かなかった。豊はもう一度、同じことばを吐いた。長官は柔和な表情を消して、苦虫をかみつぶしたような顔になった。豊は長官の変化に、やはりこの人も国の役人だ、と気持ちが墜落した。豊はこのままでは済まさない。もっといいたいことがあるのだ。どうして、善良な市民である、僕らが犠牲にならなきゃならないんだ。答えるまで帰さないぞ、と断固とした思いを抱いた。豊には長い時間に思えた。長官はやがて天井を仰ぐしぐさを見せてようやく答えた。「日本の、ね。平和と、安全のためにです」

豊は最初、そのことばが抽象的すぎてすぐには理解できなかった。その意味を考えていると、昨日の夕刻に墜落現場を訪れた時、警官が口にしたことを思い出した。

――アメリカと日本には安保条約や地位協定とかでいろいろとり決めがあるそうですよ――

豊はその時、自分の家と土地なのに自由に出入りもできず、日本の役人や警察官などもロープを張りめぐらせた円周のなかには立ち入れないことを知った。なのに草色の軍服を着たアメリカ兵は好き勝手に動きまわり、地面を掘り起こし、かきまぜ、クレーンで散乱した金属片を吊りあげていた。そこにはひとりも日本人の姿はなかった。

その記憶と重ねると、長官のいった意味がようやくつかめた気がした。

「じゃあ、日本の平和と安全のためなら、私たちが犠牲になってもしかたがないとおっしゃるんですか」

思ったより声が高まったのか、通路で待機している役人たちが色めき立って入室して来ようとした。長官は手をあげてそれを制した。

「僕たちの犠牲って、アメリカとの条約があるせいじゃないんですか。そのために僕たちが犠牲になるなんてまっぴらごめんです。平和と安全といいながら妻や子どもたちに大やけどを負わせて殺しているじゃないですか」

豊は興奮しすぎて虎の尾を踏んでしまったようだった。長官の表情はさらに一変した。眉根が険しく、眼光が鋭くなってまばたきもしなかった。鼻翼からあごにかけての八の字の線が太くなった。長官は豊の問いかけを無視して、「秋吉さんご一家のこれからのことは私ども防衛施設庁が責任をもって対処するように指示しております。なんなりとご要望があれば係りの者にいいつけていただきたい」

　長官はそれを切りに立ちあがりかけた。豊は長官の表情や態度の変化で、条約うんぬんを口にすることは国政の根幹にかかわることなんだな、と鞭打たれる鋭さで実感した。それなら、せめてすぐにでも実現してほしいことだけはどうしても要請しておきたかった。

「長官、先ほどおっしゃっていただいたように、すぐにでもお願いしたいことがあります」

　長官は豊の質問の方向が先ほどの安保条約の本質に関わるものでなく、補償にかかわるものであることを推察したのか、硬い表情を解いて椅子に坐りなおした。通路側のお付きの役人がしきりに腕時計をのぞいていた。豊はかまわず要求を並べた。自衛隊中央病院の火傷の専門医を派遣し、看護婦を増やしてほしい。住まいを今日にも確保し、家政婦も派遣して冷蔵庫やテレビ、洗濯機、台所用品、それにくわえて子どもたちの学用品などを支給すること。妻、葉子に付添婦をつけることなどだった。豊は訴えながら、家族のアルバムなど二度と還ってこないものに胸を締めつけられ、奪われたものを全部返せ、と激しかけたが、さすがに長官に直接ぶつけることは控えた。

「わかりました。おっしゃった点は、担当職員に全力で対処するように伝えますし、付添婦や家政婦の件につきましては、事務方でよく検討するように指示しておきます」

　長官はそういい残して立ちあがり、豊とベッドの葉子に向かって一礼し、足早に病室から出て行った。

　階段を踏み鳴らす多くの靴音が静まるとベッド上の葉子が寝返りを打った。

「やかましくて目がさめただろう」

　豊がささやくようにいうと、葉子はかすかに頭を動かし、かすれた呼吸音のような声でもらした。

「あの人。一番大事なこと答えてくれていない。私がこんな目に合わなきゃならない安保条約ってなんなのか。どうして事故を起こしたアメリカのパイロットがやって来ないのか。それが一番知りたいことなのに」

葉子の絞りだしたことばで、豊は一番大切なことはなにも聞けなかった口惜しさにあらためて胸がかまれた。衣川健太が長官の部下であるY防衛施設局の真鍋業務課長に「補償の話より事故の原因の説明が先だろう」とつっかかったことが思い出されて、長官も補償のことは口にしたが、事故の本質につながるアメリカとの条約にかかわることなどへの質問はまったく無視した。安保と口にしただけで、長官の表情は一瞬にして変化した。それには絶対さわらせないという凍りついた空気が感じられた。

豊はその時、鉄の壁を感じたが、猛烈な反発に衝きあげられた。――僕たちを大事にしないアメリカとの約束なんて――

豊ははじめて国家と自分の関係というものを錐で体に揉みこまれるように意識した。

四十数年、この日本で住んできたが、そんなことを考えたこともなかった。沖縄では毎日のように米軍基地をめぐる事故や事件が起こっていることはニュースでは耳にし、目にもしていた。でもそれはやはり自分たちの日常生活からは遠い事件だと思われた。「安保」なんて、国会で議員たちが議論する問題として関心の埒外だった。だがそのことにかかわる事故が自分たちにふりかかって来て驚愕し、その原因を、それを生んだ国家間の約束の内容の一端をたずねても答えは返ってこない。君らは知らなくてもよい、政府に、官僚にまかせておけばよい、という態度そのものにも受け止められた。豊は必ずその回答をさせるんだと宙をにらみ据えた。

葉子がベッド上でかすかに身じろぎし、まだなにか声にしている。豊は耳を葉子の口元にそっと近づけた。

「人、殺し。人、殺し。アメリカが、憎い」

豊はそのセリフにどきっとしながら、事故を起こしたのはアメリカ兵なのに、日本の長官が顔を見せて、加害者のパイロットや米軍の関係者はひとりも現れないことの理不尽さに、葉子と同じ思いを抱いた。

ひとことでも直接に事故への謝罪と原因の説明が

あればと、豊は胸をかきむしられながらも、ふいに子どもたちのことに思いが走った。今日は学校にも行けず、ホテルでただ葉子の容体の知らせを待ち、これからの生活の行方について不安がっているだろうと、とにかく子どもたちに連絡をとることにした。

豊が電話をするために階下におりようとすると、光と翔子と鉢合わせになった。ふたりとも目が真っ赤だった。翔子はいつも登校前に長い髪を丁寧に梳き三つ編みにするが今朝はばらけてもつれあい、綿埃のようなものまでくっつけていた。普段はそうしたことを大変気にするのにと、ふびんさが先に立った。そばかすの浮いた顔色は青ざめていた。光の肌色はくすんだように沈んでいたが、詰襟の学生服姿で気丈に見えた。

「よく眠れたか」

豊の問いにふたりは顔を見合わせた。豊はその表情を目にして無駄なことをたずねたな、と舌打ちした。

「飯は食ったか」

それでも豊は日常的な習慣で続けた。ふたりは上の空でうなずいた。彼らの思いは葉子の容体だけにつながっているようだった。

「大丈夫だからな。母さん。大丈夫だからな」

そのことばだけで翔子は葉子に似た切れ長なまぶたの間から噴き出るような涙を流した。光は奥歯をかみしめ怒ったように目を剥いていた。豊は子どもたちと病室に戻った。子どもたちは足音を忍ばせ、そっとベッド脇に立った。豊も無言だった。

「お母さん」

翔子がこらえきれないようにむせんだ。包帯につつまれて蓑虫みたいな体が反応した。

「むりするな。そのままにしていろよ」

豊がかがんでそっと吹きこんだ。光もそのあとに続けた。

「ぼくらは大丈夫だから、早く治ってよね」

葉子の白いドッチボールのような頭部は今度ははっきりと向きをかえた。そして昨日と同じことばをくりかえした。

「大丈夫よ。大丈夫だからね。がんばるから」

葉子は精いっぱいの声で訴えたあと、息絶えたようにぐったりとしてしまった。豊は子どもたちに退室をうながした。通路の長椅子に腰かけ、当面の生活の相談をした。今日、明日にも住まいを見つけ、光と翔子の登校のための準備をすることなどが中心になった。

第3章 生活の行方

豊は生活を立てなおすための手立てがすぐに浮かんだ訳ではない。だがとにかく、仮の住居と子どもたちの学校生活だけは早急に確保しなければならないことが最優先事項だった。そのための今日の行動日程を頭のなかで組み立てていた。職場の業務はK信用金庫本店から事故処理が落ち着くまでそれに専念せよ、との指示で、副支店長の倉本に任せておけることが確認できていて、当面はひとつの荷をおろしていた。

「悪いけれどな、今日、一日だけはまたホテルで泊まってくれるか。必ず明日中には住めるところを探すからな。それにお前たちがすぐにでも学校へ行けるように学用品やらそろえるから。先生方とも連絡をとらなきゃな」

豊が考えを述べると、光がいった。

「学校のことはね、先生たちがホテルに来てくれてね。学校に持って行った教科書以外に燃えちゃった教科書やノートなどの文房具を集めて届けてくれたんだ。事故を知ってその日に職員会議を開いて応援の方法を相談してくれたんだって。先生の組合もカンパを集めくれてるんだって」

つい先日までは、「うっせえんだよ、先公らは」と尖って教師たちをののしっていたのに、今は、教師たちの行動に目をみはるような信頼を寄せている口ぶりだった。

「それにね、ホテルの人がね、ホテルのレストランは無料でいいからねっていってくれて、こいつ、ずっと泣いていたけれど、食べる時はちゃっかりお腹いっぱい食べてんだよ」

光が翔子の頭を小づくように人差し指で押すと、

「お兄ちゃんだって、大好きなステーキにハムやクロワッサンが出て、お腹がパンクするほど詰めこんでいたんだから」

翔子は光のちょっかいをかわしながら逆襲した。

豊はふたりのやりとりに潤むものがあった。なにがあっても、光と翔子の元気な姿が救いだった。それにくわえて、昨夜、豊が現場を確認するために病院を離れている間に、市長や県会議員、市会議員なども続々とお見舞いと要望聞きとりに訪れてくれていたことを看護婦たちから伝えられた。豊はホテルの人々を含めて多くの人たちが自分たちに目を注ぎ、援助の手を差しのべようとしてくれていることを部厚く感じた。そのことに力を得て、葉子はきっとたすかる。たすけて見せる、と気力がわずかにでも満ちて来るのを覚えた。

豊が今から現場確認に行くというと、光と翔子も同行したいといった。

「まだなあ、燃え滓もあって、金属の破片なども散乱していると思うからもうすこし片づいてからにしよう。もちろん、うちの家がどうなっているのか見たい気持ちはよくわかるけれどなあ。父さん、ちょっとのぞいて来るだけで、あとにしなければならない仕事が山ほどあるから、今日晩にでも、ホテルに話に行くよ」

豊の説明に翔子はぐずついたが、光がきっぱりと受け止めてくれた。

「わかった。じゃあ、僕らは学校に行って昨日のお礼を先生たちにいって来るよ」

翔子もようやく首を垂れて光に同意した。三人は再び病室に戻り、「母さん、子どもたちは元気だよ」と声をかけた。子どもたちも、「うん、父さんも元気だよ」とそれぞれにことばを残して病室を出た。子どもたちはことば通りまずは翔子の小学校に向かった。

豊は病院玄関前までふたりを送ってから、待合室に待機していた防衛施設局職員のひとりにたずねた。

「私と子どもたちは寝るところもないんです。今日にでも住むところを手配してもらえるんでしょうね」

だがふたりの職員はさっと立ちあがって姿勢を正したが、顔を見合わせあいまいに首をかしげるばかりだった。昨日と顔ぶれも違い、豊は肩透かしを喰らった思いで胸の内で無数の針がはじけた。

「私たちに野宿のままですごせというんですか。すぐにでも返事をくれるのがあたり前でしょうが。また上司と相談してというつもりですか」

「いいえ、今一生けんめいに探しているところです。私たちもその連絡があり次第、お伝えしたくて待機しているつもりです」

ふたりとも若い職員だった。直立不動の姿勢で手をふるわせながら名刺を差し出した。ひとりは防衛施設局業務課係長と記されていた。昨日会った真鍋課長の部下だとわかった。

「も、もちろん、アパートだけでなく冷蔵庫やテレビなど日常生活の必需品も手配している最中です」

係長は必死な口調でつけくわえた。

「なにぶん、突然のことで、私たちも焦っています」

かたわらのもうひとりがいい添えた。要望に応えるべく奔走していることを強調していることはわかったが、豊は〝突然〟ということばで煮えくり返るものがあった。

「なにが突然だよう。あんたたちは戦闘機なんか何機も飛ばして、自衛隊であろうが、米軍のであっても墜落事故なんか、いつも予測して、その時の対応は即、出来るようになってないとおかしいいんじゃないか。それがまったく予測できない〝突然〟なんて、そんなの国民のことをまるで考えてない国防じゃないのか。国防って国民を守るためにあるんだろうが」

豊は自分の口から〝国防〟ということばがつばきとともに飛び出したことに驚いた。自分がいいたいのは、そんな大きな話じゃなくて、ただ大やけどをした葉子はもちろん、自分や子どもたちに一刻も早く生活の確保の援助をしてもらいたいだけなのだ。なのに、防衛施設庁長官までやって来たのに、実際のことはなにも進んでいないし、ひとことの連絡もないのだ。豊はその時、長官が自分たちの被災を〝犠牲〟とし、それを〝日本の平和と安全のため〟と述べたことを思い出し、胸奥が焼けついた。

「なにが平和と安全だ。私らには犠牲だけを押しつけてからに」

豊は若い職員にいくらぶつけてものれんに腕押しの虚しさを感じていたが、ことばを発するにつれ己の感情にあおられるのを抑え切れなかった。

自分は割合、感情を抑えられる人間だと自信を持っていたし、今まで声をあげて泣いた記憶は小学生の折に、ひとり親の母が亡くなった時だけだった。それ以来、感情の起伏を飲みこむことに慣れてきたはずだった。だが、足元のすべてが崩れてしまった今では、家族を守ること、ただそれだけに命がけになり、豊の全存在の意味になった。なのに、こいつらは自分たちを芥子粒のようにしか考えていない。自分たちの犠牲は国を守るための当然の〝犠牲〟でしかない。間違いなく防衛施設庁長官はそういったのだ。長官は豊の聞きたかった事故の原因と責任の所在についてはなにも語ってくれず、補償のことは指示してあるといった。不満だったが、生活援助の面では長官じきじきの「指示」だということですこし安堵したのも正直な気持ちだった。

なのに、連絡が来るどころか、病院に詰めている職員にたずねてもなんの実質的な答えは聞けない。

「一体、誰にいえばこれからのことがはっきりするんだ。僕らを野宿させ、葉子はつき添いもなく痛みに苦しませるだけですか。なんとか、返事をくださいよ。でなきゃ、うちの一家はどうしていいかわからない」

豊は必死に迫った。防衛施設局の若いふたりはなだめるように「なんとか、午後までには本庁と連絡をとりまして、必ずご連絡するようにいたしますから」とふり子のように頭をさげた。

「あんたたちの最高責任者の長官がすぐにでも指示して対処するっていったんだぞ。長官が嘘をつくのか。それとも、あんたたちがさぼっているのか」

豊はこれ以上、うっぷんまじりにぶつけても仕方ないと、「私は今から現場に行ってきます。いわれたように、私が戻ってくる昼すぎには必ず、今夜からどうしてもらえるのかの答えをもらいますからね」

豊はそういい捨てて、病院の床を踏み鳴らすように墜落現場に向かった。

昨日のように、駅近くの病院前から西に伸びるゆるやかな坂道になった二車線のバス通りをたどった。自宅までは二キロメートルはあったが、歩道際から法面になったすこし高台に住宅が一定区画の間隔で軒先を並べ、門扉や庭先、建物の構造などがほとんど同じものだった。敷地も整然と区画され、典型的な新興住宅地のたたずまいを見せていた。豊は切り拓かれた丘陵地のため、遠く山の端がのぞめ、緑の多さ、空気の清浄さ、それにくわえてせまかった都心のアパートから六室もある二階建て住宅を購入できたことに、やっと一家の主として胸が張れる思いだった。なによりも葉子の変化が一番の喜びでもあった。長屋暮らしではなんとなく頬に血の気がうすく、平板気味な顔の造りのせいもあって無表情にも映った。でも、ここへ移って来てからは庭仕事での日焼けのせいか、小麦色の肌になり、まぶたの細い間からのぞく瞳にいきいきとした光が宿り、なによりも声が明るくなった。以前の葉子は軽口などをたたくことはめったになかったのに、子どもたちとのやりとりのなかで、トマト嫌いな翔子に向かって「トマト魂でがんばろう」とちいさく叫んだ時は、思わず「母さんがねえ、そういうか」と豊だけでなく光も両手をひろげ、首をすくめるしぐさをした。

豊はこの坂沿いの家の人々は、自分と同じくようやく手に入れた住まいのしあわせに浸っていることだろう、と想像した。画一的な設計のためそれぞれに個性を出そうと、壁やスレート葺き屋根の色をかえたり、駐車場の簡易設置の雨除けの形に工夫をこらしたり、一国一城の主であることを誇っているようでもあった。

消失した豊の自宅手前、約五００メートルまではアスファルト道は石ころひとつころんでいないよくなめされた路面だった。

だが近づくにつれて、電子機器と思われる配線がもつれ切って焦げた塊や車軸と思われる太い鉄の棒などが空き地にころがっているのを発見した。道路脇には機体の部品と思われる金属片も散乱している。バス道路一面は土くれや金属、コンクリート片か見分けのつかない砕片で覆われていた。両脇の家々の窓ガラスが割れているのが目に入った。ガレージの屋根に穴が開いたり、止めてあった車のボンネットが大きくえぐれるようにへこみ、フロントガラスが無数のひび割れを走らせていた。

においも昨日と同じように、鼻の奥をつき刺す鋭さで襲ってきた。プラスチック材に硫酸や硫黄臭、さらに家屋の建材の化学製品、それに電化製品がいぶされ、さらにジェット燃料の酸っぱいようなすえた臭いが攪拌され濃くただよってきた。豊は学生時代に薬品工場でアルバイトをしたことがあるがやはり鼻を衝く酸っぱさや胸のむかつく妙な甘ったるさもまじる臭気だった。

だがたった今、この街全体にたちこめている臭いは胸奥を焦げつかせ、かきむしる性質を帯びていた。ハンカチを口元にあてたが、吐き気を催しそうだった。息をちいさく継ぎながら、昨日と同じようにロープで囲んである場所に立った。ロープ際にはマスクをした警官が立って、昨日と同じく立ち入りを阻止していた。昨夜にはこの付近に立哨していなかった米兵も一定間隔で警備にあたり、特に報道陣などを追い散らしていた。

日本人とはほとんどが頭一つ違う背の高さで、ひろい肩幅といい、胸の厚さ、腕の太さはプロレスラーのようだった。肉づきがよいせいか赤ら顔で鬼のような者もいた。ガムをかんでいるのか、やたらつばを吐く兵士もいた。豊は威圧を感じて、仕方なくそこから作業をながめた。昨日は消防署員が多かったが、今は日本の警官が多かった。

警官にたずねてみると現場検証をしているという。数百名の警察官が動員され、米兵は約五十人が出動し、女性兵士もいるといった。昨日は夕暮れ近いせいだったのか、今朝のほうがはっきりと現場が確かめられた。豊と衣川家の敷地対面の南側の公園も焦土そのものだった。その背後の畑地に米軍のヘリコプターが二機おりたっていた。

ジェット燃料の火焔放射の直撃を受けた衣川家の農具置き場の小屋と土蔵の建物だけが土壁だったせいか、かろうじてその形を残していた。

それ以外は焼け残った墨色の柱がぼうぼうとつっ立っているだけだった。公園の立木はほとんどが燃えあがったようだったが、かろうじて残ったものは針金のように見えた。

豊の自宅は衣川家の東隣だったので、西からつっこんできた墜落の被害をすこしは減じられたとはいえ、マッチ棒を組み立てたような骨組みだけが残っているだけだった。

衣川家の西側、約三十メートルの道路中央には戦闘機の激突でえぐられた穴があり、昨日以上に巨大に見えた。豊はそれをのぞみながら現場の状況を警官にたずねてみた。

若い警官だった。はきはきと答えてくれて、豊は気鬱になっていた気分が晴れる気がした。

直撃現場は機体が四メートルもめりこんだ。破砕された機体主要部のエンジンや胴体、翼などは昨夜のうちに米軍が引きあげて持ち帰ったという。今は細かい部品集めや現場修復に移っているという。

豊は先ほど警官が「現場検証をしている」ということばを思い出して、素人なりに確認してみた。

「現場検証というのは、事故の原因と責任をはっきりさせるために、事故直後のままに手をくわえずに、調査、記録していくことですよね。なのに、ほとんどの証拠となるものは、米軍が昨夜のうちに片づけてしまって、肝心なものはなにも残っていないのじゃないですか」

まだ表情に幼なさの残る警官は、目を大きく見開いて豊の顔をながめ、「そっ、そうであります。でも、この件ではとにかく、私はここからの一般人や報道陣の立ち寄りを禁ずる命令を受けているだけです」とすこし戸惑った口調で答えた。豊は自身を一般人ではなく、当事者と名乗ろうと思ったが、虚しさを覚えて黙っていた。目の先で実際に作業をしているのは米兵ばかりで、日本側の人間は警官や防衛施設局の職員たちも一ヶ所に固まってそれを見守っているだけの図を目のあたりにしているせいかもしれなかった。

なぜ日本人が脇にどけられて、米兵がすべてを仕切るのか。なぜ昨日、警官から聞いた「日米地位協定」ではそうなるのか。豊のなかで疑念がふくらむばかりだった。

豊はすこしでも自宅や事故現場のようすを確認しておきたくて張られたロープに沿って歩いてみた。

先ほどの反対側、西側にまわるとえぐられた道路中央の惨状がすこしは詳細に目撃できた。長身の米兵でさえ穴の中に降りると姿が隠れ、吹き飛ばされて両脇に盛りあがった土が赤茶け、表面は白っぽく見えた。

米兵たちは濃い草色の軍帽とシャツにズボンを穿いていて、腰には太いベルトに拳銃を備えている者もいた。そのなかにあって、白い制服、制帽の将校らしき者もまじっていた。めずらしく日本の警察の高官と思われる人物も彼と肩を並べて歩いていた。

豊がえぐれた穴からふと南側の公園に目を転じると目を疑う場面が飛びこんできた。

豊の立っている場所からは日の下になったのでよく見えた。休憩で寝そべっているのか、それとも横になって食事でもしているのか、ふたりの米兵が頭を並べていた。そして離れたところからカメラを構える米兵がいた。そのレンズに向けて、寝そべったふたりがVサインをしてポーズをとり、あげくにキスまでしていた。ひとりは女性兵士だった。

豊には彼らのために自分の土地を焼き払われ、立ち入りさえ拒まれ、その挙句に受けた屈辱的な光景だった。

——日本の平和と安全のために犠牲になった上に、こんなみじめさを味あわされなければならないのか——

みぞおちのあたりでプラスチックやゴムが焼け焦げて、いぶされているような吐き気と息苦しさに襲われた。それでも身悶えするだけで、全身は脱力感が強かった。

豊はその場に立っていられなくなり、引きあげることにした。病院に帰ったらとにかくこの憤懣を防衛施設局の職員にぶつけ、第一番に今日からの生活保障を約束させようと空をにらんだ。

豊はふたたび囲いに沿って半周し、元の位置に戻った。その時、数メートル離れたロープ際に立っていた男性が突然、怒鳴り声をあげた。

「お前ら、十数年前にも、この俺に二度と、二度とこんな事故は起こさせませんと、約束しただろうが。なのに何回起こしたら気が済むんじゃ。何度も、何度も人も焼き殺しやがって。人殺し。この嘘つきめが」

　小柄だったが猪の首で肩幅がひろく部厚い胸をしていた。がらがら声のせいか、よけいに豊の鼓膜に雷のように轟いてきた。

　声を張りあげていた男性はロープを無視して内側に踏みこみ、カーキ色の制服に腕章をつけた防衛施設局の職員に向かって突進しかけた。警官がタックルするように腰に両腕をまわした。米兵も飛んできた。米兵はしかし、日本の警官の動きを見て元の警備の場所に戻って行った。豊はそれを目撃して、男性が米兵に組み伏せられなくてよかったと、心底ほっとした。身長は百九十センチメートルはありそうで、岩みたいな体格に、腕も首も丸太の棒のようだった。帽子はかぶっているがスキンヘッドの容貌は凶暴に映った。こんな兵士に振りまわされたり、押さえつけられたりしたら骨が折れるか、窒息させられてしまうのではないか、と体が硬直するのを覚えた。だが男性はまだあきらめず、警官と揉み合い、防衛施設局の職員に向かって行こうとした。やがて他の中年らしき警官もくわわって、男性を抱えるようにしてロープ外からさらに遠ざけた。

「これ以上、公務妨害をすると逮捕するぞ」

　警官も胴間声をあげた。男性はひるむこともなく、「おう、どこへでも放りこめよ。俺にはもう怖いものなんかないんじゃ。全部、アメ公やその使い走りの国の役人らに奪われてしもたんじゃからな。そんな人間をまた生みだしやがって、なにが公務じゃ。お前らもアメ公の飼い犬じゃねえかよう」と、抱えられた大魚よろしく警官たちの腕の中で跳ねては、身をよじった。

　豊はその男性の姿に、何者なのだろうと、ただなりゆきをながめていた。男性はひとしきりがなり立てていたが、やがてしゃくりあげてその場にしゃがみこんでしまった。地面を拳で打ち、号泣をやめなかった。警官たちは男性を頭上から威圧するように仁王立ちになってにらんでいたが、扱いに困ったように顔をしかめ、今度は中年の警官が諭すようにいった。

「あんたの気持ちはわかった。あんたの家族もこんな事故にあって気の毒だとは思うが、今ここでそれをわめいて、私らや防衛施設庁の人間に八つあたりしてもしようがないと思うんだけどなあ。それからお願いなんだけどなあ。私らは職務で警備にあたっているだけで、どこかの飼い犬みたいな口だけは利いてほしくないんだなあ。とにかく、いいたいことは山ほど吐き出されたんだから、もう帰られたらどうですか」

「あんたたちに俺の気持ちがわかってたまるかい」

男性は地面に向かって吼えたが、先ほどの勢いは失せていた。

豊は男性と警官のやりとりで、この男性も米軍機の墜落による被災を体験したのだな、と強く関心を引かれた。この人が受けた被害はどんなものだったのか。家族は、家屋は。そのことを想像するだけでひりひりとするものがあった。

男性はやがて立ちあがって、衣服の土くれも払わずゆっくりとその場を離れながら、唸るように「ばか野郎、ばか野郎めが」とくりかえした。

豊は男性のあとを追った。男性は背をまるめ前かがみぎみに歩を運び、背後から見ると力仕事をしてきた人特有の肩の筋肉の盛りあがりがうかがえた。上体を左右にゆすり、がに股で大地をかむような足運びだった。頭頂部には髪がほとんど残っていなかった。

「あのう、すみません」

豊が遠慮がちに声をかけると、男性はふり返り、太い眉根をけわしくして尖った視線を向けてきた。男性は返事もせずただ豊の顔を値踏みするように見つめた。

男性の額や頬には深いしわが幾本も刻まれ、厚い唇は硬いものをかみ砕く時のようにゆがみ切っていた。顔全体は赤黒く、酒におぼれている人特有のむくみがあった。その上、濃い眉下の目が充血していた。

六十代半ばに見え、全身に怒気を充満させていて、豊をたじろがせた。だが、豊は自身のなかにも同じ思いが渦巻いていることをあらためて自覚し、返って仲間に出会った思いがこみあげてきた。

「この事故の被害者の秋吉豊と申します」

豊が名乗ると、男性は大きく口を開けてのけぞる姿勢で腹の底から応じた。

「おうっ。あんたがそうなのか。あんたが、十数年前の俺と同じ目に合った人なのか」

男性は今度は顔をくしゃくしゃにして再び涙を流し、豊の両手を強くにぎり締めた。

「俺は種田進といいます。この事故のニュースを聞いてな。もういても立ってもいられなくなってなあ。俺と同じ思いをする人がまたいると思うとなあ。とにかく、二度とこんな事故を起こしませんと、国の役人から、米軍の基地司令官までが俺の家にやって来て約束したんですわ。なのに、それからも同じ目に合った人らは数え切れん。あいつら口ばっかりで、あげく今度は幼子までが黒焦げに焼き殺されて。国のやつらは嘘ばっかりでな。俺の人生をめちゃくちゃにしやがってなあ」

種田は話しはじめたら全身から噴きあげる勢いでことばが速射砲になった。唇の端に石鹸の泡状の濃厚なつばきを溜め、拳を固めてはつきあげるしぐさをした。

「あなたも私のような思いをされて来たんですね」

豊は種田が一瞬息を継いだ間にことばを挟んだ。

「おう。あんなつらくて悔しい目に、たった今、秋吉さんが遭っていると思うと、もう他人ごとではなくてなあ。ここが痛くて、息が苦しくなるんですわ」

種田はみぞおちのあたりを押さえて、実際、ぜいぜいと喉を鳴らした。豊はその話にかじりつきたかった。だが、今日中に片づけてしまわなければならないことに焦ってもいた。そのために種田の話に集中するのを邪魔されて、種田にことわった。

「すみません。私、今夜の住むところもないので、その手配をしなければなりません。お話、ぜひゆっくりお聞きしたいので、ご住所をお教え願えませんか。ぜひ種田さんのお話をおうかがいしたいと思います」

種田は、はっと我に返ったようににじんだ涙と口元の唾液を袖口でぬぐった。

「おう、大変なあんたに俺のことばっかりまくし立ててしまってからに。すまんことです。うん、ぜひ、俺が国やアメリカからどんな仕打ちを受けたか、そのせいで残った家族もばらばらになってしまったことや、俺自身が酒浸りになって抜け殻みたいな人間になってしまったことを知ってもらって、秋吉さんには俺みたいなことにならんようにと、ぜひ伝えておきたいと思っとります」

種田はやはりほとばしるような口調のまま、ポケットから名刺を差しだした。その住所を見ると、事故現場から二時間はかかる他県に住んでいた。

「遠いところをわざわざきていただいているのに、本当に申し訳ありません。近日、お宅におうかがいしたいと思いますので、ご都合のよい日を教えていただければと思います」

豊は恐縮した口ぶりで申し出た。

「おう。事前に連絡してくれれば、あんたの都合に合わせられるんだ。俺はほんとは暇なんだが、裁判を抱えているので、その用事の折さえ除けばオーケーさ」

種田はそういって、ようやく意識し出したのか服に付着した土を払った。豊は、種田がもらした裁判うんぬんについて、きっと種田が被災した墜落事故にかかわることなのだろう、と推察した。

豊はまだしばらく現場にいるという種田と別れてバス道をくだりながら考えこんでいた。

——種田は事故に遭ったのは十数年前だったのに、まだそのことで裁判を抱えているという。被害を受けた者が納得できる原因や責任の説明があって、今後の生活の補償さえしてもらえれば時間はかからないのではないか。自分ならそんなにややこしく考えないで、早く解決して生活の再建に全力を注ぎたいと思う。でも、思い通りには進まなくて、もし訴訟を起こせばそんなに年月がかかるものなのか
——

想像するだけで、気が遠くなる思いだった。

「国は嘘ばっかりつきやがって」という種田の満身の叫びが耳奥に残っていたが、豊には国がそんない

い加減なことをするはずがない、という思いも強くあった。

だが、昨日からの防衛施設局の職員や防衛施設庁長官の対応をふり返ってみると、不安もこみあげて来た。


病院に戻ると、三十代半ばに見える紺地のブレザーに似た制服にネクタイをむすんだ男性が声をかけて来た。

「秋吉さん、今日からのお住まい、とりあえず確保いたしました」

豊の目から見て、男性は防衛施設局の職員ではなさそうだった。

「あっ、大変失礼いたしました」

男性はあわてて名刺を差しだした。「Y市危機管理室災害対策係長河村新吾」とあった。

「どうして、Y市のあなたが」

豊は腑に落ちない表情でたずねた。

「防衛施設局の業務課から連絡がありまして、アパート探しを依頼されまして」

河村は一刻も早く豊に報告しようと息せき切って来たのが荒い息でわかった。豊はとにかく今夜からの住まいが確保できたという知らせに、足元から手先の末端まであたたかな血がめぐってくる感覚があった。

「でも、なぜY市職員のあなたがお世話を」

豊は防衛施設局のY市への仕事の押しつけではないか、と不信の種がまたひとつ胸奥に植えつけられた。

河村は短髪の頭をかきながら、「国からの依頼があれば、市は受けなければならないものですから」と応じたあと、「これが私の仕事ですから。とにかく市民のために働くのが使命だと思っています。ましてや大変な事故に遭われた秋吉さんに一刻も早く仮の住まいだけでもお世話しなければと焦っていました」と声に力をこめた。豊は、河村が全力を傾けて豊たちの支えになろうとしてくれていることに全身で感謝を表した。河村は額の髪の生え際だけでなく顔全体が汗で光っていた。

豊が深く頭を下げると、河村は両腕をまっすぐ腰にそえて上体をそのまま軽く折った姿勢で、「では、さっそくご案内したいと思います」とはきはきとした口調でいった。

河村に案内されたのは病院から車で二十分のところにあった。豊の自宅の最寄駅から通勤の反対方向に二駅離れていた。そこは豊たちが分譲を受けた整然と区画された新興住宅地と違って、畑や田圃が多かった。

「もっと病院に近いところをと思ったのですが、急なことで、こんなところしかなくて」

河村はY市のマーク入りの軽自動車を木造モルタル塗りの平屋建ての庭先に乗り入れた。築数十年も経っているのが一目でわかり、壁にはひびが走り、鼠色の染みだらけだった。

豊は河村が「こんなところ」といったことばを思わず反芻してしまった。扉半分にガラスははめてあったが、全体は赤茶けてしまった木枠と板でできていた。河村がカギを差しこんで開くと、かび臭い空気の塊が吹き出てきた。豊だけなく河村も口元を押さえた。

「高齢の夫婦が亡くなられたあとはずっと空き家で、荒れていますがといわれたんですが」

河村は豊の表情をうかがうように説明してから、あわててつけ足した。

「間に合わせといっても、ここでむりなら他をあたります」

豊は露骨に眉をしかめたまま土間に足を踏み入れた。半畳の三和土に立ち、ざっと間どりを確かめた。「靴のままで」と河村がいうので、土足のままであがると、左手に板敷の台所があり、その奥に六畳の間があった。右手には廊下を挟んで四畳半と六畳の部屋が続き、奥に風呂場と便所があった。

部屋数は光と翔子に一部屋ずつあてがえる。葉子との夫婦の間も台所の隣にある。豊は部屋数では当面、我慢できると思った。焼失した家と違って都市ガスではなく、プロパンガスだったが仕方ないと了承できた。だが便所は汲みとり式で、風呂はカビだらけだった。豊はその状況に唇をきつくむすび腕組みをした。板敷の台所の間や廊下は布掛けして拭えばいいが、けば立ち、薄茶色に変色している畳では寝泊まりする気にはなれなかった。

　畳を踏んでみた。締まりなく、スポンジみたいな感触が伝わって来た。雨漏りで水を含んだ箇所なのか、ふくれあがってそり返っているところもあった。今にも無数のダニなどの害虫や虫、ムカデさえ這いだしてきそうだった。豊が畳の上で仁王立ちになって点検していると、「あとで、防衛施設局の方がこられて、どう手を入れられるかのお話があると思いますが」

　河村も豊と同じような目線で部屋を見まわしながらいった。河村の物言いには、自分たちは防衛施設局の依頼を受けて急遽走ったまでで、物件探し以上のことはなにも口出しできないという含みがあった。

　――直接の責任者の防衛施設局の職員は一体、なにをしているんだ。昨日からなんの具体的な手も差し伸べてくれないで、他の人間に押しつけてからに――

　豊は憮然として、Y市の職員の河村につきつけかけた不満を飲みこみ、憤懣を防衛施設局の職員に向かって溜こんだ。

「このままでは住めませんね。ほかに探すといっても、ちょっと時間がかかるかもしれませんし、とにかく、防衛施設局の職員の方がこられるまで待ちましょう」

　豊が仮住まいの家屋の点検を済ませたころに、防衛施設局の職員が数人やって来た。真鍋業務課長が深く腰を折りながら挨拶した。

「今朝ほどは大変失礼いたしました」

「お宅からの連絡じゃなくて、Y市さんからの突然の連絡でびっくりしました」

　豊は精いっぱいの嫌味をこめた声で告げた。

「いやあ。Y市さんにはお世話になりました」

　真鍋はさりげなく豊の気持ちをそらすように両手を揉み合わせ、わざとらしく声を高めた。それに続けて豊たちの生活救済に向けての昨夜からのY防衛施設局の動きを報告した。

「私どもは、なにしろひろい管区を担当しているものですから、このあたりの地の利を承知している者がすくなく、Y市の方なら詳しいかと、ご依頼した次第でございます」

　豊は、真鍋が馬鹿丁寧な口を利くが、結局、なんの実のなる話も出てこず、誰が見てもすぐに住めないようなつぶれかけた小屋で間に合わせようという魂胆なんだ、と猜疑心の塊になっていた。それに輪をかけたのが、真鍋をはじめ業務課職員が手にした箒や塵とりだった。豊が彼らの手にしている物を目にして思わず口を尖らせかけた。それを先どりするように河村がいった。

「真鍋課長、そんな物ではとても役に立ちません。畳替えに廊下や板の間の徹底的な雑巾掛けと、バルサンでも焚いてダニやほかの害虫退治もしなければならないと思います。そのことは先にご連絡しておいたはずですが」

　河村の口調には、真鍋たちの受け止め方の安易さを責めるニュアンスがあった。

　河村がそういう間も、真鍋たちは箒や塵とりを手にしてつっ立っているだけだった。河村は彼らのようすに豊の顔をながめ、肩をすくめた。

「いやあ、確かに河村さんからご報告は受けていたんですが、まさかこれほどとは予想できなかったもので、さっそく本庁に戻って処置の対策を立てさせていただきたく思います」

　真鍋はかがんだ姿勢で頭をかいたが、豊にはいい訳にしか聞こえなかった。それに腕章をし、カーキ色の作業服を着ていたが、きれいに梳かれてつやつやしたオールバックの髪といい、その内側の真っ白なカッターシャツに臙脂のネクタイや太い黒縁眼鏡がまったく現場にはそぐわない印象が強かった。

「とにかく、子どもたちには不自由な生活をさせているんです。このままでは何日ホテル住まいをさせなければならないのかわかりません。もう一刻も待てませんので早急にしていただかないと」

　豊はつい詰問調になった。

「いやあもう、おっしゃる通りです。本庁に戻ったら、すぐにでも手配させますから」

　真鍋はそう述べてから踵を返し、今度は胸をそらして部下たちにあごをしゃくるように退出の合図をした。豊はそのしぐさにもむかっとくるものがあった。

「お世話かけますが、よろしくお願いします」

豊は気持ちとは裏腹な声色を出したことに、卑屈さを覚えて自己嫌悪に陥った。彼らが引きあげると河村があきれたようにもらした。

「お国の役人はいつもぞろぞろと部下を引き連れてこられるんですが、具体的な動きというのが鈍くてかなわないんです。私が廃屋に近い小屋みたいなところですが、他にすぐには見つかりそうもないので、かなり手入れしないとだめだと思いますがと念を入れて連絡したつもりなんですが、まさか塵とりと箒だけでこられるなんてね」

豊は何度も大きくうなずいた。

「そうはいうものの、Y市の職員としての私にはここまでしかお世話できません。あとは国のお仕事ですので、お許しいただきます」

豊は河村のような役所の人間が今後も付き添ってくれることを切に願ったが、あきらめるしかなかった。河村は豊を病院まで送ってくれた。豊の礼に「またお力になりたいと思います」とのことばを残していった。


豊は病院前でY市職員の河村と別れ、葉子がいる二階の病室に戻った。ベッド脇で翔子と光が肩を並べていた。ふたりは額を寄せ合い葉子の口元に耳を近づけていた。豊の入室にも気づかず、けんめいに集中していた。葉子がふたりになにかを語りかけているようだった。豊もくわわりたかったが扉際で待った。突然、翔子が悲鳴のような声をあげた。

「お母さん、そんなこといっちゃ、やだよう」

光が翔子の興奮を抑えるようにちいさな肩を抱きゆさぶっていた。豊の入室に「ああっ、父さん」光は絶句したように叫んだ。目や顔も真っ赤だった。昨日は毅然とした姿勢を見せていたが、今は翔子と同じく耐えられないというように肩をふるわせた。豊はふたりのようすに葉子がなにをつぶやいたのか想像できた。翔子は今度は豊にしがみついてきて、豊のシャツの胸元を涙でぐしゃぐしゃにした。

「母さんが、母さんが、私がいなくなってもお父さんとがんばるのよっていうの。昨日は大丈夫だからねっていってくれてたのに。母さんをたすけてよぉ。お父さん、ねえ、母さん、死なないよねえ」

豊も一緒になって号泣したかった。だが子どもたちの前で自分が崩れる訳にはいかなかった。みぞおちが嘔吐する直前のように波打ち、洪水のように涙が噴き出すのを渾身の力で歯を食いしばって耐えた。

「大丈夫、大丈夫だよ。母さんは強い人だからきっと治るよ。皆で治すんだよ」

豊は光と翔子の肩を強く指先でつかみ、腹の底から力をこめた。ふたりの体から硬直したものがゆるんだ。

「母さんは、隣の病室でやはり火傷をした子どもたちがふたりともなくなってしまったことを知ってショックを受けて、自分もと恐れているんだよ」

豊はふたりの気持を鎮めるためにかみ締めるように話しかけた。光や翔子は豊の声の響きに落ち着いたのか黙って豊の顔を見つめた。

「お医者さんも、母さんは命にかかわるほどではないといってくれてるんだ」

このことばに光と翔子の表情が一変した。豊は葉子のことばに動揺した光や翔子はまだ中学生や小学生なのだとあらためて痛感した。丸顔の翔子はちいさな鼻の頭にそばかすが散っている。ぽっちゃりした頬の色もよく、初夏から秋にかけてはほとんど半パンツ姿で、とにかくじっとしていない女の子だった。光は豊の背丈を超す体格になったが、笑うと口元を締まりなくあけてあどけない表情になる。近頃は教師や豊に対しても「大人ってやつは、いうこととすることが違うんだよなあ」とたえず口にするようになっていた。だが今は、けんめいに陸上部の練習に打ちこんでいる。

豊は普段のそうしたふたりに安心しているところがあったが、やはり全力で守ってやらなければならないのだ、と身が引き締まるものがあった。

「さあて、今日はお前たちとホテルに泊まるよ。看護婦さんやお医者さんの人数も増やしてくれそうだし。ベットでも寝たいしなあ」

豊は病院の受付で聞いたことと、疲れ切っていることを正直に伝えた。

「父さん、昨日は眠っていないんだろ。うん、今夜はぐっすり眠ったらいいよ。心配なら僕が今夜は母さんのそばですごすからさあ」

　光が大賛成の口ぶりでいった。

「うん、私も父さんが一緒に泊まってくれたらうれしいし、でも母さんも気になるから、兄ちゃんのいう通りでもいい」

「いや、お前たちには学校があるから、病院でのことは父さんに任せておいてくれ」

　豊は子どもたちだけでも日常生活のリズムを早くとり戻してもらいたかった。

「父さんはそういうけど、私も兄ちゃんも学校に持っていった物以外はなにもないんだよ。皆、焼けちゃったんだからね。ランドセルだって、ノートや鉛筆だって、服だって。大好きだったプーだって、あれがないと私眠れないんだよ」

　翔子が最後にいったのは熊のぬいぐるみだった。

翔子はまた声を濡らしたが、光は翔子をたしなめるように口を利いた。

「お前なあ、そんなこと父さんにいうんじゃないよ。一番辛いのは父さんなんだぞ」

「わかってるよう。でも、学校に行きたいけど着替える服や下着もないし、ほとんどの教科書なども燃えちゃったんだもの」

　翔子はやはり泣きながらいった。

「あのなあ、昨日、先生たちから教科書や鉛筆にノートが届いたろう。できることはなんでもするからっていってくれただろう」

　光は豊に昨日からのことを話してくれた。ホテルでの食事は無料提供をしてくれるという件や学校の教師たちの応援のことは聞いていた。だがふたりの担任の教師はもちろん、国会議員や県会・市会議員、それに見も知らぬ市民の人々までもが続々とホテルを訪れ、励ましと同時に当面の必要なものをたずねてはその日のうちに届けてくれているという。

　その人たちは、本当は病院に見舞いに寄りたいが、事故直後でかえって迷惑だろうと配慮してくれているという。ホテルには豊も宿泊しているのだろうと予測して訪ねた人も多かったが、光や翔子を慰め、援助を申し出て帰って行ったという。

「たくさんの人が心配し、力になろうとしてくれているんだ。本当にその人たちに感謝しなければな。

父さんやお前たちも、その人たちに応えてしっかりしなくちゃな」

豊はふたりから聞いた人々の激励を腹の底に収めて力をこめた。ふたりは父親の強い声の響きに背なかを押されるようにこっくりとうなずいた。


ホテルに着くと、数人の従業員が横並びに一列になって豊たちを迎えてくれた。

豊はすこし驚いたが、光と翔子は前日からのそうした扱いに慣れたのか、豊に向かっていたずらっぽい笑みを浮かべた。豊は照れくさいままに受付で自分も追加で宿泊する旨申しこんだ。そのホテルには三人を収容する部屋はなかったが、自分は床で眠るからとむりにでも同じ部屋にしてもらった。

従業員たちはさっそくダブルのベッド脇に寝床をしつらえてくれた。さらに「夕食は地下レストランで用意してありますので、午後七時になったらおいでください。お食事についてはホテルのほんの気持ちですので無料提供させていただいております」

真っ白なワイシャツに黒のベスト、藍色のネクタイを締めた支配人と思える男性に告げられた。豊は恐縮してぎこちなく頭を下げた。豊はホテル側の好意もくわわって、打ちのめされていた心に火が灯った思いだったが、二日も続けて甘えている訳にはいかなかった。

「本当に、なにからなにまでご配慮いただいて感謝に絶えません。ですがそちらもご商売なのですから、やはり正規に請求していただきたく思います」

豊は精いっぱいの思いをこめた。だが細面の、神経質にも映る支配人は笑みをたやさず、「いえ、この事故で幼い子どもさんまで焼け死なれたご家族や秋吉様ご一家のお苦しみを思うと、これぐらいのことは当然のことだと思っております。この地域で多くの人々から愛されるホテルを目指しているものといたしましては、こんな時こそお役に立ちたいと考えております。きっちりとご宿泊料はいただきますので、どうぞ、お食事ぐらいはご遠慮なさいませんように」

支配人はそういい残して、深く会釈して執務に戻って行った。

部屋はベッドがほとんどのスペースを占めていた。入口に近い右手にバスルームがあり、その一室には洗面所と便器も備わっていた。対面に靴棚と衣服収納のせまい余地があり、ハンガーがかけられていた。その奥にダブルの寝台とちいさな机が窓際に据えられていた。

「父さん、まず風呂に入ったら。そしたらすこしはさっぱりして疲れがとれると思うから」

光が勧めてくれた。

「いや、父さんもすぐにでもそうしたいんだけどな」

豊は光の提案に飛びつきたかったが、湯船に浸かるとどっと気がゆるんで、そのまま寝床に倒れこんでしまいそうだった。だが、考えるべきこと、それに子どもたちとも話し合っておかなければならないことが山ほどあるのだ。豊がことばを濁したのを光が察して、「そうだな。徹夜で母さんのそばに居たもんな。僕も練習でくたくたの折は、風呂に入ったら気がゆるんで、宿題なんかする気にならなくて、ゆっくりすることしか頭になくなるものね」と声がわりの入りまじった口調でいった。豊は光が豊の胸の内を正確にいいあてたので、強い心張棒を得た気がした。

自分は仕事にかまけてよい父親ではなかったが、光がこんな事態のなかで家族を支える立場にまで育ってくれていることが、やはりすべては葉子のおかげだ、という思いが熱くこみあげてきた。

「父さん、風呂に入らなくていいからさあ。せめて髪や顔を洗って、体ぐらい拭きなよ。埃にまみれたままっていう感じでさ。それから服も着替えたらいいんじゃない」

光の提案に鏡をのぞきこみ、足先から胸元まで点検して見た。背広はフケのような粉をかぶり、しわが寄っていた。いつもきっちりと七分三分に梳いた髪の間に小麦粉のような塵がこびりついているように映った。頬や額は脂が浮き、土埃が毛穴にもぐりこんだように顔全体をくすんだものに見せていた。カッターシャツの首周りは墜落現場の煤塵や汗で変色し、胸元もところどころに灰色の染みが散らばっていた。革靴も茶色の皮が白っぽく、泥さえへばりついていた。

「まあ、顔を洗ったり、体を拭くのはいいが、父さんも昨日から着の身着のままで、着替えなんか持っていないものな」

豊は己のことばで、翔子の「学校に行きたいけどなにもないんだもの」という嘆きが鋭く跳ね返ってくるのを覚えた。

「うん、父さん、僕らも着替える服もなかったんだけどさあ、国会議員に県会議員とか市会議員とかいう人や、なんていったっけなあ、とにかく多くの人が届けてくれてさあ」

光が後頭部に手をあてて記憶を探るのをすかさず翔子が発した。

「ええっと、共産党に新婦人の会の人たちとかいってたと思うよ」

「そうそう、本当になにも燃えちゃって今日、明日のことも困られるでしょ、といってさあ。あなたたちの年齢をテレビで知って集めてきたので役に立てばっていっぱい持ってきてくれたんだよなあ。それから、父さん用にもといってサイズが合うかどうかわからないけど、とりあえずといってこんなに届けてくれたんだよ」

光は衣服収納棚に積みあげられていた衣類をベッド上に運んできた。積みあげると大人用だけで七十～八十センチメートルのボリュームになり、ワイシャツにズボン、セーター、それに下着類まで一通りそろっていた。豊がその一枚一枚を手にとると古着もまじっていたが、ほとんどがまっさらなものだった。手触りがやさしく、肌に直接あたるものは特に生地のよさがその軽さで分かった。

それらはほとんどすべてが豊のサイズに合った。

豊は選び終えて洗面所に立った時、ふと気づいた。

外を歩きまわっていた時には慣れてしまっていたのかもしれなかった。今、せまいホテルの一室にこもると、脱ぎ捨てた背広やワイシャツ、下着からも異臭が立ち昇ってきた。焼きつくされたゴムやプラスチック。金属部品にガラス片、家屋や家財。それにまだ煙を立ち昇らせていた残骸。千度を超える火焔をまき散らしたジェット機燃料の臭気。それらにくわえて病室の腐敗した魚や大便に似たそれもしみこんでいたようだった。

　豊はそのにおいでめまいに襲われそうで息を詰めた。とにかく頭や顔を洗い、全身をぬぐった。たちまち手ぬぐいは真っ黒になった。それでも皮膚が剥けるほどこすった。皮膚がひりひりするのを覚えながら、こんなにおいを発し、汚れた服装をしていろんな人たちに接していたのかと思うと、今さらながらに恥ずかしさでいっぱいになった。

　さっぱりして、奥の窓際のちいさな机の前に坐ると、翔子がお茶を勧めてくれた。一口含むと、適度な熱さと茶の香りでどっと安堵感がおりてきた。

　豊は白いシャツや紺地のズボンに着替えていたが、布地は肌触りがよく、それも気分をやさしくしてくれた。

「父さん、うまく合うのがあってよかったね。それにその色おしゃれな感じでよく似合っているよ」

　光がちょっとからかう口ぶりでいうと、「背広姿よりもいいなあ」と翔子も光に調子を合わせ、豊の腰に抱き着いた。豊はその声と翔子の体のぬくもりに心底救われる思いがした。それにさそわれるように、この衣類などを届けてくれた人々や昨日の深夜と早朝に食事を差し入れてくれた人たちの気持ちを思いやった。どちらにもお礼もいわず、ただ受けとっただけだった。なのに、「気をしっかりね。私たちはこんなことしかできませんが」とそっとささやくようにいってくれた。おにぎりやお茶など以上に、そうしたことばが身にしみた。また、子どもたちが口にした政党の議員や婦人団体には今までほとんど関心もなく、まったく遠い存在だった。なのになぜこうして親身になって手を差しのべてくれるのか。豊はその人たちの姿を想像しながら感謝をこめてけんめいに考えた。

「父さん。ご飯食べに行こうよ」

　光と翔子が同時に発した。豊はふたりの声に、突然のように空腹を覚えた。昼にアンパンひとつを食べた切りだった。豊の腹が大きく鳴った。三人で顔を合わせて笑った。その貴重さに豊は涙ぐむ思いだった。

　ホテルの食事はバイキング形式だった。光と翔子は大好物のハンバーグを大盛りにした。豊はレタスとトマトのサラダに、コーンスープとソーセージ、それにちいさなクロワッサンふたつを皿に載せた。

「お前たちは野菜も食べないとな。それにそんなに欲張って残すんじゃないぞ」

豊は子どもたちがハンバーグ以外に、ハムやコールドビーフも山盛りにして並べているのを注意した。

「大丈夫だよ、これぐらい。お父さんがすくなすぎるんだよ」

ふたりはそろって返事したが、「いただきます」と手を合わせると、競うように頬張った。光の口周りはハンバーグのタレでたちまちべとべとになった。それは食べるというより飲みこむといった勢いだった。

「お前なあ、母さんからいつもいわれているだろうが。まずは野菜を食べて、なによりもよくかんで食べないと。それにがつがつしすぎだぞ」

豊はテーブルから離れているとはいうものの、ホテルの従業員の目が気になって声を低くした。その点では翔子は葉子のいいつけを守って、ハンバーグや肉もちいさく切って口に運んでいた。だが、食欲の点では光に負けなかった。豊は空腹なのに胃が重たく、クロワッサンをスープや牛乳に浸して流しこんでいた。

「父さんこそ、たくさん食べなきゃ。元気が出ないよ」

今度は光が豊の尻をたたく格好になった。

「そうよ、母さんの分も食べて元気でいてほしいよ」

翔子も光のあとを追いかけるように声を高くした。

「うん、そうだな。たくさん食べて、またがんばらなくちゃな」

豊はあいづちを打ちながら、ふたりのエールにずんと腹の底に応えるものを感じていた。

最後に豊はコーヒーをいただき、子どもたちはアイスクリームで締めた。

レストランの勘定場で、「本当によろしいのでしょうか」と豊が恐縮してたずねると、「いえ、ご遠慮いただくことはございません。私どもにお力になれることはこれぐらいのことでございますから。今後とも当ホテルをご愛顧していただければと存じます、秋吉様ご一家の今後のご健勝を心から願っております」

蝶ネクタイの従業員はそう応えて、「ところでお口に合いましたでしょうか」と問いかけてきた。

豊はそのことばにこめられたのは、不必要に気を使わせない配慮だと感じとった。豊は深く頭を下げ、子どもたちにもしっかりと礼を伝えさせ、人々の配慮をあたり前のように受けとってはいけないと注意した。光と翔子は廊下の真ん中に立ち止まり、豊の目をまっすぐみつめて深くうなずいた。

部屋に戻って、豊は窓際の机前に備えられた椅子に座り、光と翔子をベッドに腰かけさせて向き合った。

「今日はお前たちとこれからのことをしっかり話し合っておかないといけないと思っている」

豊がなにから切り出していいのか迷いながらも、まずは昨日から今夕までにあったことを話した。

光は豊の報告を聞き終えて、「僕も家がどうなっているのか見ておきたいな」といい、翔子も続けた。

「私もおうちのことや熊のプーちゃんがどうなったのか知りたい」

「うん、もうすこし現場が整理されたらな。今は墜落した飛行機の破片や激突したアスファルトなどがそこらじゅうに飛び散って、それに電柱も折れ曲がって電線が剥きだしている状態でな。お前たちが歩きまわるのはまだ危ないと父さんは思うんだ。だからもうすこし片づいたらきっと一緒に行こうと思う」

豊の説明にふたりは納得顔になった。そのあと光がたずねた。

「僕らの家は燃えちゃったんだろうけど、本当になにも残っていなかったの。翔子の熊のプーや、僕だって大事なプラモデルや地区の中学生陸上大会で優勝したメダルと記念写真がもしかしてたすかってくれたらなあと思っているんだけれど」

翔子は光に同調するように三つ編みの頭を盛んにゆらしている。

「それがなあ、父さんにも詳しいことはわからないんだ」

豊はふたりの問いに明確に答えられないことにもどかしさを感じ、現場での防衛施設局職員の動静や警官の対応について口にした。

「なんだよう。自分の家だろう。なのにそこに行くのを止められるなんておかしいよ。アメリカの兵隊ばっかりがうちの家を踏み荒しているなんて」

光はちょっと巻き舌ぎみになった。翔子は光の剣幕にびくっと体をすくませた。

「父さん、そんなこと黙っていちゃだめだよ」

光の憤慨は豊自身のものだったが、立ち入りを跳ねつけられた現場でのきびしい空気感は自分を芥子粒にも満たない存在として、ただそびえ立つ鉄壁の前にいるようだった。

光が盛んに現場での豊の扱われ方の不当性をいい立てたので、豊は説明に難渋した。

「日米安保条約というのがあってな、アメリカとの約束でそうなっているそうだ」

そこまでは口にできても、それ以上はまったく無知の領域だった。

「アメリカとどうのというけどさあ、自分の家なんだろう。なんで出入りするのによその国の兵隊に邪魔されてさあ、そのお先棒を僕らの国の警察官とか、防衛施設局って自衛隊だろ、それに政府の偉い人が担ぐのか、僕にはわからないよ」

光は先ほどと同じことを日本政府まで俎上に載せていい募った。豊は、そうだ、中学生でも疑問を持ってあたり前のことだ、と拳をにぎり締めた。

光は近頃、大人の行動や言動の裏表を鋭く衝いてくる。中学二年生になって背がぐっと伸び、陸上部で短距離走の練習をしているせいか、下肢の筋肉が引き締まりふくらはぎや大腿部にたくましい肉がついてきているのが見てとれた。顔はまだあどけなさを残しているので、親や教師への文句はもらしても、その口から日本政府批判まで飛び出してくるとは思わなかった。それに声がわりしはじめているので腹に力をこめて吐きだすと迫力があった。

そうなんだ、私はもっと怒らなければならないんだ。

豊はあらためてその思いにつきあげられた。

「ほんとだな。光のいう通りだよ」

豊はそう応じてから、「すまんな、父さん、光のいうことにきっちり説明できないんだよなあ。今まで、アメリカとむすんだ約束という安保条約っていうやつを考えてみたこともなかったんだ」と正直に告白した。

「僕さあ、父さんに文句いってる訳じゃなくてさあ、どうしてそんな条約をむすんだのか知りたいだけだよ」

光は豊に熱くなりすぎてぶつけたことを自覚したのか、ことばのトーンを落とした。その横から、「父さんと兄ちゃん、なにをいっているのかわからない」と翔子がつまらなさそうにつぶやいた。

「そうだな、父さんも光にもよくわからない話だから、よけいに翔子には退屈だよなあ」

豊は翔子にことばを向けてから、「まあ、父さん、安保条約のことや、そのことでいろんなとり決めがあるそうだから、これからよく勉強してみるよ」と光に返答した。光は「僕も調べてみるつもりだよ」と応じた。

被害者なのに事故現場で理不尽な扱いを受けたことについて光とやりとりしたあと、豊は焦眉のことを切り出した。

「仮住まいの家がな、二駅離れたところに見つかったんだ。ただちょっと修理をしないと入れないんだけど、二、三日もしたら引っ越せると思うんだ」

豊はあの不潔な家に子どもたちを住ませたくはないな、と拒否感を覚えていたが、とにかくホテル住まいからは支出面や不便性からも早く脱出させたかった。

「それに光や翔子にも早く学校に戻ってほしいしな」

「うん、僕は明日からでも登校したいよ。教科書や辞書に文房具なんかは先生たちが届けてくれたし、翔子も大丈夫だと思うよ」

光は豊を安心させるためか、胸に拳をあてて力をこめた。

「うん、私も友だちと早く会いたい。でもウサギのマスコットをその日はランドセルにつけ忘れちゃって家に置いて来て燃えちゃったのがさみしいなあ。それに家の机の上に置いてあったノートだって熊のプーさんに、ピーターラビットのシールがいっぱい貼ってあったんだよ」

翔子も光と同じ意向を示したが、お気に入りキャラクター集をなくしたことだけには口を尖らせた。

「お前なあ、ぜいたくいうんじゃないよ。それだけそろっていりゃあ十分だと思いな」

光はそういって、翔子の髪をかきまぜた。

「やめてよ、兄ちゃん」

ふたりのやりとりに、豊は早急に生活を立てなおすことに集中しなければならなかった。

「父さん、ところで仕事はいつまで休めるの。母さんのそばにずっとついている訳にはいかないでしょ。付添婦とかつけてもらえないの」

光はずっと豊の頭のなかに占めていることをずばり指摘した。

「うん、会社からは奥さんの回復が第一だからしっかりと見守ってあげて、落ち着いたら出勤してくださいといわれてるんだけどな」

豊はそう答えたが、内心では一、二週間が休める限度だろうと思っていた。それでなくても、宇宙ロケット部品開発を依頼された企業への大口融資の取引を副支店長の大倉に投げだすように任せてきたのだから、それ以上職場を空席にしたら復帰はできないだろう、と退職するしかないと決めていた。

それではこれからの生活はどうするのか。豊の胃がキリキリと絞られた。

仕事については「会社が応援してくれているから、父さんに任せておいてくれたらいいよ。でも光がいうように、母さんの身のまわりの世話をしてくれる付添婦のことは、防衛施設局の人に話してみようと思うんだ」と子どもたちに不要な心配をかけないように答えておいてから、「それにお前たちの先生たちにも会ってお礼をいわなければならないし、いろいろとお願いしておかないといけないことがあると思うんだ」とつけくわえた。すかさず、翔子が「私、早く学校に行きたい」と飛びついた。

光は黙っていた。豊は返って気になって、「お前はどうなんだ」とたずねた。光はやはりすぐには口を開かず、視線を足元に落としていた。

「お前も明日から登校したいっていってたろう」

豊は先ほどの光のことばを借りて念を入れるように気持ちを確かめた。

「うん、もちろんそうなんだけど」

光は今度は口ごもりながら告げた。

「付添婦といったって、いつになるかわからないだろう。それまで母さんのそばにだれかいてあげなくちゃね。父さんにはやっぱり早く仕事に戻ってほしいし、翔子も学校に行きたがってるし」

光がつばを飲みこむのがわかった。豊は、こいつ思った以上に大人になったな、と胸奥がジーンとなった。

「ばかだな、母さんのことは父さんが必ず防衛施設局の人に身のまわりの世話をしてくれる人をつけさせるし、看護婦さんだって、医者だってもっと増やしてもらうようにいってあるんだからな。お前はそんなこと考えないで、とにかく学校へ行って、陸上部でもがんばってもらいたいんだ。それの方がお母さん喜ぶと思うんだ。お前、Ｙ市Ｍ区の中学生陸上大会に出られるって張り切っていたじゃないか」

豊は光も防衛施設局の誠意のなさを感じているのかと、話しているうちにこみあげてくるものがあり声が上ずった。光も涙ぐんでうなずいた。

豊はむりにでも光と翔子に薄く笑みを送った。

「さて、とにかく三人で母さんを支えよう。今日は皆、疲れただろうから寝るとしようか」

豊は午後九時の時刻を確かめて提案した。翔子はすでにあくびをくりかえしていた。光は大きな伸びをしてベッドに倒れこんだ。豊もベッド下に敷かれた毛布に身を横たえようとした時、電話がかかった。

部屋の受話器をとると、ホテル一階のロビーの受付係から来客のとり次ぎがあった。聞くと防衛施設局の真鍋業務課長の来訪だという。

豊は下着姿から身なりを整え階下におりて行った。

「いやあ秋吉様にあってはお疲れのところ。夜分、申し訳ございません」

真鍋は両ひざに手を添え深く腰を折った。豊は確かに疲れていたので、ばかていねいな前置きは抜きにして、早く用件を伝えてほしかった。

「秋吉様に一刻も早くご連絡したほうがよいかと思いまして、夜分におうかがいした次第です」

豊は真鍋の口上にいらいらしてきた。だが真鍋はそこまでいうと額や首筋をしきりにハンカチでぬぐい、大きく息を継いだ。日中は磨きあげて光っていた足元の黒い革靴も埃をかぶって白っぽかった。大きな鼻にかかっている黒縁眼鏡が汗でずり落ちそうだった。

豊にも息せき切ってここまでやってきたことはよくわかった。それにオールバックにしたつやのある髪のところどころに塵のようなものがくっついていた。はじめて会った時の血色のよい頬には脂汗が浮き、目元に隈が沈んでいた。

豊はそうした真鍋がけんめいに自分たちのために動いてくれていることを察し、疲労のにじんだ真鍋が気の毒になった。

「こんな夜分にまでおいでいただいて、こちらこそ申し訳ありません」

豊は思わず、昨夜からの憤懣を和らげる物言いになった。真鍋はそのことばで報われたように白い歯を見せた。

「ご連絡というのは」

真鍋はようやく本題に入り、次のように報告した。

「ほんとうに大変失礼いたしました。Y市に任せていたのが私どもの怠慢でございました。いくらなんでもあの小屋で仮住まいとはいうものの、お住まい願うというのは非常識きわまりなく思い、あれから課をあげて探しましたところ、最寄り駅から線路の東側、徒歩で二十分のところにアパートが見つかりましたので、とにかくご報告をということで病院をたずねましたところ、こちらにお泊りだと聞いたものですから、飛んでまいった次第でございます」

真鍋は一気に話して大きく息を継ぎ、再び噴き出した汗をぬぐった。

真鍋は明日の朝、一番で仮住まいのアパートに案内させていただきたいといった。豊は光と翔子の学校訪問と会社に退職願いのため出社しようと考えていたが、一瞬思いなおして、やはり生活の場を確保するのが第一だと予定を変更することにし、子どもたちの意見を聞くために同行させることにした。内心では、畳の腐ったあのかび臭い廃屋に近い家に子どもたちを住まわせなくてもよいのだと思うと、胸をなでおろすものがあった。

「お手数かけますが、よろしくお願いします」

豊はあくまで丁寧に返した。真鍋は豊の応答に心底ほっとしたように息を抜いた。豊は真鍋のそのようすに自動販売機から冷えた缶コーヒーを買って真鍋に勧めた。

「あっ、これは。ありがとうございます」

真鍋は押し頂くようにして受けとり、すぐに喉奥に流しこんだ。たちまち缶は空になった。

「ああ、一息つきました。昼から気がつくと飲まず食わずで、干天の慈雨でございました」

「私のことでそんなにまでして」

豊は釣られるように口にした。

「いえ、秋吉様のことはもちろんですが、防衛施設局の仕事というのは、日々、苦情が寄せられ、本庁と市民や米軍の間に立って板挟みの仕事が多いもんですから、昼飯ぬきというのもよくあることなのです。とにかく裁判もいくつか抱えておりますので、こうして大きな事故などが起こりますと、もう猫の手もかりたくなる状態に」

真鍋はしゃべりすぎたと思ったのか、途中で口をつぐんだ。豊は防衛施設局の業務の一端を垣間見た思いで真鍋の話を聞いていた。結局、末端の官僚がこうして這いずりまわされるのだな、とサラリーマンとしての自身の姿に重ねた。

「お心遣い、身に染みました。では、明日午前九時にお迎えにまいりたいと思います」

真鍋は豊のささやかな好意に、心底感謝の意を体全体で示すように、頭が床につくほどに一礼して玄関から出て行った。

豊は今の真鍋課長とならすこしは打ち解けて話ができるのではないかと、淡い期待を抱いた。だが、豊はしょせん善意の人であった。一官僚がどういう人であろうと、巨大な氷山にも似た一国の組織の冷酷さ、頑強な跳ね返しを体験するのはこれからのことだった。

　翌日、午前九時に防衛施設局のボックスカーがホテル前に横づけされた。

　真鍋課長が車の横に立ち、部下の職員が扉をさっと開き、豊はもちろん子どもたちにも会釈して車内に招き入れた。真鍋課長は今日は背広姿で胸にバッジを光らせていた。現場のカーキ色に腕章を巻いた服装より、スーツに身を固めたいでたちはやはり政府の役人といった雰囲気にぴったりだった。そのためにか、光は緊張して利かん気な表情を浮かべてきつく唇をむすんでいた。翔子はおびえたようにちいさな肩をすぼめて窓際に張りつくように着席した。真鍋と運転担当の職員に豊たち三人で出発した。車が動き出すなり、真鍋は後部座席の子どもたちにまずは話しかけた。

「昨日はよく眠れましたか。学校を休んでまで一緒に来てもらってごめんなさいね」

　真鍋は精いっぱい子どもたちのご機嫌をうかがう口ぶりでいったが、場にそぐわない感じで、子どもたちは反応しなかった。真鍋は豊にことばを向けた。

「昨日も申しあげましたが、今度の物件は駅から東に向かって歩いて約二十分のところにあります。駅前からちょっと坂道で、築十五年のアパートですが、2LDKだということです。昨日の物件と違いまして都市ガスですし、トイレも水洗になっておりまして、断然、便利だと思います。買い物なども近くに商店もありますので、ここならと、急いでご連絡した次第です」

　真鍋の説明を受けながら車窓からながめる風景は、開発途上でちらほらと家が建ちはじめていた。坂道に沿った区画地を抜けたちょうど旧村の端といったところに白いペンキ塗りの二階建て上下五室の木造アパートがあった。

「裏手に池や小川があり、水が澄んでいて川遊びもできるそうですよ。それに秋になると土手に曼殊沙華が一面に咲いてみごとだといいます」

　真鍋は住心地のよいところだと強調するかのように盛んに周辺の風光をほめた。豊にはしかしそうした説明を受け入れる気持ちの余裕はなかった。子どもたちは一層不安げに視線をめぐらせていた。

「さて、お疲れさまです。到着いたしました。ここが昨日から職員総出で見つけました当面のお住まいです。しばらくご不便かけますが、ご辛抱いただきたいと思います」

　真鍋は一階南端の部屋に案内した。真っ白な扉を開くと半畳ほどの三和土があり右手に靴棚がそなえてあった。それに続いてあがり框横に洗面所と風呂場があり、せまい廊下を挟んで左手がキッチンになっていた。その奥に四畳半と六畳の間が廊下でへだてられて対していた。つきあたりはちいさな物干し場が設けられていた。裏手には灌漑用の小さな池があり、ほんのすこし離れた目の下に陽光に映える川面が見え、ゆるやかな起伏を描いて遠い稜線にまで田畑がひろがっていた。

　豊はまず子どもたちの意見を聞いた。光は腕を組み部屋を見まわしながら考えこむふうだったが、

「父さんがいいなら」といった。

　翔子は奥の部屋の隅々まで手で感触を確かめながらたずねた。

「お兄ちゃんと私の部屋はあるけど、お父さんとお母さんの部屋がないじゃん」

　翔子は焼失した家に引っ越した時、それまでの住まいで光と同室だったのが、一部屋を与えられて今ではそれが当然だと受けとっているようだった。

　豊の頭には葉子は当分退院できないだろうとの予想があって、その折は、その折で考えることにするという思いを固めていたので返答に困った。

「なにいってんだよう。一部屋をお前と俺で使うんだよう。もう一部屋は父さんと母さんの分だろうが」

　光が強い口調でいったので、翔子は頬をふくらませながらも黙りこんだ。豊は翔子の頭をなでながら光にたすけられた思いでちいさく会釈した。

「どうでしょうか。奥様が退院なさった際には、娘さんのおっしゃったようにせまくなると思いますので、その際には新しい住居にお移りになれるよう手配させていただきたいと思うのですが」

　真鍋の口調はこれで当面の決着をつけたい意向が濃くにじんでいた。豊はせかされているようには

思ったが、一刻も早く落ち着いた生活をしたかったので承諾するつもりだった。光の反応を見ると、文句はなさそうだった。翔子も唇を突き出していたが、なにもいわなかった。

「まあ、ここでお世話になりたいと思います」

豊が妥協もまじえた口ぶりで告げると、真鍋は破顔になり、肩から力が抜けるのがわかった。手間のかかる仕事がひとつ片づいたというようすがありありと見てとれた。

豊が案内されたアパートに落ち着くことを承諾すると、真鍋は「ああ、よかったです。なんとか気に入っていただいて」とくせになってしまっているのか揉み手をした。豊は真鍋のその手の動きと作った笑顔に、昨夜、真鍋にちょっぴり感じた誠意が消し飛んでしまった。そのため内心では、気に入る訳がないだろう、そういうなら元の家を返せよ。葉子を元の体に返せよと毒づいていた。

真鍋は豊の思惑など気づかぬ風でことばを続けた。

「では、そうと決まりましたら、至急に生活に必要なものをおそろえしなければなりませんが、なにぶん品物が多岐にわたっておりまので時間がかかると思いますので、しばらくのご不便はご容赦いただきたいと存じます」

真鍋はそう断りながら部下の職員に「あれをお持ちして」と指示した。職員はそれに応じて大きな袋を抱えてきた。そのビニール袋には赤い十字の印が貼ってあって、豊の目にも日本赤十字社の災害用のものだとすぐにわかった。

「誠に恐れ入りますが、本日はこれを寝具代わりにしていただければと思います。正式の物は整い次第お届けいたしますのでよろしくお願いいたします」

真鍋は鍵を差し出し、「今からどうされますか。病院に戻られるならお送りいたしますが」と、用件も済んだとばかりにさっそく引き払おうとした。

豊は迷ったが、とにかくいったん葉子の容体を確かめたかった。子どもたちの思いも同じだったので、真鍋たちの車に乗りこんだ。

病院玄関前で真鍋たちと別れたが、車をおりるなり光がもらした。

「あの課長さん。いつも馬鹿丁寧な口を利くけどさあ。口先ばかりで気持ちがこもってないというか、僕らのことで仕事が増えて迷惑がっているみたいに思えるんだよなあ」

豊は光のことばにはっとした。真鍋と話していると、はぐらかされているような思いがあったが、はっきりと意識できなかった。それを光は軽々と衝いて見せた。豊はその時、防衛施設局から見たら、俺たちのことは早々に始末をつけてしまいたいお荷物なんだろうな、と鮮明に自覚した。

豊たちは葉子の状態を確かめたが、まだ全身包帯姿のままで、体液の染み出しが止まらないらしく、数時間ごとに巻きなおしをしなければならないということだった。変化といえば、医科大学付属病院の医師ひとりに看護婦ふたりが増員されていることだった。豊が強く要求してきた結果、ようやく熱傷専門医と看護婦か派遣されたのだ。

この点は防衛施設庁長官に直接要請できたせいだと、考えざるを得なかった。それまでは、防衛施設局の職員に体当たりする勢いで喰らいついてもぬかに釘の応対だったのに、と官僚組織の実態を肌で感じさせられた。

光や翔子が葉子にそっと顔を寄せたが、今は目を閉じて身じろぎもしなかった。豊は光や翔子をそっとうながして病室を出た。

「お母さん。今日はうめき声も出さず、静かに眠っていたね。早く痛みがとれてほしいな」

翔子が鼻声を出すと、豊は翔子を抱き締めたくなった。光も翔子の手をにぎった。

病院の一階の待合室のソファにいったん腰を落ち着け午後の行動を思案した。

「学校へ挨拶に行きたいし、父さん、会社にも顔を出したいし。買い物もしておきたいし」

豊がひとりごちると、「父さん、学校は明日でもいいよ。父さんは会社に行ってきなよ。アパートの掃除は僕たちでしておくからさあ」

光が豊の背中を押すようにいった。

「よし、ではお昼の腹ごしらえをしてから買い物をして、あとの段どりは考えよう」

三人は駅前の食堂で昼食を済ませ、スーパー店で雑多な日用品を購入した。アパートに着くと早速、歯ブラシセットを洗面所に置き、石鹸を備えた。ちいさなテーブルを四畳半の間に置いた。そうした細々とした作業をしている間にも、「あっ、あれが足りない。これサイズが合わない」の声があがった。トイレットペーパーの芯のサイズが合わず買い替える必要が生じたり、髪の長い翔子のためのブラシにヘヤードライヤーがないなど、足りないものだらけだった。

「生活するって、ほんとうにいろんな物がいるんだなあ」

光があきれたようにいった。

「そうなんだよ。それを母さんが日頃、気をつけてそろえてくれていたんだ。それだけじゃなくて、皆の気がつかないところできちっとしてくれていたんだ。父さんの背広やワイシャツをいつもまっさらのようにアイロンがけしてくれていたり、お前の制服や部活のトレーニング着なんかも汚れたものを着たことがないだろう。それをあたり前のように思っていたけど、ほんとうは大変なことなんだぞ」

光は、そうなんだ、とため息をつくようにうなずき、翔子は「私、母さんの代わりするっ」とかえって張り切りだした。

それからは分担して蛇口をひねって水道の出を確かめたり。トイレや風呂場の清掃。キッチンのガスに火を点けてみた。時々、子どもたちから不満の声があがった。

「お風呂さあ。縁がぬるぬるして苔みたいなのがへばりついちゃってさあ」

「トイレが汚れていて気持ち悪かったぁ」

豊はそれを聞いて、外観は真新しいモルタル塗りだったので、それほど旧びているとは思わなかった。そのためざっとした点検で済ませたことを後悔した。真鍋たちは廃屋に近い昨日の家といい、どういう気持ちでここを紹介したのか、とじりっと胸奥が焼けた。それでも、豊は明るくふたりにいった。

「まあ、お前らのおかげですこしはきれいになったんだから、しばらくはここでがんばろう」

子どもたちも豊の調子に合わせるように顔を見合

わせてひょいっと首をすくめた。なんとか整理し終えて赤十字マークの入った袋を開け、なか身を点検した。なかから出てきたのは座布団八枚に毛布が四枚だった。

「これって災害用のものだよね。これで　寝ろってという訳」

光が素っ頓狂な声をだすと、翔子が座布団のクッションを確かめるように全身を預けた。

「これ、なにか薄べったくてお布団代わりになりそうにないよ」と批評した。

豊はそれにはなにもいわず黙って聞くだけにした。風呂場やトイレのこと、今、子どもたちがもらしたことは真鍋たちが来た時に苦情としてとって置くことにした。

夕刻、買っておいた弁当を早い時間に食べ終えた頃、真鍋たちが荷物を運んできた。

「いろいろとご不便をおかけしておりますが、とりあえずとり急ぎ持ってまいりました」

真鍋は挨拶もそこそこに数人の部下に布団だと思われる紙包みや冷蔵庫にテレビ、洗濯機などを運びこませて、豊に設置場所の指示を仰いだ。真鍋たちの表情には迅速に対応しているという自負があるようにうかがえた。だが品物のほとんどは中古品だとわかった。その上に、彼らの動きのなかに、してやっている、という姿勢が鼻に着いた。それでも豊は「ちょうどよかったです。今夜からの生活に間に合わせてもらって」とむりにでも一応の礼は尽くした。

豊が頭を下げると、真鍋は胸をそらせておうように、「いやいや、一刻も秋吉様のご不便を解消していただくのが私たちの仕事ですから」と白い歯を見せた。豊は自分の受けた被害からしてこれで充分だと思われては心外だと伝えておかなければと強く念を押した。

「お願いしていた、病院の付添婦と家政婦の手配を一刻も早くお世話願いたい。子どもたちを早く登校させたいですし、私も早急に会社に出なければなりません」

豊は一家の死活にかかわることなのだと、すこしずつ語気を強めていった。

「できるだけ早く手配いたしますのでもうしばらくお待ちいただきたく思います」

真鍋はいつもそれなりの応答はするが、明確な言明はしなかった。今、鋭意努力中で、いつになるかわからない、といったニュアンスで通すのが官僚の常套のやり方のようで、真鍋はそれをきっちりと身に着けているようだった。即答のない真鍋に、昼間のトイレや風呂場などの汚れのことが口をついて出た。

「真鍋さん。アパートをお世話いただいたのはいいですが、ただ住めたらいいというもんじゃないでしょう。トイレや風呂も垢で汚れ切って、今夜の夜具にと届けていただいた赤十字の袋には薄い座布団と毛布しか入っていませんでした。それに生活するには本当に細々したものが必要なことぐらいわかっておられるはずでしょうが。チリ紙一枚から箸や食器、キッチンテーブルなど、足らないものばかりです。とにかく歯磨きセットや手ぬぐいに石鹸だけは買ってきましたが」

豊が抗議の響きをこめると、「大変失礼いたしました。家主が一応清掃しておきましたからというもので安心しておりました。赤十字のは本当に間に合わせの物だということはわかっておりましたので、お布団はなんとか間に合わせた次第です」

真鍋は大きな紙包みを指さし、さらにつけくわえた。

「電化製品も一応はそろえさせていただきました」

豊はすかさずにじり寄る姿勢になった。

「真鍋課長、届けていただいたテレビや冷蔵庫などを見ると中古品ばかりで、冷蔵庫など床面に接する部分はさびていますよ。こんなものを押しつけられたんでは承服しかねます。防衛施設局ともあろうものが、使い古しのもので済ませるつもりなんですか。何百万円もするキッチンセットに樫の木の大きなテーブル、大型の冷蔵庫。テレビも買い替えたばかりで、それこそ子どもの学用品はもちろん、ヘヤードライヤーまでが全部灰にされたんですからね。こんな中古品を私は絶対に受けとれませんよ。お持ち帰りください」

豊は真鍋を真正面からにらみつけた。真鍋も一瞬、唇を真一文字にむすび、光沢のあるオールバックの髪をむしるようなしぐさをして、すぐに黒縁眼鏡を指先で押しあげてから、いつもの揉み手のくせが出た。

「あっ、いえ。とにかく一刻も早くとの思いでかき集めた次第で、これで間に合わせていただく気持ちはもうとうございません。明日から至急に手配いたしましてご希望のものに代えてお届けしたいと思います」

真鍋はそういうと長居は無用とばかりに、部下に電化製品をトラックに積みなおすように指示した。豊は追いかけるように「家政婦と付添婦のこと、至急に頼みますよ」と強く投げつけるようにいった。

真鍋たちが引きあげたあと、翔子がいつものように大あくびをしたので、さっそく届いた布団をひろげて就寝の準備をした。

翔子が水泳の飛びこみの姿勢で布団の上に体をかぶせた。やがて布団に伏せていた顔をあげて、「これってなにかじめじめしてる」と布団を嗅ぐしぐさをした。そのことばに誘われて、光も鼻を近づけた。

「なんだよ、これっ。人の汗がしみこんだように湿気ていて、誰が寝たかわからないような布団なんて気持ちが悪いよ」

光は顔をしかめてにぎった布団の端を投げだした。豊も確かめてみた。ふたりがいうようにふかふかしたふくらみがなく、霧でも吹きかけたように手の平に吸いつく感触があった。布団カバーのところどころが黄ばんでいた。

「今夜は赤十字からの座布団を敷いて毛布をかけて寝てくれるか」

豊は光と翔子に話しかけ、自分は畳の上で就寝することにした。

「父さん。僕は畳の上でも、どこでも平気だからさあ」

光が座布団を豊に譲ろうとした。

「うん、ありがとう。でも父さんはまだ若いから、お前と一緒でどこでも眠れるから大丈夫だ」

豊は子どもたちによけいな神経を使わせたくなく

て、精いっぱい腹に力をこめた。

豊たちは丸めた毛布を枕にして、三人頭を並べて眠った。子どもたちは横になるとすぐに寝息をたてはじめた。豊も目は閉じたが、昨日からのことを考えると、いかに自分たちのことが粗末に考えられているのか、と悶々とするものがあった。腐った畳に、カビだらけの壁の家に平気で案内し、文句をいったら、今度は外見だけは壁を塗り替えたトイレも風呂場も垢でこびりついたアパートを紹介した。それにいくら間に合わせでも、さびついた冷蔵庫に洗濯機などを持ちこみ、あげくに他人の汗や体臭の染みついたような夜具をあてがわれた。豊のこめかみがずきずきしてきた。

俺たちは家を焼かれ、妻を焼かれ、なにもかも奪われたのに、なぜこんな仕打ちを受けなければならないのか。本来なら、直接の加害者の米軍パイロットが顔を見せるべきなのにまったく音沙汰なしだ。なぜ真鍋たちが小間使いみたいに動きまわり、お粗末な対応しかしてくれないのか。


翌日朝、病室での付添婦とアパートの家政婦が派遣されるとの連絡があった。

新しい電化製品と布団はさらに翌日に届けられた。

「あなたがたは、私がいわなければ、こちらのことはひとつも考えてくれないんですね」

豊は昨夜、目を閉じると胸奥にとぐろを巻き、頭のなかをぐるぐるとめぐる思いの塊のせいでついそうしたことばを吐いた。

「すぐにご要望に沿えなくて申し訳ございません。けんめいに努力させていただいているところですが、なにぶん職員の人数もすくなく、気のつかないところはご容赦いただきたいと存じます」

真鍋はいつもの馬鹿丁寧な口調で、同じいい訳をした。豊はたった今の最大の要求だった付添婦と家政婦の要求が通っていたのでそれ以上は口を閉ざした。ただ、ふたりを防衛施設局が直接雇用できないので、豊が契約したことにしてほしいといった。豊は首を傾げたが、深くは考えなかった。

仮住まいが決まったことを葉子に報告した。葉子の包帯に体液が染み出す状態はかわらず、豊や子どもたちの話しかけにわずかに頭を左右にずらすだけだった。

「お母さん、まぶたも腫れあがってしまっているから皆の顔はよく見えないようだけど、話し声は聞こえるようだな。うん、大丈夫だ。お母さん、きっと治るぞ」

豊は子どもたちを励ますつもりだったが、自分自身に一番いい聞かせたいことばだった。三人の背後から五十歳半ばに見える女性がベッド脇のちいさな台に吸い出し口のついたちいさな瓶を置いた。豊はこの人が派遣された付添婦なのだな、と推測した。

「お世話になります」

豊が頭を下げると、「あっ。秋吉様ですか。失礼しました。お顔を存じませんでしたのでご挨拶が遅れました。私は森岡妙子と申します。どうぞよろしくお願いいたします」

森岡は髪をひっつめ、小柄で小造りな顔立ちだったが、体が引きしまって動きが身軽に見えた。それゆえ、細かいところに気がつきそうで、豊は第一印象をよくした。

「ほんとうに奥様は大変な目にお遭いになられて、私、精いっぱいお世話させていただきます」

森岡の声には通り一遍のものではなく、静かに染み通るような響きがこもっていた。豊はいい人が来てくれた、と直感してこの点は素直に真鍋に感謝した。

付添婦の森岡はたえず葉子の口元をうかがい、唇の色で喉が渇いていないか注意を払い、ベッドの乱れをなおし、耳を寄せては葉子のかすかなつぶやきを聞きとろうとした。その姿はかいがいしい介護というにふさわしかった。豊は第一印象そのままの森岡に深く安堵するものがあった。豊と子どもたちが葉子を世話する森岡を見詰めていると、突然のように宣告された。

「はい。今から奥様の小水をとりますので、しばらく退出してください」

光と翔子が意味がわからずきょとんとしているので、豊は小声で「お母さんのおしっこを尿瓶でとるんだよ。だから病室から出てくださいってこと」と説明した。

豊は光と翔子をうながして廊下に出て、「うん、いい人にあたって、一安心だな」とささやいた。子どもたちも同じ感想を持ったのか、大きくうなずいた。階下におりて担当の看護婦にたずねてみると、森岡は元看護婦で、もう二十数年もその業務にたずさわっていないので、付添婦として働いているという。豊はそれで病室での身のこなしと、気配りが効いているのだと納得した。

豊はすこし気を軽くしながら、今日の予定の光と翔子の学校へ向かった。


まずは光の中学校で校長と担任の教師をまじえて面談した。中学校では「この度は大変な目に遭われて、本当にお気の毒なことでした。私たちにできることはなんでもさせていただきたいと思いますので、ぜひ、どんなことでもお申し出ください」と額から相当髪の後退した校長が口を開き、三十代に見える担任も追随する口ぶりで「校長先生のおっしゃる通りです。私もなにかたすけになることがあればと考えております」と続けた。豊には通り一遍の口上にしか聞こえなかったが、「ええ、ぜひよろしくお願いいたします」と精いっぱいの感謝をこめた。

中学校を辞して、小学校に向かう道のりで豊がたずねた。

「お前の学校の先生って皆、あんなものなのか」

豊は真剣に向き合ってくれたとは思えない校長などの態度につい吐き出した。

光が大人や教師非難をよく口にして、豊や葉子にも斜めに構えていたことを思い出して、今、なんとなく納得できるものがあった。

「皆という訳じゃないさ。陸上部顧問の岩谷なんかはよく怒鳴るけど、一生けんめいに指導してくれるんだ」

光は陸上部の面倒を見てくれている岩谷教師だけは信頼を寄せているようだった。豊は光が真剣にとり組んでいる陸上競技の指導に打ちこんでくれる岩谷にも別の機会をとらえて顔を合わせておきたかった。

やがて二十分ほどすると翔子の通う小学校があっ

た。新興住宅が集まった学校らしく生徒数も多いようで、中学校よりも立派な鉄筋コンクリート四階建ての校舎がひろい校庭をコの字型に囲むように建っていた。

　まず翔子の担任を訪ねた。四十歳前後の女性教師で、豊より翔子の顔を見るなり、抱きつくようにして「翔子ちゃん」と叫び、翔子の今日は編んでいない髪をそっとなでた。その声で職員室にいる先生や職員が総立ちになり、やがて豊たちの周りに集まってきた。

「ああ、大変だったわね。学校へはもう来れるのかな。先生たちもなにか力になれないか、相談しているところなんだ。学校へ来るのになにか足りないものはない」

　いっせいにほとばしるような熱い励ましに囲まれた。翔子は一度に押し寄せたことばにびっくりしたように豊の後ろに隠れるしぐさをしたが、やがて満面に笑みを浮かべた。

　豊は自分たち親子にかけてくれる先生たちの声で学校の空気がまとまっているのを感じた。

「あっ。紹介が遅れました。私は翔子ちゃんの担任をさせていただいております。桑原英子と申します」

　桑原は皆が好きなように豊たちに話しかけるので、かき分けるように声を高めた。細身の体だったが、はずむような身のこなしと、何事にもけんめいに立ち向かう溌溂さのようなものが感じられた。

「翔子がいつもお世話になっております」

　豊が頭を下げると、桑原はすかさず早口で返した。

「いいえ、翔子ちゃんはとてもいい子で、いつもクラスの先頭になっていろいろととり組んでくれますので、人気者なんですよ」

　桑原はそこから高かった声のトーンを落とした。

「奥様の容態はいかがなんでしょうか」

　まわりの教師たちも耳をそば立てるように話しかけをやめた。豊は葉子の包帯姿を目に浮かべるとすぐには答えられなかった。

「すみません。お辛いことをお聞きして」

　桑原は豊の気持ちに無神経だったことを責めるように首をすくめた。せっかちな口ぶりだったが、秋吉一家を思う心根があふれていた。豊は葉子の症状をことばを拾うようにぽつりぽつりと伝えた。まわりの教師たちは息を飲むように豊の口元を見つめている。

「大変なお話をさせてしまいました。でもこうしておいでいただき、状況を教えていただきありがとうございました」

桑原はかろうじて声を絞ったという風に礼をいってから、嗚咽をこらえるように口元に手を押しあてた。

「僕らはしっかり秋吉さんや衣川さんなどを支援していかなくちゃならないと思っています。私たちだけでなく教職員組合でもそれにとりくむことを話し合っています」

桑原の背後に立っていたジャージ姿の背の高い青年教師が力をこめた。

「そうそう、できることはすぐにやりたいと思います。とにかく、翔子ちゃんには本当に学用品なんかもなにもないはずと思いましたので、すぐに保護者の方やY市内の先生方にも呼びかけてかき集めましたが、充分間に合わなくて申し訳ないと思っております」

桑原が引きとってわびるようにいったので、豊は恐縮してしまった。

「まあ、事故被災者への支援と事故原因究明の申し入れを政府と米軍にするために緊急の組合会議を今夜も開く予定です」

青年教師は腕まくりをして意気ごむようにいった。豊は教師たちが自分たちのために集団で活動してくれていることに驚いた。豊には、労働組合や社会的活動団体などはなじみのないものだった。ただ己の家族の幸せを維持していければ充分だった。でも目の前の教師たちは自分のことのように熱くなってくれている。豊はそうした思いにふれて、多くの団体が見舞いに駆けつけ、着替えや学用品、日用品などを届けてくれていることに思いあたった。

名前も知らなかった新日本婦人の会、日本平和委員会、安保破棄諸要求貫徹実行委員会、それに日本共産党に日本社会党の市や県、国会議員などまでが葉子や衣川咲子の病床を訪れ涙さえ流してくれたという。それら多くの人々とは、すれ違いでほとんどは直接、まだ顔を合わせていないのが残念だったが、これからはきっとそうした人々とむすばれてゆくのだろうなという予感がふくらみ、知らなかったことをその人たちに学ばなければと奥歯をかみしめた。

「さあて、校長先生がお帰りになりました」

桑原が豊をとり囲む教師たちに柏手を打つしぐさをしながら切りをつけた。

「所用で出かけておりましたが、ご連絡いただいておりましたら、お待ちしておりましたのに。とにかくよくおいでいただきました」

校長は豊の両手をにぎり腰を折った。五十歳半ばに見え、背は高くないが小太りで押し出しのよい印象があった。なにより豊たちにソファに着席を勧める声に張りがあった。

「いやあ、それにしても驚きました。うちの生徒のご家庭が米軍機の墜落の被害に遭われるとは」

校長はのけぞるような姿勢で大きな声を出した。

「奥様のごようすはいかがなんでしょうかね」

校長はやはりそのことをたずねた。豊は今度は淡々と答えられた。

「いやあ、大変な目にお遭いになりましたな。まあ、学校としても全面的にお力にならせていただくつもりですのでなんでもおっしゃってください。とにかく、うちには頼りになる先生方がおられますのでね。桑原先生などは事故のニュースを聞かれたあと、保護者や組合を通じてとにかく支援をと駆けずりまわられて、いやあ、それはすごい勢いでしたよ。ほんとうに頼りになる先生なんですよ」

「校長先生におほめにあずかるのははじめてですわ。いつも、組合のことではご迷惑をおかけしてますのに」

桑原が少し含む口ぶりをしたが、校長は豪快に笑い、「いやあ、先生方の頑張りには、私は尊敬をしておりますよ」とつけくわえた。

「まあっ、大変。ああ、びっくりいたしました」

桑原がかすかにまぜっかえすようにいうと、校長は太い腹をゆすった。

「まあ、桑原先生とはいつもこの調子なんですよ」

校長はそういって豊たちに顔を向けた。

「秋吉翔子さんに必要な学用品は教科書など一切を桑原先生や多くの先生方の御協力でそろえることができました。これからもどんなことでも先生方を通じて、私にもご要望いただけたらと思います」

校長は最後まで全面支援の意向を述べた。

「明日から、登校できるかな」

桑原の話しかけに翔子は豊を見あげてからこっくりとうなずいた。


豊たちはアパートに帰ると、風呂場やトイレ、部屋やキッチンの掃除にとりかかろうと思った。その前に買ってきた弁当を食べているとチャイムが鳴った。

豊が応対すると扉前に背の高い女性が立っていた。

「あのう、私はY市家政婦会からまいりました山本睦子と申します。この度、秋吉様の家事のお手伝いを承りました。どうぞよろしくお願いいたします。午前九時にお訪ねしましたがお留守でしたので、出なおしてまいりました」

「ご連絡いただければお待ちしておりましたのに」

豊が恐縮して頭を下げた。

「防衛施設局の方から連絡しておくからとおっしゃっておられましたので」

山本がそう告げると、豊は内心で舌打ちした。

——自分たちの被災者への心底からの思いやりがこもっていないから一事が万事、こちらからいわないとなにもしてくれないし、こうして連絡も抜けるのだな——

山本は豊が一瞬に見せた眉間の険しさに、あわてたようにことばを継いだ。

「誠にすみません。私が聞き間違えたのかもしれません。おわびいたします」１２０

豊はこれから世話になる山本に悪印象を与えたのではないかと危惧した。

「いえ、私こそ失礼しました。これからよろしくお願いいたします」

豊は一瞬に見せた表情の変化を訂正すべく、最大限の微笑みにくわえて、深々と頭を下げた。子どもたちもうしろからのぞきこむようにして一緒に頭を下げた。

「お坊ちゃんとお嬢ちゃんですね。よろしくね」

　山本は秋吉一家そろっての気持ちのこもった応対にやっと緊張を解いたようだった。

「では早速、あがらせていただいて台所やお部屋などを見せていただき、秋吉様の皆さんの日常のスケジュールや特に気をつけることやご希望などをお聞きしたいと思います」

　山本は無駄のない口調でさっそく仕事にとりかかった。派遣されている時間は午前九時から午後四時だという。

　その間に掃除、洗濯などをこなし、昼食に夕食、翌朝のお惣菜などの準備もしてくれるという。話合いのなかで下着類だけは自分たちで洗うことにした。

　下着類の洗濯を家政婦の山本に任すのは一番に光が嫌がった。豊も光がそういってくれたので内心喜んだ。

「皆さん、そうおっしゃる方が多いんですよね」

　山本は意外でもなんでもないというように答えて、まずトイレと風呂場の掃除からはじめた。

「そこは僕らが何回も頑張ったところなんですよ」

　豊や光までも声を合わせた。

「はい、でももうすこし頑張って見ましょうか」といいながら山本は便器を磨く手を休めない。風呂場も着替えた衣服を濡らしながらしっかりとこすった。

「はい。これでまあ、しばらく気持ちよく使えると思います」

　山本は小一時間は費やしてから事務的な声で告げた。豊がのぞきこむと、三人がいくらしゃかりきになっても黄ばんだり、黒ずんだ部分がとれなかったのに、その痕跡もなかった。

「すげえや。どうしたらこんなになるんだろう」

　光が感嘆の声をあげると、山本はそれまで必要以外に口を利く風には見えなかったが、白い歯を見せた。

「力ばかり入れてもだめなんですよ。ちょっとしたコツとやっぱり道具がいるんです」

鼻梁が高く、まぶたが切れ長なので口をつぐんでいるとそっけなく、きつい性格にも映っていたが、笑顔になるととたんに額や目じりに幾本ものしわがきざまれ、やわらかな表情になった。

「コツっていわれてもわかんないなあ、その道具って教えてもらえますか」

豊は光がそんなことに興味を示すのが意外だったが、自分も知っておきたいことだったので耳を傾けた。

「そんな大したものじゃないんですよね。このタワシやスポンジでていねいにするとできますよ」

山本は四角く裁断された真っ白なスポンジを手の平に載せて説明した。そのあとに膝を軽く打ってつけくわえた。

「それはそうと、これは毎日家事をなさる奥様はよくご存じなのですが、案外、他のご家族は無関心ですので、ぜひ知っておいていただきたいのです」

山本は三人に向かってしっかりと伝える口調で力をこめた。

「お洗濯などをされる時、絶対に塩素系の洗剤とアルカリ性のものをまぜてお使いにならないように」

山本睦子の洗剤などの使用上の注意にやはり光が声を高くした。

「うん、僕も理科で習ったよ。酸性とアルカリ性のものをまぜると、有毒ガスが出るんだって」

すこし得意そうに披露する光に、山本は大きくうなずいた。

「ええ、そうなんですよ。よく覚えておいでで。光さんは理科が得意なんですか」

光は肩をすくめちょっぴり舌をのぞかせたが、目には輝きがあった。豊は光が陸上部の活動に打ちこんでいることしか知らなくて、こうした面にふれて胸奥に新鮮なものが吹きこんでくるものがあった。

――これから葉子の治療や回復への長い道のりがあるなかで、光の存在は大きな支えになりそうだ――

豊にはなんとなくそうした思いがふくらんんだ。

山本はやがてキッチンの蛇口からの水の流れを確かめ、ガスの点火をしてから、台所用品を調べ、「お鍋やお茶瓶、お碗もないですね。まずは今夜からいるものだけでも買いそろえませんと」とそそくさと買い物に出かける準備をした。

「いやあ。思いつくものはそろえたつもりだったんですが」

　豊が頭をかくと、「男の方には気がつかれないものが多いのは当然です。すぐにはいらないものばかり買いそろえられる方も多いです」と山本はすました顔だった。

　山本はついてゆくという豊に、「ひとりで見つくろって領収書をもらってきますのであとで清算させていただければと思います」と伝えてから「夕飯のご希望は」とつけ足して出かけて行った。

　やがて山本は細ごまとした台所用品を抱えてそれぞれの棚や収納場所に収めてから、夕食の準備にかかり、オムレツに野菜サラダを作り置いて、一日目の訪問を終えた。一週間で六日間通ってくれるという。

　山本は帰り際、「至らないところはどんどんおっしゃってください。それから料理もお口に合うかどうかわかりませんのでご希望があればお聞かせください。それに各ご家庭にはそれぞれの好みがありますから、ぜひおっしゃってください。それでは明日も九時にはまいりますのでよろしくお願いいたします」

　山本は午後四時には車で引きあげていった。

　家政婦の山本睦子が帰ったあと、光が印象をもらした。

「背がでっけえし、鼻が高くてつんとした感じで、最初、あまりしゃべらなかっただろう。なにかとっつきにくい感じで、これからこんな人が毎日、家に入ってくるのかって、ちょっと憂鬱な感じだったんだけどさあ。話してみたら、はっきりしていて、なによりもてきぱきと片づけてくれそうだし、病室の付添婦のおばさんも親切そうだし、僕はまあ、ふたりともいいんじゃないって思うなあ」

「私はお母さんに付き添ってくれている人の方がやさしそうで好きだなあ」

　翔子は光の感想を受けて、それぞれに世話してくれる女性を比較した。

「どちらもよく気がついてくれそうだし、あまりぜいたくはいわないようにしよう」

豊が納得させるようにいうと、ふたりは「うん、わかってるよ」とこっくりとうなずいた。

夕食になって、山本が作って冷蔵庫に収めてくれていたオムレツを温めなおして口に運ぶと一番に翔子が声をあげた。

「おいしい。ふわふわして、私の好きなグリーンピースやお肉もたくさん入ってるし、お母さんの作ったのと同じぐらい」

「なにいってんだよう、お母さんのが一番じゃねえか」

光が翔子の頭を指でつつく。

「うん、まあ、お母さんのに次いでというところかな」

豊がうまくとりなしたのでふたりとも盛んに頭を上下させた。

翌日から光と翔子は登校することになった。豊はなによりも、付添婦の森岡妙子がいてくれるとはいうものの、葉子の容体が安定するまではそばについていたかった。

これからは光と翔子がアパートに帰っても家政婦の山本睦子がいてくれて、家事をこなしてくれるのだ、という安心感からよけいに葉子に張りついていたかった。

大学付属病院に運ばれて体の八十％を焼かれた衣川咲子さんとは違って軽い四十％の熱傷だといっても、まだ体液がにじみ、寝返りも打てず、うめくばかりなのだからと、豊は唇をかんだ。

豊は子どもたちが登校すると会社に出かけた。胸ポケットに退職届を収めていた。Y県の県庁近くにあるK信用組合本店にまっすぐ向かって理事長に直接、その旨を伝えるつもりだった。学生時代相撲部だったという理事長は六十歳半ばになるというのに両肩が岩のようで、胸は部厚く、腕も太かった。

「本当に長い間、お世話になりましたが、この度」

豊はそこまでいって絶句してしまった。

「君は優秀だったから期待しとったんじゃがなあ。ゆくゆくは理事のひとりになってもらおうとも考えてたんじゃ。まあ、君のことじゃ、考え抜いての結論だったんじゃろう」

　理事長は腕を組み、天井を仰いでそういっただけで退職願を引きとった。だが「君が戻れるようになったら、わしはいつでも歓迎するからな」ということばを忘れなかった。豊ははからずも大粒の涙を落した。

　豊は自分の不在の間に大口の融資話は片づいていたので心残りはなかった。お世話になった地域の商店や工場に退職の挨拶にまわった。久しぶりに訪問先や職場で応接する人々すべてがまず、被災の大変なことや葉子の容体のことを口にした。

　豊はその度に同じことばを吐かなければならなかったが、すべてが励ましに満ちていたのでありがたかった。


　半月ほどすると、葉子の火傷した皮膚から体液がしみ出すのはようやく収まってきた。体液の漏れは皮膚にひろがっていた水泡が、二、三日すると破れるせいだった。

　それも火焔を受ける程度が弱かった右側の手足はただれながらも、肌が薄皮を張る回復を見せはじめた。

　だが、まともに千度を超える炎をあびた体の左側、特に左手の皮膚の水ぶくれが引かず、ゼリー状のままにぶよぶよしてやはり薄い表皮が破れた。そのため、皮膚が再生していないところに硝酸銀でたえず消毒しなければならなかった。

　豊は一度その場に立ち合ったが、硝酸銀溶液にふれた患部は灼熱の鉄を水につっこむ刹那の鈍い音がして白い煙があがった。その折には薬品の強烈な化学臭と人肉を焼く刺激臭が入りまじって鋭く鼻を衝いた。豊にとって耐えられなかったのはその時の吐き気よりも、葉子の反応だった。

　葉子はふたりの看護婦に両手、両足を押さえつけられた。医師はふくらんだ蛙の腹のようなちいさな水泡が集まった個所に硝酸銀を押しつけた。

　そのとたん、葉子は体をのけぞらし、のどが裂かれるような声で絶叫した。医者や看護婦たちは葉子の体にのしかかるように力をこめた。葉子の細い目が裏返ったように真っ白になり。飛び出しそうにも見えた。唇も両端が目尻にまで達するほどに両頬に吊りあがった。手や足の指を蛸のようにくねらせて空をつかもうとした。額や首筋の血管は太いミミズみたいに怒張し、破裂して血が飛び散るのではないかと思われた。

ベッドの上で数箇所それをくりかえされるので、全身がそのたびに跳ねるようにそり返った。唇は紫色で、顔色は黒ずんだ蒼色そのものに変色した。

豊は思わず顔をそむけてしまった。だが医師や看護婦たちは汗みずくで闘ってくれていた。そうした治療を何度も受けなければならなかった。そのあとに皮膚にかさぶたができ、その組織が蘇生してくるのだという。それにはあと二ヶ月はかかると宣告された。

それを知らされて、豊はやはり休職では限界だと思った。すべての時間を葉子のためにすごすことにした。中途半端な対応で後悔したくなかった。豊は葉子の治療現場を見るにつけ衣川咲子のことが思われた。

咲子はほぼ全身の皮膚を奪われているので、まずは皮膚移植をしなければならないという。自分の焼け残った皮膚部分や夫から移植を受けると聞いている。

豊は葉子が左手部分だけでも硝酸銀液を浸されると、焼け火箸を押しつけられたような絶叫を聞かされた。なのに、衣川咲子はほぼ全身をその液を満たした桶に沈められるのだという。豊は、胸が押しつぶされそうだった。でも、衣川咲子は子どもの死を知らされておらず、どんな苦痛にも耐えて子どもたちのために生き抜き耐えようとしている。豊はそれを思うと、うん、葉子は咲子さんより軽いのだ。大丈夫だ、必ず治る。葉子は芯の強い女性だから、光や翔子、それに豊のために回復してくれる。豊は強い願いをこめて何度も己にいい聞かせた。

二ヶ月ほど経つと、葉子の皮膚は薄い膜に覆われて来た。子どもたちもようやく落ち着いて学校に通い、週二、三回病院に顔を見せるペースになった。

豊は毎日病院に通い、付添婦のサポートを得て看病して帰宅する毎日が続いた。

また、家政婦の山本睦子に下着類を洗ってもらうのを嫌がっていた光もやがてこだわりなくそれを任せるようになり、昼食には山本の作り置きしてくれていたお惣菜を弁当に詰めて登校するようになった。

翔子も学校であったことを山本に話し、山本はことば短いがよく応じてくれていた。

そうした日々のなかでまがりなりにも腰を据えて防衛施設局と向き合える覚悟のようなものが腹のなかに据わる気がしてきた。

防衛施設局の真鍋課長はこの間にも、何度も補償の問題についてお話ししたいと連絡してきて、来訪した。豊はその度に事故原因が伝えられないことにくわえて、加害者のパイロットなどが一度も顔を見せないことへの苦情をくりかえしいい立てた。

だが、真鍋は補償交渉を進めようとするばかりで、事故原因究明などの話ははぐらかし続けた。

豊はまず執拗にそのことを口にしたが、確かに付添婦や家政婦への支払いやアパートの家賃、病院費用のことが頭にあり、日々の生活用品の馬鹿にならない出費のことでやはり弱気になった。

当面の補償の問題では、住居費に病院代は防衛施設局が直接清算してくれていた。ただ、なぜか家政婦の支払いについては防衛施設局から豊に手渡すので、豊の手で行ってほしいと固執した。

豊はそんな面倒くさいことはできないといい張ったが、結局押し切られた。そこにはひとつの仕かけがなされているように思えた。

第4章 種田の場合

ある日、種田進と名乗る男性から電話があった。豊はその名ではとっさに人物が思い浮かばなかったが、「先日は、現場近くで失礼しました」ということばとのどが荒れ切ったようなだみ声で思い出した。

墜落事故の翌日、豊が焼失した自宅を再確認するために現場近くに立った時、立ち入り禁止のロープ際で雷みたいに声を張りあげていた人物だった。

「お前ら、十数年前にも、わしに二度と、二度とこんな事故は起こさせませんと、わしに約束しただろうが。なのに何回起こしたら気がすむんじゃ。何度も、何度も人も焼き殺しやがって。人殺し。この嘘つきが」

男性はロープを無視して内側に踏みこみ、カーキ色の制服に腕章をつけた防衛施設局の職員に向かって突進しかけた。警官がタックルするように腰に両腕をまわした。米兵も飛んできた。

種田はそれでもわめきちらして防衛施設局職員につかみかかろうとして警官と揉み合った。危うく米兵と衝突さえしかけた。背は高くないが猪首で肩幅がひろく部厚い胸をしていた。六十歳前後に見えたが、力仕事をして来た人特有の肩の筋肉の盛りあがりがあった。上体を左右にゆすり、がに股で大地をかむような足運びだった。頭頂部には髪がほとんど残っていなかった。

豊は男性と警官のやりとりや米兵との対峙で、この男性も米軍機の墜落による被災を体験したのだな、と強く関心を引かれた。この人のこうむった被害とはどんなものだったのか。家族は、家屋は。

　そのことを想像するだけでひりひりとするものがあった。種田とは、現場で顔を合わせて以来、一度も会っていない。だがどうしても聞いておかなければならないことがあった。種田はその後をどう立ちなおったのか。防衛施設局やアメリカとどう交渉し、解決したのか。

　次の日曜日に、豊のアパートを訪ねてもらうことにした。


　種田は昼過ぎにアパートの扉をノックした。木綿地のシャツにジャンパー姿でカーキ色のズボンには折り目がつき、磨かれた革靴を履いていた。

　九月に現場で出会った時はよれよれのTシャツに裾広で足首あたりでしぼったズボンに、運動靴姿だったし、無精ひげを伸ばし放題にしていた。それに酒のにおいを漂わせていた。薄い頭頂の髪に耳朶や後頭部に残ったものはもつれ切っていた。だが今日は酒焼けとでもいうように目袋や鼻頭、だぶついた頬は赤黒かったが、ひげが剃られ帽子をかぶった四角い顔はさっぱりとしてなによりも目が血走っていなかった。アルコールの気配もまったくなかった。

　背をまるめた姿勢だったので思った以上に小柄に見えた。現場では筋肉の塊のような頑丈な体に憤怒を煮えたぎらせて、腕をふりまわし仁王立ちになって怒鳴っていたので、実際より大柄な印象を受けていたのかもしれなかった。

「わざわざおいでいただきまして恐縮です」

　豊はキッチンに招き入れ、かがんでスリッパを勧めた。その時、種田の靴下の踵のあたりに穴が空いているのを発見した。豊は自分自身のも、履こうとした靴下のほとんどが同じ状態なのに思いあたった。

　葉子が元気な折にはワイシャツにはアイロンがかけられ、背広は常にブラッシングされていた。下着類も洗濯がよく効いて柔らかい肌触りだった。ましてや穴の空いた靴下などがしまわれている訳がなかった。だが、今はどれもこれも手入れが行き届いていなかった。豊は種田の靴下の穴に、この人は事故で奥さんを亡くされたのだろうか、と想像した。

キッチンのちいさなテーブル前の椅子を勧めると、種田は腰をおろす前に「つまらんもんですが」と紙箱を差し出した。豊は恐縮して受けとり、さっそく用意していた茶を淹れ、茶菓子もテーブルに並べた。

「いやあ、この茶、うまいですなあ」

種田は厚い唇をすぼめ、音立てて口に含んでは何度も舌を鳴らした。それにたえず鼻に手を添えてはすすった。そのしぐさには、長い間、温かみのない生活を送ってきた人に特有のさみしく、すさんだものが染みついているようにも思えた。

「粗茶で申し訳ありません」

ふたりはそうしたやりとりをしながら、本題の入り方を思案しているようだった。だがやはり豊が口火を切った。

「種田さんが事故に会われたのは十数年前のことだったんですよね」

豊が菓子を勧めながらたずねると、種田は遠慮なくせんべいをかじり、一瞬、大きく目を剥いて視線を宙に泳がせた。

酒焼けした肌がうっ血したようにいっそう赤黒さを帯びて、目のなかの毛細血管も鮮明に浮きあがった。

「忘れもせん。昭和三十九年九月半ば頃のことでした」

種田はそこで絶句してしまった。かじったせんべいの屑がテーブルや足元に散らばった。

「行儀の悪いことをしてしまいました」

種田は豊の質問に頭に血を昇らせたことを恥じるようにいった。

「私も事故のことをたずねられるたびに冷静ではいられませんから、お互いさまです」

豊は心から同じ立場だと強調した。

「そういってくださると、俺も本当に救われます」

種田は関節ごとにちいさなこぶのように発達した凹凸のある指先で、目元にうっすらとにじむものをぬぐった。

「そうそう、今日は、俺が経験して身に染みたことを、しっかりお伝えしようと思っていたのに、つい思い出すと血が逆流してしまいましてなあ」

　種田は恥じるようにうすい髪を軽くかきむしるしぐさをしてお茶を飲み干すと、深く息を継いだ。

「まあ、俺の話を聞いて役に立てば本望ですんじゃ。とにかく、わしのような思いをする人はわしだけで終わりにしたいものですからなあ」

　種田は膝上で拳を固めて話し出した。その開口一番が、絶対、国のいうことなんか信用するな、ということだった。種田は唇の端につばを溜め、歯ぎしりをまじえてことばを発するたびにつばきを飛ばした。豊は十数年の種田の思いを己の胸の内に重ねて、充血して部厚く感じられる種田の顔を凝視した。種田は口元を指先で拭い、自身が舐めて来た辛酸をたどりはじめた。

　六歳で鉄工所に丁稚奉公に出され、太平洋戦争がはじまった時に召集され。復員後は二十三歳になっていた。

　戦後には細々と機械の修理で糊口をしのぎながら、ようやく機械部品の下請けの鉄工所を経営するようになった。仕事が軌道にのると世帯も持った。

　敗戦の四年後のことだった。

　それからは朝鮮戦争特需や高度経済成長の波に乗って経営は順調に伸びて行き、事故当時、種田は四十八歳で、二十歳の長男と家業を営み、次男は高校を卒業したばかりだった。

　長男と違って、次男は家業に就くのを嫌ってかなり抵抗したが、種田が兄貴とお前でこの鉄工所を盛り立てていくんだ、と強引に継がせた。

　種田の妻は病弱で仕事場には出られず、元々鉄工所経営を嫌っていた。妻はなぜか次男を溺愛し、その進路については種田と激しく対立した。

「あの子が嫌がっているのを無理やりやらせることはないでしょうが。あの子はあんたと違って繊細で音楽の才能があるんだから」

　四十三歳にしては喘息とリュウマチに悩まされているせいか、そばかすが浮き、肌に小じわが多く目立った。それに白髪も四十歳を超えたにしては増えはじめていた。

「私はサラリーマンに嫁ぎたかったのよ。鉄工所なんか油まみや埃だらけで私は好きやなかった。それなのに、あんたが一切工場に顔を出さなくていいといって私を口説いておいて、せまい事務室で経理や事務をやらされて、朝から晩まで耳にがんがん響く機械の音と油のにおいに囲まれて、私がこんな病気になったのはそのせいなんだから。結局、私はだまされたんよ。なんであんたと一緒になったのか、うちの一生の後悔よ」

　妻は体調の悪化の度に執拗に口にした。それゆえにか、長男の折は別にして、次男の場合には本人以上に抵抗に加勢した。それでも、メーカーの下請けとして受注は順調に伸び、工場を拡張し、十五トンエアハンマーや鉄材を自動的に切断、加工する機械などを増設するまでになった。


　従業員も増やし、もうだれにも文句をいわせないと思った。

　妻がなにかをいい出しても、「うるさい。お前は俺がなにをしても気に入らんのだろうが。お前はもう黙っとれ」のひとことで一蹴した。就労を嫌がっていた次男も家業が順調に滑り出してくると、長男とともにそれなりに意欲を見せはじめた。

　種田はそこまで身の上を告白して、深く長いため息をついた。豊は茶を注いだ。種田は今度はがぶ飲みするように喉奥に流しこんで、うなだれる姿勢を見せた。

「こんな話、退屈でしょうな。秋吉さんになんの役にも立たんわしの仕事や身内のことなんか。わし、このごろ、ついぐちめいてしまいましてなあ。わし秋吉さんになにをいいに来たんか、すまんことです」

　種田は自分を嫌悪するように唇をゆがめた。顔を下に向けた時、禿げた頭頂にミミズ腫れのような赤みを帯びた細い線が走っていた。豊は思わず凝視してしまった。

　種田は傷の原因をたずねられて頭の上に手を添えた。

「ああ、これは丁稚奉公していた時に兄弟子に尖った鉄棒で殴られた傷跡です。中国で戦争がはじまってましてな。増産につぐ増産に血眼になっていた時に、わしがミスをしてしまいましてな。いきなり手元にあったものでやられまして、ものすごい血が噴き出して、わしよりも殴った本人がびっくりしてしまいましてな。その兄弟子の顔色といったら真っ青で、ふるえておりましてな。それのほうがよく覚えてますわ」

豊はその痛みと出血を想像して寒気に襲われたが、種田は返って笑った。

「ご苦労なさったんですね。私、種田さんのお話、退屈なんかしておりません。歯を食いしばってがんばってこられて工場を拡張され、大型の機械も入れられてこれからという時に、あの事故に遇われたんですね」

「ええ、ええっ、そうだったんです」

種田は思いあまったようにいっそう声を濁らせた。

「ほんとうに、その時からのことをもっともっと聞かせてください」

豊は自分のこれからの生活を立てなおすためにも心底から乞うた。

種田は豊の目を食い入るように見つめてから、再び語りはじめた。

「あの時は、わしは工場拡張のことで市役所に出かけておりましてな。朝九時に家を出て、役所で書類提出やら職員と話したあと、昼すぎになりましてな。それで飯を食いに食堂に寄って、かつ丼を頬張っているとテレビでアメリカの戦闘機が墜落したとアナウンサーが話すのが聞こえました。それでも、最初は何回落ちたら気が済むんじゃ、と他人事でつぶやいていました」

種田はそういってから、「あの年はわしの家を含めて三件も立て続けに事故がありましてな。隣の市の商店街のど真ん中の肉屋にも落ちて店の主人や奥さんなどが四人も亡くなってしまって、重軽傷の人が三十人ほど出ましてな。家は二十七軒も燃やされてしもたんですわ」と続け、さらにあきれたような声を出した。

「その上にですな、数か月後に俺の工場に突っこんでおきながら、これもまたつい目と鼻の先で、同じ日に同じような時刻に墜落しとるんです。こいつは幸い人家のない川原に落ちてくれたんでパイロットだけが死んだということでしたわ」

種田は呼吸を深く何度も継ぎながら、感情を高ぶらせないように努力しているようだった。

豊は戦闘機というのはそんなにも墜落するものなのか、とやはり種田と同じような思いを抱いた。

豊が米軍機の墜落の多さに驚いていると、種田は続けてつけくわえた。

「俺もとにかくそんな目に遭うまでは、アメリカと日本がどうの、安保条約がどうのなんて考えたこともなかったものですわ。とにかく鉄工場を大きくすることや、家族のために稼ぐことだけで頭がいっぱいでしたからなあ。そんなことは、国会議員や政府の偉いさんに任せておいたらいいとしか思っていなかったんですわ。だけどなあ、事故に遭ってみてつくづくと考えさせられたのは、日本という国はなんという約束をアメリカとしているのかということでしたなあ」

種田は語尾を長く伸ばし、厚い唇の端をかんだ。血がにじむほどだった。豊は事故の被害者になるまでは種田と同じで葉子や光、翔子が幸せであってくれればいい。そのために職場でも成績をあげ、出世することだけが頭を占めていた。

ただ自分の家庭が安穏に暮らせること、それだけが最大の願いだった。

墜落現場で立ち入り制限をしている警官に、ロープ内で米兵が自由勝手に動きまわっていて当事者の自分が現場に近づけないことに不満を述べた時、「安保」ではどうのと耳にした程度で、ほぼ無知に近かった。

それゆえ、日本とアメリカの約束が自分たちの生活にどのように関係しているのか、これからの自分たちの身のふり方に影響してくるのかをどきどきする思いで聞き入った。だが手の平を汗まみれにしながら身を乗り出していた豊は、さらに衝撃的なことを知らされた。

「秋吉さん。日本の自衛隊は俺ら日本国民を守るということになってますなあ。だけど実際は墜落事故が起こって、瀕死の火傷を負った日本のこどもや奥さんがいても、まずはアメリカのパイロットをたすけることになってるようですわ。だからこんどの事故でも自衛隊機のヘリコプターがすぐに被害者を病院に運んでくれていたら子どももも、奥さんたちももっと早く治療できていたはずだと俺は思うんですわ。そ、そのために、た、たすかる、い、命も、た、たすからん、かった。あ、秋吉さんや、お、お隣の奥さんを、び、病院に、運んだのは、ご、近所で、け、建築工事をしていた、し、社員の人たちだったんですからなあ」

種田は胸奥の憤怒でことばがせめぎあってか、最後は吃音になった。豊は、新聞やテレビの報道や墜落を目撃した人たちから当日の状況を聞いていたが、自衛隊機の動きについてはなぜか耳に届いていなかった。

豊は、自衛隊が米軍のパイロット救出を優先したニュースを種田の口からはじめて聞かされた。最初、耳を疑った。やがて冷や水を浴びせられたように全身にふるえがきた。頬が引きつり、手脚がけいれんして眼球が飛び出しそうだった。

「じ、自衛隊は、だ、誰を、守る、た、為のもの、なんですか。も、もし、も、もっと早く、き、救出して、く、くれてたら」

豊も思いあまってことばに詰まってしまった。息が苦しく、上下の歯が合わなくてかちかちと鳴った。

「わしは事故にあって以来、この十数年、自衛隊ってどういうものなんだと、自分なりに見てきました。それに日本が戦争に負けてからそれが生まれる経過も勉強してきたつもりです」

種田は豊が赤鬼の形相になったのを前にして、逆に冷静さをとり戻したかのように声のトーンを落とした。

「まあ、その上での俺なりの結論をいうとですな。要するに、アメリカ軍の使い走りが自衛隊というういうこってすわ。戦後、憲法ができて軍隊は持たないとしておいて、朝鮮で戦争が起こったり、中国が共産国になり、ソ連はどんと控えているわで、アメちゃんは大あわてしたんでしょうなあ。それで警察予備隊という準軍隊を日本に作らせて、すぐに自衛隊と名前をかえただけで、実際はれっきとした軍隊を復活させたんがアメリカさんという訳でね。そら、自衛隊はわしらのことよりアメリカさん第一というのも分かります。これは自衛隊だけの問題と違って、この国の骨の髄まで入りこんで、それにもとづいてこの国の政府や役人は動いてるんです。とにかくそちらにばかり顔を向けているという訳です」

種田は自説を述べながら、この部分では淡々とした口調だった。長い年月に米軍や日本政府、政治家に官僚と渡り合ってきた経験から、怒りを通り越してあきらめが先に立っている響きがあった。そこには巨大な壁に跳ね返され続け、個人の力などけし粒以下だという思いが染みこんでいるようだった。豊は種田のいうことを鵜のみにはすまいと己にいい聞かせた。

――自分なりにも勉強しよう。絶対に葉子たちをこんな目に合わせた連中をとっちめて徹底的に責任をとらせてやって、自分たちの生活の補償をさせるのだ。この国を司っている政治家や官僚がアメリカのいいなりでも、私は絶対退かない――

豊は自分がこれから巨大な権力を持った相手に対して一歩も退かないためにはどうしたらよいのかと、種田の経験してきた逐一を知りたかった。

種田はここでたばこをとり出し、いいですか、とことわってから火を点けた。厚い胸を大きくふくらませ、豊の顔に吹きかかるほどに煙を吐き出してから話を継いだ。家族のことにふれるとやはり苦渋が噴き出してくるのかむやみにたばこをふかし、己をなだめようとしているのがうかがえた。

「俺に息子がふたりおりましたのは、先ほど話しましたな」

種田は抑えた声のままでいった。

「それがですな。焼け落ちた工場に飛んで帰ったら現場に入れてくれないのは、秋吉さんの時と同じでした。でもあの時は殺されてもいいからと、米兵の胸を押して、カービン銃の引き金に指をかけられましたが、とにかく俺の家だとわめきちらしまして、煙や火の気が残っている現場に立ったんですわ。そこで、見たのは」

種田はそこで絶句した。やはり噴きあげて来るものを抑え切れないようだった。

「長男は衣川さんの奥さんのように全身が焼かれてころがり、次男は顔が半分吹き飛んで腕や脚も胴体から離れていました」

種田は嘔吐しかねない声を出したが、それを押し殺すように肩を怒らせ奥歯をかみしめた。ちいさなこぶみたいな節のある拳を固めてぶるぶるとふるわせた。

「息子たちは新しい機械に慣れるために昼飯も抜いて仕事をしていたというんです。他のふたりの従業員も即死でした」

種田の目が充血してきた。もう涙を見せるのも恥じなかった。ハンカチでそれをぬぐいながら続けた。

「俺は、俺は地獄を見たんですわ。その俺の目の前で米兵はチューインガムをかんではつばを吐きちらし、俺とロープ際で揉み合った米兵は、俺を突き飛ばした上に軍靴で胸を蹴り、倒れて四つん這いになった俺を笑って見おろしていたんです。今でもその米兵のことは忘れもしませんわ。汗を拭くためか軍帽を脱ぐとスキンヘッドで、背丈はわしの頭一つ以上は高くてな、全身筋肉の塊みたいな体をしてました。わしは若い頃、プロレスが好きで力自慢だったもんで、いつも六十キロぐらいの鉄材のあげおろしをしとったものですから、少々の力くらべには自信があったもんです」

種田は十数年前の墜落現場での米兵との押し合いの場面をふり返ってくれた。

「とにかく、米兵の体はゴリラというか、硬いゴムにぶつかっているようで、内心では降参してましたが、息子の無残な遺体の前でへらへらと笑うあいつらの顔は、この目に今でもありありと浮かぶんですわ」

種田は、米兵が唇の端をつりあげて白い歯を見せ、斜視気味に見おろしていたことで、命のあるかぎりかたき討ちをするんだ、と猛然と誓ったという。

豊は自分が現場に立った時、男女の米兵が接吻をし、ふざけあっている図を目にして胸が灼熱のるつぼになったことを思い出し、今も煮えたぎってくるものがあり、今さらながらに米兵に突進していたかもしれない己の姿を想像した。

「でも、奥様は無事でよかったですね」

豊は慰めるつもりだったが、種田は深く息を継いで頭を垂れ返事をしなかった。豊は話の接ぎ穂が見つからずことばを途切らせた。種田は豊のことばを無視した形でその後の経過について述べた。

種田の場合は、豊と同じくA基地から飛び立った戦闘爆撃機が突っこんできたという。所属はやはり米海軍第七艦隊の空母ボンノム・リッチャール号の艦載機だった。機種はF―8Cクルセイダーで、全天候に適応する最新鋭機だったという。

「最新型か知らんが、墜落するということはきっとポンコツだったんでしょう。ベトナムでさんざん爆弾落としてきて、それにあきたらず俺の工場にまで突っこんで来るなんて、お笑い種です」

種田は泣き笑いの表情で顔中を手でなでまわした。そのあと鼻を強くしごいてから、ぐっと目に力をこめた。酒焼けした鼻頭がいっそうイチゴみたいに赤みを増した。


「そりゃなあ、空母の甲板に着陸したり、飛び立ったりするタッチアンドゴーというんですかいな、そんな危険な訓練をすれば事故も起きるというもんですわ。ですからなあ、そんな時には一番に逃げ出せるような構造になっているようでなあ、パイロットは落下傘でほとんどけがなしで、俺らは真っ黒こげという訳で、これ落語みたいなおちですわな」

種田は手元まで迫ったたばこの火にようやく気づいてにじりつぶし、二本目を点けた。右手の指先はニコチンで黄ばんでいた。唇をすぼめて胸奥まで吸いこむようすは、相当の喫煙家のようだった。

種田の話が進むにつれますます灰皿は吸い殻の山になった。

「種田さん、たばこがお好きなようですが、一日何本お吸いになるんですか」

豊は種田がひっきりなしにたばこをとりあげるものだからついたずねた。

「ああ、こいつね」

種田は指の間からの紫煙につくづくと目をやりながらかみしめるようにいった。

「さあ、日に二、三箱はいきますかな。事故に遭うまでは酒はやりましたが、たばこは吸ってはいませんでしたなあ。だけど、あの日以来、こいつがないとだめになりましてな。寂しゅうて、寂しゅうて、ついくわえてしまうんですわ」

種田は自嘲めいて手元を見つめた。

「息子さんふたりも亡くされたお気持ちを考えると」

豊が精いっぱいの思いをこめると、がくっ、と首を前に折ってむせぶような声をもらした。

「ああ。家族がなあ、家族がなあ、どんなに大事なもんか。くそっ。わしは事故を起こした米兵にお前も死んでわびろと、引きずりまわしてやりたかった」

種田はもう声を殺さなかった。

「なのにあいつらはひとことの挨拶にもこなかった。息子らを黒焦げにした上に、八つ裂きにしやがって、その当人から謝罪のことばが一切なくて、二、三ヶ月後にはアメリカに帰ってしまったんですわ。やつらの責任はうやむやにされて、どうしてあんな事故が起こったのか、防げなかったのか、本人や米軍からも聞けませんでした。ただエンジンの不調によるという一枚きりの通知がきただけでした」

種田は肩をふるわせ、テーブルを打った。顔中涙で光らせた。だがやはりそれを恥じてか、ハンカチでしっかりと頬や口元をぬぐって昂然とあごをあげた。

「恐れ入ります。醜態を見せてしまってからに」

種田は一礼をしてことばを継いだ。

「俺はパイロットへの恨みはまだ持っていますが、あの時の基地の司令官だったケリー大佐には違う思いを持っているのも正直なところです」

種田はここで口調をかえて当時のA基地の司令官が人格者だったとつけくわえた。葬儀の折、真っ白な軍服で正装して列席しようとしたが、親戚中から罵倒されて追い返された。だが、日をかえて仏壇の前で手を合わせてくれたという。

種田は基地のケリー司令官のことをこうもいった。

「毎年、命日になったら必ず仏前で手を合わせてくれました。四十歳半ばで、自分にも息子がいるから種田さんの気持ちはわかりますといわれて、誠実な人でしたな。アメリカに帰っても手紙をくれるほどでした」

種田は一転、懐かしむようにケリー大佐の人柄にふれた。豊はこの時、防衛施設局の真鍋からひとことお見舞いを述べたいと、A基地司令官がおっしゃっていると伝言を受けて、衣川と一蹴したことを思い出した。

あの時、「見舞いにくるなら、まず事故を起こしたパイロットが顔を見せるべきだろが」と衣川と怒号をあげた。今でも、どんな高官よりも事故当人が現れるべきだという思いは絶対に引けなかった。豊の硬い表情で察したのか、種田はことばをかえた。

「誠実といっても軍人ですからな。よく話してみると、戦闘機に事故はつきもので、墜落は交通事故みたいなものです。件数だって、交通事故などとくらべてもすくないですから、といいましてね」

――交通事故と同じにされてたまるか――

豊はやはり彼らは自分たちをその程度にしか考えていないのだと、あらためて棘立ってくるものがあった。種田は続けて「まあ、ケリーさんの配慮だったのかは分かりませんが、米軍からは砂糖袋や果物、肉の缶詰などがよく送られて来たものですわ」とケリー大佐の話題では穏やかな口調に戻っていたが、突然のように再び割れるような声を出した。

「米軍以上に俺が許せんのが、日本の役人連中でな。嘘ばっかり並べて、あいつらは詐欺師以上なんだ」

豊は初対面の折にも同じことばをぶつけてきたのを思い出した。種田は鼻孔をひろげて荒い息を吐いたが、茶を流しこみ、またたばこに火を点けた。

「すまんことです。補償のことや工場再建のための土地のことなどで、国の役人とやりあったことを思い出すと、そのいちいちがくやしゅうて。自分の人の善さ、馬鹿さ加減にも腹が立ちましてなあ。話し出すと頭のなかがかっとなって、自分でもなにをいってるのかわからなくなりましてな、誠に相済まんことです」

種田は抑え切れず声をふるわせながらも小刻み

に息を継いだ。豊は「いえ、よくわかりますよ」とそっと肩に手を添えた。やはり岩のようにがっしりした感触があった。

　種田のまくれぎみな赤い唇はつばきに濡れて赤く光っていた。種田が語気を強め、すぼめては閉じると軟体動物のようなぬめぬめとした動きに映り、その怒りがなまなましさを増した。

「まあ、俺の工場には重油のドラム缶が何本も置いてありましたし、溶接のアセチレンガスなんかも貯蔵しておりました。まあいえば、ちいさな火薬庫だったといえるんですわ。だけど、不幸中の幸いとでもいえるんですかな、騒音や埃で迷惑かけないように田畑の真んなかで操業してましたんで、周りにはほとんど被害がなかったのだけが救いでした」

　種田は肩にふれられた豊の手のぬくもりを感じてか声を静めている。

「亡くなった息子や従業員のことがあり、あきらめ切れはしませんでした。必死で事故だった、事故だったんだと自分にいい聞かせて、わしもまだ五十歳手前でしたから、もう一度工場を再建するつもりだったんです」

「そうですか。私なら息子ふたりも亡くせば、もう立ちあがれないと思います。子どもたちは幸い学校に行ってましたし、妻は大火傷で入院中ですが、医師は後遺症は残るが命に別状ないといってくれていますし」

　豊が遠慮がちに述べると、

「とにかく、奥さんが早くよくなってくれることが一番です」

　種田は豊の両手をがっしりとにぎりゆさぶるように上下させた。

「種田さんの奥様は、種田さんと同じく、買い物に出かけられて、確かご無事だったんですね」

　豊がたずねると、種田は一瞬、顔をゆがめた。豊は先ほど聞いた長年の種田夫婦の確執にふれてしまったようで悔いた。

「お恥ずかしいことですが。先ほどもお話ししましたが、うちの女房は職人の嫁さんになんかなりたくなかったというのが口ぐせでしてな、長男を継がせる時はそんなものだという顔をしてましたが、次男の折には強硬に反対しながら、俺が押し切ってしまったせいで、そのために焼け死んだと、俺を責めましてな。工場再建のことや、毎日、わめきちらす女房の相手をしなければならなくて、もう大変でした」

豊は、その後の夫婦関係をどう修復されたのかと聴きたかったが黙っていた。

種田は目をしばたたかせてそのことにふれた。

「女房は、なんであんたみたいな者と一緒になったのか。そのあげくあんたに息子を殺されたようなものよ、と一日中ぶつぶついっていたかと思うと、俺につかみかかったり、包丁を持ち出したりで、もう手に負えんようになってしまいましてな。仕方なしに精神病院に入院させました。結局、そこで十年入院して亡くなりました。俺は今はたったひとりです」

種田は目を閉じて口元を八文字にぎゅっとむすび、黙りこんでしまった。豊も種田の横顔を見守るしかなかった。やがて種田が思いなおしたように背を伸ばし、一点を見つめる目になった。

「そういうことがあるなかで、防衛施設局との交渉をはじめたんです。こっちは素人ですから、それまでつき合いのあった県会議員に相談することにしたんです。それで同じ政党の国会議員にも紹介してもらって話を進めることにしたんですわ」

種田はそこでことばを切り、鼻翼から口元にかけて深い八文字のしわを刻み唇をきつくむすんだ。それに太く濃い眉根も険しく寄せたので、丸顔全体がみかんを押しつぶしたような表情になった。のど仏を何度も上下させながら、長い嘆息をもらした。

「俺の失敗はそこからはじまりましてなあ。議員というのは票にはならないと思ったら、いいかげんなところで手を引くもんです。いやあ、そりゃあいい加減なもんです」

種田は天を仰ぐように天井を見あげた。すこしむくんだようにたるんだ頬肉や目袋に疲労がにじんでいた。

豊は「失敗」と聞いて身を乗り出した。

「俺の最大の失敗は他人任せにして、すべて口約束で進めたことでした」

種田は今度は眼光で床を貫く形相でにらんだ。

「間に入ってもらったのが、国会議員でしたからなあ、そりゃあ頼りにもし、信用し切っておりましたし、それに国が約束することならと疑いもしませんでした。なにしろ、偉い局長が何度も約束してくれたんですからな。だから、俺、白紙委任状まで渡してしまって、まるで馬鹿の見本ですわ」

種田は身をよじるような姿勢になって、のど奥から絞り出すように損害賠償請求の経緯を語った。

種田は第一の失敗は代議士に頼り切りにしたことだといった。

被害を受けた「損害賠償額」では自分なりに計算すると一億五千万円にはなるはずだった。その内訳は、遺族補償、休業補償、従業員の療養費、葬祭費や会社の機械、それに慰謝料などの総計だった。

種田の要求した損害賠償額に対して、防衛施設局は国の「算定基準」なるもので計算すると、要求額の十分の一程度になるといった。その積算方式の一例として「慰謝料」は「自動車損害賠償保険の査定基準」に基づいて算出される「ホフマン方式」に基づいているという。

「それで断固拒否すると、今度はその度にすこしずつ積みあげてきましてな。俺は本当にあの時、馬鹿にするなと机をたたいて抗議しました。人の顔色をながめながら、手を打とうとしやがってからにとつかみかかってやりました」

種田は本来のがなり声に戻ってしまった。豊は種田の話に、これは自分もひとりでは闘い切れないな、と強いインパクトを受けた。種田はどんなことがあろうと、自分には正当な賠償を受ける権利があると断固譲るつもりはなかった。そうして交渉が膠着すると、防衛施設局長から直接いい渡されたという。

「米軍が公務執行中に起こした事故では、米軍にすべて過失がある場合の補償は七割五分の責任を持つことになっているのです。これは日米地位協定第十八条でとり決められているのです」

種田は告げた局長の顔を忘れられないという。鼻筋の通った七。三にきっちりわけられた髪につやのよい顔色だったが、あなたたちにはそんなことはお分かりにならないでしょうがね、というようにかすかに笑みさえ浮かべたように見えた。さらに局長はこうもいい放った。それは種田には脅迫そのものだったという。

「まあ、決めるのは米軍でしてねえ。我々はあなたとの間に入ってうまく補償が進むように仲をとりもっているだけなんです。あなたがこれ以上、提示した賠償額で承諾願えないのであれば、あなたが直接、アメリカに行って直談判されるしかないのですがねえ」

その口ぶりには、君らには手に負える問題ではないので、我々に任せておけばいいのですというニュアンスがこめられていた。防衛施設局長は賠償交渉での最後通告とでもいうようにいい残した。

種田は「米軍の公務中の事故」や「日米地位協定」がどうのという話にはすぐについてゆけず、煙に巻かれている感があった。今までそんなことを考えたこともなかったし、日常的に実感した経験もなかった。それゆえ、このままでは、種田の無知につけこんだ官僚たちにまるめこまれてしまう危機感を覚えたという。

種田は官僚たちと渡り合うために代議士を頼った。

「英語なんか、ちんぷんかんぷんの俺にアメリカと直談判しろとぬかしやがったんだ。俺はそうまでいわれて打つ手なしと思ったが、ふと知り合いの県会議員に相談してみようと訪ねると、さっそく国会議員に引き合わせてくれましてな。その時、俺はこれでもう大丈夫だと思いました。でもそれがいけなかったんですわ。一応、俺の訴えを聞いてくれて、防衛施設局の局長を呼びつけてもくれ、何度も話し合いましたが、納得がいかずがんばっていると、議員はまあ、自分に任しておけ、というもんで従いました。でも、その結果は、国も米軍との板挟みで苦しいんだ。お互い痛み分けということで、半ばをとって要求額の半額で飲めということでした。それにこれ以上、ごねているととれるものもとれんぞ、と説得されましてな。俺は国会議員の労の手前、ことわり切れず承諾してしまいました。それがあとで聞くと、防衛施設局は国会議員に、種田氏の要求額ではアメリカが承知しませんので困っております。なんとか先生から種田氏を説得していただけませんかという逆の依頼があったというんですわ。その議員はどうも、その局長に貸しを作る形で引き受けたようで、結局、そんな話になってしまいましてな。俺にはそういった政治的というか、腹芸みたいなことはさっぱり分からなくて」

種田はここで頬杖をついてあんぐりと口を開け、

「議員は、最後はもうこの問題にかかわっていても票にもならないし、手間ばかりかかるだけだという気分がその口調に現れていましたなあ。俺は裏切られた思いでしたが、他に突破する道も思い浮かばずとうとう受け入れてしまったんですわ」と心底投げやりに吐き出した。

種田は不服でも、当面の生活と工場再建の資金は得られたので、さっそく準備をはじめた。だが、大きなネックが生じた。それは工場再建の必須の工場用地の問題に関するものだった。

「以前の得意先も工場が再建されたらまた取引してくれるというし、気持ちを切り替えた矢先のことでした」

種田は長く伸びたたばこの灰に気づかず手をふりまわしたのでテーブル上に散らばった。豊があわてて灰皿を差し出すと、「あっ、済まんことです。思い出すだけでくやしゅうて体がふるえて来よるんですわ」

種田は小刻みに息を継ぎ、両手でかきむしるように顔をしごいた。よほどきつかったのか赤い筋がついた。

「賠償交渉の時はすべてを一任してくれ、国がやることだから絶対にあなたの不利にはさせない。白紙委任状に署名してくれれば話が早いとせかしておいて、国会議員にまで入ってもらって要求した約半額で辛抱させられて、今度は土地のことではそれ以上に煮え湯を飲まされたんです。あれは詐欺そのものだったんです」

種田は、結局、工場再建はできなかったといって、それに至る顛末にふれた。

「俺がとにかく焼け跡に工場を再建しようとしている矢先に、防衛施設局から突然、ストップがかかりましてな。それも紙切れ一枚を送ってきて使えない土地になったといい出しましてな。驚いて聞きただすと、それがですな」

種田はここで再び絶句してしまった。しばらく顔をふせて身じろぎもしなかった。顔色もどす黒さを増した。脂汗がにじんでいるようにも見えた。

「大丈夫ですか。ご気分が悪いならすこしお休みになってください」

豊はコップに水を注いで勧めた。種田は両手でそれを受けとりのどを鳴らして飲み干した。

「ありがとうございます。大丈夫です。こう見えても丈夫な体にできとりますので」

種田はゆっくりと顔をあげて話を続けた。

「せっかく必死で気をとりなおして仕事を再開しようと踏ん張ったのにですな、防衛施設局の次長が、もうこの場所では工場は建てられなくなるので、他で敷地を探してもらいたいというんですわ。俺は自分の土地に工場を建ててなにが悪いのか。賠償金を値切って、その上にまだ俺のすることに文句をつける気かと、その時は次長の胸倉をつかんでワイシャツを破ってしまうほどに力任せにゆさぶってしまいました」

種田は額や頬、首筋をもう一度ハンカチで手荒くぬぐった。

そこからの種田の話には、豊も一緒になって地団駄を踏んでしまうことばかりだった。

防衛施設局からの申し入れは、「今回の事故を教訓に、これまで定めていた基地周辺の『危険区域（移転措置適用の指定区域）』を変更する」ので、民家や、工場などは建てられなくなるというものだった。

豊にはそういわれても意味がよく呑みこめなかった。種田は豊の表情からさらに詳しく説明してくれた。

「要するにですな。これまでは米軍の戦闘機が飛び出す滑走路の一番端から五〇〇メートル以内は『危険区域』と決めていたのを、これからは千五百メートルから二千メートルの範囲にひろげることになったというんですわ」

種田はその意味わかりますか、と問いかけるように背をまるめ、豊の顔をのぞきこむ姿勢になった。豊は、今度は種田のいいたい意味を即座に理解した。

「種田さんの事故で、あわてて基地滑走路からの危険区域をひろげて、人が住めないようにしようとした訳なんですね」

種田は豊のことばに両膝を拳で打って声を唸らせた。

「そうなんですわい。俺は追い出されたんです。何十年も丁稚の時代から苦労してきてやっと土地と工場を手に入れたのに、全部焼けても土地さえあればと希望が持てたのに、自分の土地を捨てて別の土地を探せという訳なんですわ。こうなったら無茶苦茶というもんです。」

豊は結局、どう決着をつけたのか、はらはらする思いで手のなかに汗を覚えた。種田が上体をそらせ、腕を突っ張ったのでテーブルが音立てて豊の腹部を押した。種田はあわててテーブルを手元に戻し、「こりゃあ失礼しました」とわび、続けて「国の役人はどういったと思います」と問いかけた。

豊も前のめりになった。

「あなたがどういわれても、国としては危険区域に民間の施設を建ててもらう訳にはいかないの一点張りで、あげくの果てには、これ以上、聞き入れてもらえないのであれば、土地収用法という法的対処もありますよ、とぬかしやがったんですよ。要するに『強制移転』ですわな。なのにあなたの場合は『希望移転』だとすりかえて、俺が拒否しているのに『希望』だと押しつける。こんな不当なことってありますか」

種田は猪首を両肩に埋めるようなしぐさをしてなにかに挑むような姿勢になった。

「でもなあ、相手は国ですからなあ。仕方なしに他の土地を探しました。だけど国の土地買いあげの値段が安すぎて、他に気に入った土地があってもとてもそれでは足りません。それで足りない差額は当然、国が補填すべきだと、絶対引きませんでした。それでもらちがあかず、代替地をよこせと防衛施設局の事務室をてこでも動きませんでした」

種田はその頃の執念をよみがえらせたのか、太い眉根を寄せ、目が据わってぐっと迫ってくるものがあった。唇はつばきでまみれて異様に紅かった。

「俺は頭にきて、それなら裁判に訴えると机をたたいてやりました。そしたらですな、提案してきたんですわ」

豊は話を聞きながら、そうか、国は「裁判」という事態を嫌がるのだなと、胸に刻みこんだ。

「で、その提案というのはどういうものだったんでしょうか」

豊はごくりとつばを飲みこみ椅子から腰を浮かせた。

「それがですな、いわれる賠償額は出せないが、国有地をあなたへの土地の賠償費と等価で払下げする形で解決をつけましょうといい出しましてな。それからもあっちの国有地こっちのと、すったもんだしましたが、ようやく納得できる土地がみつかりましたんですわ」

豊は種田の代替地探しの落着の話までを聞いて、内心ほっとするものがあった。だが、種田は先ほど以上に声を荒げていい募った。まさに種田が激高する国とのやりとりはこれからが本題のようだった。

「俺が憤慨することにはふたつありましてな。国は滑走路からの『危険区域』をひろげておいて、近くに建設予定の高速道路はその区域に入っているのに認可するといったんです。無茶苦茶ですわな。ですが、そのことはおいてもですな、もうひとつのことが俺にとって最大の国の詐欺だったんですわ」

種田は天井を仰いでから嗚咽をもらし、涙を流した。

「くやしゅうて、くやしゅうて。だました役人も憎いんやが、わしも自分の馬鹿さかげんに我慢がでけんのです」

種田が頭をかきむしり、拳で額を打ちながら告白した事実に、豊も、この野郎、なにをしやがる、という思いに駆られるものだった。

種田はやっと再建できる土地を見つけてなんとか機械や諸設備、人手の段取りもつけた。あとはもう一度、命がけで仕事をすることだった。ねじり鉢巻きの意気をとり戻していた時だった。大蔵省からの通知で、「国有地を無断で占拠」しているとの警告文が届いた。種田は驚いて、その文書をもって防衛施設局へ向かった。そこで面会したのは、以前交渉していた局長や次長、それにそれまでかかわってくれていた職員の大半が遠隔地に人事異動をしてしまい、会えたのは一新されたメンバーだった。種田の血相をかえた詰問に四十代半ばの新局長は眉一つ動かさずいい放ったという。

「私どもは国有地うんぬんの話は引き継いではおりません」

　種田は血の気が引き、全身がかぎりなく重くなり、地の底に引きずりこまれる感覚があったという。豊は耳を疑った。一国の幹部が冷然と約束にしらを切ったのだ。

　種田はその時、全身があぶくになったようで、ことばがのど奥でせめぎあった。

「あ、あんたは、し、知らないといわれるが、た、確かに、ぜ、前任の局長が、お、大蔵省の方に話をつけてあるからと、は、はっきりいわれたんだ。そ、それを今さら」

　種田は鉛以上に重く沈下していく感覚で、声もかすれ気味になった。その種田の表情をただ眼鏡の奥から凝視していた新局長は抑揚のない声でたずねた。

「種田さんがそこまでおっしゃるなら、それを証明できる文書はおありでしょうか」

　このことばが種田には決定的な敗北になったという。

　種田は国会議員の仲介で安心して、これまですべて口約束で進めてきたのだ。それに、我々に任せていてくれたらと何度もいわれてきた。だからこそ白紙委任状まで防衛施設局に渡してしまった、ともいった。

「国が約束することですから」と、ソファに深く身を沈めて葉巻をくゆらせていた前局長の顔が思い出された。種田はその時、確かにほかならぬ、日本国が後ろ盾だ、とのことばに全幅の信頼を置いていた。なのにその大船がいともたやすく転覆させられた。

「え、えらい御役人さんが、や、約束してくれたことです。お、大蔵省に確認してもらえればわかることです」

　種田が食い下がると、新局長は「それはできかねますね。国有地の所管は大蔵省です。私どもが口を挟む余地などありません。もし、ご確認されたいのなら、ご自分でなされたらいかがでしょうか」

　種田はそれまで、ほぼすべてを口約束に頼ってきた。それゆえ、訴える証拠となる「文書」がないのだ。案の定、大蔵省では「種田様がそうおっしゃっても、防衛施設局からのそうした依頼は一切ございません。そういう確認書でもあれば」と一蹴されたという。

　種田はそこまで告白すると、もう歯を食いしばって噴きだすような涙を流した。

「俺は、俺はもう刺し違えるつもりでもう一度、国会議員に頼んで防衛施設局と大蔵省の役人を呼びつけて問い詰めました」

　種田はそこで大きく口を開いて、あ～あと消え入る声をもらした。

「その席には新防衛施設局長と大蔵省の国有財産担当の課長がきましてな」

　国会議員の立ち合いで、面談した新防衛施設局長と大蔵省の役人の態度は、種田がひとりで対した時と一変した。

「どうも、先日は失礼いたしました」と声をかけてきて、国会議員には「いやあ先生、どうもごぶさたしております」と双方とも腰が低かった。種田はその豹変ぶりにあきれ、彼らは誰に向かって仕事をしているのかと強い疑問を抱いたという。

「種田様の申し出について、その後、お調べしましたら、確かに国有地の払い下げの『斡旋』はいたしましょうとのことでした。ですがそれはあくまで斡旋であって、お約束ではなかったとのことです」

　種田はその内容を伝え、豊に問いかけた。

「わかりますか。この意味の違い。人を煙に巻くことばかり考えている連中の考え出すことばです」

　豊は国会答弁で首相や大臣がよく「ことばの綾の問題」だとはぐらかしていることを思い出したが、種田のいわんとする点については思いつかなかった。

　種田は全身で呼吸をするように息を吐きながら答

えた。

「要するに、約束なんかしなかった。ただとり継ぎだけはしましょうということでしかなかったんですわ」

　種田はそういって両手で顔を覆った。やがて気をとりなおしたように毅然と面をあげた。

「俺は約束を信じて四年も五年も待って、あげくそんなことばを聞かされて。それでも防衛施設局とは二年近くまだすったもんだしてました」

　種田の物言いはそこまできてトーンが低くなった。

「まあ、俺も必死に六法全書や法律書で勉強もし、弁護士の先生にも頼みましたが、結局、弁護士先生のいうには、『この事件には、証拠となる文書もなく、法的な決め手』がないということでね。最終的には調停か和解に持ちこむのが最善といわれましてな。工場も再建できず、その後はなけなしの賠償金の残りで、慣れない商売に手を出してはことごとく失敗して、今はアパートでひとり暮らしをしております」

　種田はすっかりしゃがれた声になって頭を垂れた。豊はかけることばが見つからず、種田の語ってくれた逐一を反芻していた。米軍の動き、日本政府や官僚の対応。それになによりも安保条約というものを勉強しなければならないと痛感した。

「いろいろと貴重な意見ありがとうございました。私、これから安保条約っていうんですか、そのことしっかり勉強してみます。またいろいろ教えていただけますか」

　豊は両手をついて、深々と頭を下げた。

「いやいや、こちらこそ」

　種田は両手を交差させて大きく頭を左右にふった。

「俺は、俺みたいな思いをする人が二度とないように心から願ってきたんです。なのにあなたのような目に遭う人が何人もいることに我慢がならんのです。ですから、なんとか力になれたらと願うだけなんです」

　種田はかすれ声でかみしめるようにいった。

「ええ、ええ。本当にあなたに出会えて幸運でした。今はただなにから手をつければいいのかわからず、防衛施設局の人のいわれるままに仮住まいのこのアパートに落ち着いたところですから」

豊は混乱したままの心根を正直にもらした。

「俺も最初はそうでした。とにかく当座の生活できる場所と最低限の日用品をそろえてもらうように要求しましたが、とにかく対応が遅くて難儀しました」

豊はその話を聞いて、まったく同じ実感があった。種田が交渉した防衛施設局の体質は十数年前とほぼかわっていないのだと、あらためて認識させられた。

「まあ、それでも日常的な生活の面倒はよく見てくれたと思っています。特に若い職員はこまごまとよく気がついてくれまして、それにには感謝しておりました」

種田はそこで濃いあごひげをなで、「しかし、わしが一番に聞きたかった事故がなぜ起こったのか、どうしたら二度と事故が起こらないのかの調査結果はついに話してくれませんでしたな。それを問いただしても、肝心のエンジンはアメリカに持って帰って、パイロットも本国に帰っているわで、それに対して日本はなにもいわないのです。それでわしは弁護士を通じて基地の司令官に問い合わしてみたんです。そしたらその回答は、日米安保条約の地位協定によって日本政府と合意ができており、アメリカ側に問い合わせるのはお門違いだとの回答がきたんです。それで学のない俺でも、安保条約ってなんというとり決めなんだと、その不当性というか、アメリカいいなりのそれの勉強をはじめたんです」

種田は己のなかにじっくりと溜めてきた思いを、今は冷静な口ぶりで語った。

種田は十数年間の経験から、最後に強調した。

「俺らがアメリカとまではいわんが、国にまっとうに要求を認めさせるには、俺みたいに訳のわからん腹芸の議員に頼んだり、役人と口約束だけで済ませたりすることは絶対やめることですわ。きっちりと法律の専門家の弁護士さんなどに最初から相談することです」

種田はきっぱりとそういい切ってあたらしくたばこに火を点けた。豊はしかし、依頼する弁護士のあてなどなく思案気に宙をにらんだ。種田はそれと察して、「国鉄東海道線のＫ駅前に山原直道という弁護士がおられます。わしも土地のことで世話になりました。わしからも連絡しておきますんで、一度、訪ねてみられたらいいと思いますわ」と助言してくれた。

種田が辞す時、奥の部屋から光と翔子が顔をのぞかせた。翔子は種田の赤黒くむくんだような角ばった容貌と、猪首で怒り肩の体形に怖気たように、光の背に身を隠した。豊が種田を、自分たちと同じような体験をされていろいろと教えにきてくださったのだと伝えると、光は種田にまっすぐに向きあって、「ありがとうございます。これからもよろしくお願いします」とお辞儀をした。

「いやあ、立派な息子さんがおられて頼りになりますな。わしもなあ」

種田はそこまでいいかけてあとはぐっとことばを飲みこんだ。

「いえいえ、まだまだひよっ子で」

豊はそう返しながら、内心では光がこうした挨拶ができることに誇らしさを感じた。それゆえにか、種田がことばを途切らせた思いが痛切に胸に来た。

「ほれほれ、翔子もご挨拶しないと。遠くからお父さんたちのために訪ねてくださったんだぞ」

翔子は豊に頭をなでられると首をすくめたが、「こんにちは」と短く発した。

種田は破顔になり、黄ばんだ歯を見せた。目尻を寄せると額や頬に深く刻まれた以外に顔中に小じわがひろがった。それにくわえて耳朶のあたりの白髪が年齢以上に老けこんで見せていた。

豊は子どもたちとともに種田を見送った。種田は両肩を極端に左右に傾け、大股で駅に向かった。筋肉質な背をまるくして道をたどる後ろ姿に、翔子がぽつりともらした。

「あのおじいさん。さみしそうだね」

第5章　家族

防衛施設局の真鍋業務課長から損害賠償補償の話を本格的にはじめたいとの申し入れが何度もあった。豊は駅前近くで落ち合って喫茶店で話し合った。

「ほぼこうむられた損害の全体額はつかまれたと思いますので」と真鍋は交渉をせかした。

「あなたは、補償、補償とせかされますが、妻はまだ治療中ですし、これからどうなるのか見通しもつかない状態です。もうすこし落ち着いて考えたいと思っています」

豊は不機嫌さを露骨に表した。

「あっ、ほんとうにおっしゃる通りでございます」

真鍋は相かわらず馬鹿丁寧なことばで接した。

「私どもとしましても、大枠の補償金額を一刻も早く把握して、お役に立ちたいと存じておるということでご理解いただければと」

真鍋は豊の眉を寄せた表情をうかがうように上目遣いになっていい訳めいた。豊は今日の真鍋の印象がなんとなく以前と違うことに気づいた。会話をかわしているうちに黒縁めがねの枠が鼈甲色になり、なによりもオールバックの髪がさっぱりと短髪になっていたことだった。事故から数日後には目の下に隈ができ、肌に脂が浮いて疲労がありありと見え、被災者の対応に奔走している姿が見てとれた。あれから二ヶ月経った今、紺の背広に臙脂のネクタイ、髪やめがねの一新もあいまってエネルギッシュなものをみなぎらせていた。

　豊はそうした真鍋を前に、この人たちは、あくまで仕事として自分たちに対しているだけで、被災した者の気持ちより、早く担当業務を片づけたいだけのことだろうなと思いめぐらせながら、ずっと考え続けていることを突きつけた。

「補償はもちろん、私たちが事故に会うまで生活していた状態にそっくり戻してほしいということです。家はもちろん、家具一切、妻の体も元の健康な体にです。そして私たち一家が受けた精神的打撃に対してもです」

　豊がそこまで告げると、真鍋が右手をひろげて豊のことばを制するように身を乗り出した。だが、豊は強く押し切るように続けた。「もちろん、あなたが今、きっとおっしゃりたいのは、そういうことはできないことだということでしょう。私はあえてそれを承知でいっているのです。ならば、それらすべてを完全に補償する金額というものを、私は要求します」

　豊の「完全」な補償要求の言明に、「それはもう、私どもの全力を挙げて努力させていただきたいと思うのです」と真鍋課長は大きく首をふり、力をこめた。真鍋課長はそこまでで今日の話は済んだとばかりに、そそくさと席を立つ姿勢になって書類でふくらんだ鞄を抱えた。

「では、秋吉様の財産目録なり、生活費一切に関するものをまとめていただいて、当方として算定させていただいてお話を進めたいと存じます」

「わかりました。私も早くそれをまとめて提出したいと思います。ただ妻の治療費や付添婦に家政婦、それに家賃の支払いについては今まで通り、真鍋さんのほうで引き続き清算をよろしくお願いします」

　豊は話がまとまるまでの処置について念を押すようにいった。

「もちろん、それは当然のことでございます」

　真鍋は今日の話し合いの雰囲気は順調だったと受けとってか、白い歯を見せた。豊は如才のない真鍋の顔を見あげながらたずねた。

「それはそうと、以前にも付添婦や家政婦さんの支払いについてお聞きしておりましたが、家賃や病院の支払いと同じで、どうして真鍋さんのほうで直接支払いをしてもらえないのですか」

　防衛施設局から彼女らの報酬を受けとって、豊の手から渡してほしいという、ややこしい手続きをなぜするのかと、今一度質問した。「いやあ、おっしゃる通りだと思いますが、私どもの単なる会計処理上の事情で、申し訳ないのですがご了承いただきたいと思います」

　真鍋は鞄を抱えたまま深く腰を折った。豊は腑に落ちないままだったが、一応、実際上の対応はされているのでそれ以上は口にしなかった。真鍋はやっと今日の目的は果たしたとばかりに、身をひるがえしかけた。だが、豊の次のことばで体を硬直させた。

「では、そのことはお願いしておきます。ただ、ここではっきりさせておきたいのは、私は墜落事故の原因解明や米兵の謝罪のことばを聞かぬかぎりは、補償の話には応じたくありません。まずは事故原因がどうなのかの説明があってこその補償交渉じゃないのですか」

　真鍋は豊の詰問に、一瞬、ことばを失ったようだった。

　真鍋は豊の最後のことばを反芻するように目を宙に泳がせてから、おもむろに口を開いた。

「確かにおっしゃるように二度とこんな悲惨な事故を起こさないように徹底的な原因究明がなされて、今後に生かすことが大事だという点では、私も大いに同感するところでございます。ですから、今はけんめいにそのことにとり組んでおるということでございます」

　真鍋は慎重にことばを選び、豊の思いを精いっぱいすくいとるように口上を述べた。豊はそれだけで他愛なく束の間、気持ちをやわらげた。だが、それも次の真鍋のことばで吹っ飛んでしまった。

「ただお伝えしておかなければならないことは、原因究明は、まずアメリカ軍の手にゆだねられておりまして、我々もその報告を待っているところなのです。ですからそれがあり次第、お伝えしたいと思っております」

　豊はその答弁でうっせきした思いを次々とぶつけ

た。

「あのね、真鍋さん、もう事故から二ヶ月も経っているのですよ。どうしてそんなに時間がかかるのですか。それに事故は日本のY市で起こったんですからね。どうして原因調査がアメリカ任せなのですか。日本自身の事故調査はどうなっているのですか。事故原因究明の肝心かなめのエンジン部分は、とっくにアメリカ本国に持ち帰っているというじゃないですか。パイロットも本国の部隊に所属替えになってどこにいるかわからないというし。これじゃあ、アメリカに任せているのではなくて、丸投げじゃないですか。日本政府の航空機事故調査委員会などには優秀な航空技術専門家がたくさんおられると聞いています。その方たちにこそ任せればもっと早く原因がわかるのではないのかと私には思えるんですけれどね」

豊は種田に聞いたことや自分なりに調べた事項を並べた。真鍋は豊の疑念の矢に、席に座りなおした。

「いえいえ、丸投げなんてとんでもございません。日本側からももちろん調査にくわわっております」

真鍋が答えると、豊は即座に返した。

「でも、原因究明の一番のカギになるエンジンが海の向こうに運ばれてしまい、事故を起こした本人もいなくなって、私は丸投げといいましたが、もうこれは調査の放棄そのものじゃないですか。これじゃあ、日本はアメリカの都合のよい報告をまる飲みするだけのことじゃないですか」

豊の追及に真鍋は両手を揉み、首を左右にふった。むりにでも笑みを浮かべようとする真鍋の表情が隠しようもなく硬くなり、眼光が鋭くなった。

「いえいえ、私どもの担当官は緊密にアメリカ側と連絡をとり、指摘すべきは指摘して報告書にくわえてもらう努力はしております。そこは日本政府としての自主的な対応をさせていただいておるのです」

真鍋はあくまで豊の指摘に具体的には答えず、抽象的な表現をくりかえすばかりだった。豊はやはりはぐらかすことにたけた官僚の本領が顔を出したなと、ぐっとせりあがってくるものがあった。それに誘われて、種田に知らされた事故直後の事実が思い出されて唇をふるわせた。

「ま、真鍋さん。い、いったい自衛隊というのは、誰のためにあるのですか」

真鍋は斜視気味になって首を傾げた。豊の問いの意味が飲みこめなかったらしい。

「どうして、妻や衣川さんの子どもさんや奥さんを無視して、アメリカのパイロットだけを救い出したんですか。自衛隊には日本国民よりもアメリカ兵の方が大事なんですか。葉子や衣川咲子さんなどを病院に運びこんでくれたのは付近で建設工事などをしていた方々が、作業を中止して必死で病院に担ぎこんでくださったんですよ。自衛隊には民間人などどうでもいいんですか」

豊の語気が突き刺すものになった。

「いえ、とんでもないことですよ。国民を守るためにこそ自衛隊はあるんですから」

真鍋もとんでもないという風にいい返した。

「じゃあなぜなんですか。火だるまの国民を放置して、国民を守ったことになるんですか」

豊は思わず叫び声になりかけた。近くの席の客が注目した。真鍋がなだめるように手を差し出して声を低めた。

「放置だなんて、決してそういうことは」

真鍋は必死な響きをこめた。

「だって現実はそうじゃないですか。目撃者や救出のために病院に運んでくださった方々のほとんどは、事故直後の十分後に飛来した自衛隊機に、当然、被害者の救出を率先するだろうと、さすが自衛隊は迅速だなって、頼もしく思ったのに、パイロットを収容すると、さっさと飛んで行ってしまって驚いたといってましたよ。

「本当に、自衛隊って国民を守るものなのかどうか、私は疑います」

豊が断固とした口調でいい切ると、

「それは秋吉さん、口にされないようにしていただきたいものですな」

真鍋ははじめて決めつけるような口調で対した。豊が真鍋の物言いに刺激されてさらにいい募ろうとすると、真鍋は胸をそらして強くさえぎった。

「秋吉さん、申しあげておきますが、私どもは国事を預かっております。自衛隊もそうです。日本国を守るには、日本国民全体を守るためにはなにが大切なのかを日夜、考えて活動しております。決して国民の命を粗末にはしてはいけないというのが私どもの精神なのであります」

真鍋はこれまでの丁寧なことば遣いよりも、こうした訓示でもする口調の方が板についていた。歯の浮いたようなことば遣いと恰幅のよい体形といい、時折、抜け目なく光らせるまなざしはちぐはぐに映っていた。豊の目にようやく、真鍋の本性が見えてきたと思えた。

「あなたが疑問に思われた、なぜ自衛隊機が米兵を優先的にたすけたかという問題ですが」

真鍋は感情をまじえず淡々と説明するように続けた。

「私はそうはいってません」

豊は押しの強い口調にかわった真鍋に対して、声を濁らせて押し返した。

「米兵をたすけるのもいいでしょう。でも彼らはほとんどけがもしていなかった。一方では重傷者がいる。それも自衛隊には同胞です。なのに第一番の救出が」

豊は嗚咽にじゃまされて声が詰まってしまった。

すかさず真鍋が口を挟んだ。

「それは日米安保条約の条項にもとづいた日米地位協定などのとり決めによってされているのだと思います。そのことは日本政府とアメリカ政府間のレベルのことで、防衛施設局の一課長の私がここでうんぬんする立場にはありません。私はあくまで今回の事故に関して補償を担当するだけの部署に居るものでして、とにかく秋吉様の生活が元に戻せるように、誠心誠意補償のお話をさせていただくだけのことです」

豊はここで確信した。もとから事故原因究明など頭にないのだ。早く金で片をつけて、やっかいな業務をおしまいにしたいのだと。

豊は真鍋の抗弁に我慢がならないとばかりにさらに声を荒らげた。

「話をすり替えないでほしいんだ。政府間でどう決めたのか知らないが、こちらは家族の命がかかってるんだ。なのに原因はアメリカからの返答をただ待っているばかりだという。その上に、自衛隊の件だって安保条約でそうなっているというだけで答えになっていないだけじゃなく、あげくに、私は一部署の担当で補償のことしか知らないってごまかすんですか」

真鍋は腕組みをして八文字に唇をむすび、豊の顔を凝視した。その姿勢には、豊にいいたいだけいわせたあとの反論を組み立てているように見えた。豊はひとことも返してこない真鍋に最後突きつけた。

「あなたが補償の担当で、あとのことは知らないといわれるなら、まず事故原因究明を担当している人を寄こしてくださいよ。話はそれからですよ。まったく順序が逆じゃないですか」

豊はけんか腰だった。真鍋はゆっくりと腕組みを解いて、豊に顔を近づけた。

「私は以前から秋吉さんのお気持ちは十分受け止めようと努力してしてまいりました。ただ何度も申しあげておりますが、事故原因は今、調査、分析の段階で不明の部分が多いと聞いております。ですから時間がかかることと申しあげているのです。それは必ず報告させていただきます。それはそれとして、秋吉様の全財産の消失や奥様のお怪我に対しての補償は、日々の生活に関わるものとして急がねばならないと考えているところなのです」

真鍋はやはり冷静で、事務的な口調を崩さなかった。

そのことばには、豊の本音を衝くところがあった。確かに子どもたちの学用品から衣服、家具、調度品。あらゆるこまごまとした生活用品へのすぐさまの補償がなければ生活が成り立たないのだ。職場を辞めてしまった今ではまさに背水の陣といった状況で、のどから手がでるほど補償金を確保したかった。日々、生活の保証のなさにおびえ、子どもたちの将来にも暗澹とした思いに沈んでいたのが本当の気持ちだった。

豊のなかで駆け巡る思いを見透かしたように、真鍋がいった。

「とにかく、秋吉さんのお気持ちに沿って、私も努力しますので、どうか補償の話は話として、進めてまいりましょう」

豊はなにかが違うとこだわりながら、真鍋の話に誘導されてしまった。その折、種田の忠告が脳裏を横切った。

―あいつらは、いいくるめることばかりに長けていましてな。ああいえばこういうでごまかされてしまうんですわ―

豊はそれ以上はことばがあぶくのように胸奥に滞留するばかりで有効に発せられなかった。真鍋はこれが潮時とばかりに膝を打って、「では、財産一覧表など秋吉様の財産目録の早急な提出をよろしくお願いいたします」とカバンを抱えこみ、一礼すると席を立った。

豊は帰宅して真鍋のことばをくりかえし考えた。だがどういわれようと、事故原因究明が第一番の要求だった。二度とそうした事故を起こさせないためにも断固、妥協しないでおこうと思った。

テーブルに突っ伏して夜遅くまで考えていると、やはり種田のことばが鋭く胸によみがえった。

――一片の紙切れで『エンジンの不調によるものと判明しました』とだけで、あとはなにもなしなんだよ。人が何人も八つ裂きにされ、黒焦げにされた原因の報告が、数行の文章だったんですよ。

それも日本政府からはなんの説明もなく、ただ米軍からの報告書が参りましたのでご通知いたします、と添えてあっただけだったんだ。これじゃあ、日本は米軍のただの伝達役にすぎないっていうだけのことでね――

種田はその時、事故の張本人の米軍に対してというよりは、米軍の報告書をうのみにして通知してくる日本政府の態度に怒りを向けているようだった。

豊は種田の助言と真鍋課長の補償交渉を急ぐ姿勢とを突き合わせてまんじりともしなかった。午前二時になっていた。それでも目は冴えていた。

テーブルで頬杖をついていると、背後から光がトイレに立ったのか、声をかけてきた。

「父さん、まだ起きているの」

光はさかんに目をしばたたかせながらつけくわえ

た。

「僕も父さんと一緒にがんばるよ。あの防衛施設局の真鍋課長さんて、なにか誠意が感じられないんだな。口ばかり馬鹿丁寧でさあ」

光は陸上部の中心選手になってリーダー的存在になっているせいか、最近は豊を強く支えることばをかけて来るようになった。

豊は自分より背丈の高くなった光を見あげながら、

「そうか、お前もそう思うか。母さんをあんな目に合わせ、お前たちが大事にしていた一切を奪って、こんな隙間だらけで、せまくて、蚊や虫の多いアパートに押しこめられて、母さんやお前たちが不憫でなあ。だからきっちりと母さんの治療をしてもらってお前たちが元のように生活できるように十分な補償はもちろん求めていくんだがな。その前になんでこんな事故が起きたのかの説明がないと、父さんの気持ちは一歩も進まないんだよ」

豊は髪の毛をかきむしりながら、声を太くした。

豊は光を大人の男性として向き合って思いを吐いた。

「僕も母さんのことを思うと、パイロットを殴り倒して土下座させて、謝らせたいよ。そしてさあ、二度と事故は起こしませんといわせたいのに、そいつらはアメリカに逃げ帰ったっていうしさあ。そんなことを許しておきながら、補償、補償ってお金の話ばっかりだろう。真鍋さんっていうの。あの人のいうことを聞いていると、早く金で片をつけてしまいたいっていうのが見えみえだしさあ」

光は最初、まぶたが重かったようだが、話すうちに目をしっかりと開き、語尾がはっきりしてきた。

「お前もそう思うか」

豊は光が自分と同じように事態をとらえていることにすこし驚いた。物事の本質をしっかり見ているなと心強かったが、それに続けてつけくわえたことばにも目をみはった。

「父さん、真鍋さんなんかに補償交渉の時に白紙委任状など渡したら絶対だめだよ。だってそれって、もうあなたの好きなように処理してくれていいですっていうことだろう。とにかく弁護士さんなどに早く相談して真鍋さんなんかにいい負かされたり、ごまかされたりしないようにしなくちゃと僕は思うんだ」

　豊は光が白紙委任状のことまで口にしたので思わずたずねた。

「お前。どこでそんなこと知ったんだ」

「種田さんって人の話を聞いて、クラブの顧問の岩谷先生に教えてもらったんだ」

　光はあっさりと答え、「父さんも、もう寝なよ」と声をかけてから、ついでのようにことばを継いで部屋に戻った。

「僕、中学卒業したら、働いてもいいからね」

　豊は光のいい残したことばにまぶたから噴きあげるものがあった。

　――自分のこの身を捨ててでも、そんな思いをさせるものか――

　涙が拳にまで滴った。

　入居当初から蚊や蠅、小さな虫にムカデなどの侵入に悩まされていたアパートだったが、木枯らしが吹く頃になって安普請のアパートは扉と床の隙間や窓ガラスの木枠の間から風が容赦なく忍びこんできた。

　特に三畳ほどの風呂場は頭上の小さな窓枠がゆがんでいて外気が滝のように流れこんで、こもるはずの湯のぬくみはたちまち奪われて体を温めるどころか、湯冷めして風邪を引きそうだった。再三に渡って真鍋に新住居の世話を申し入れていたが返事がなかった。一方、高度な火傷治療のできる病院に、とことあるごとに真鍋に要求していた結果なのか、葉子が駅前のA病院から転院することになった。それは豊が求めていた治療水準を引きあげるというよりは、入院治療からB医科大学付属病院への2週間隔の通院治療に切り替えられたことによった。だが通院には現在のアパートからは遠すぎて、豊が車で送迎しなければならなかった。そうした事情もくわわって、ようやく冬を迎える頃に、あたらしく通院することになった病院近くの2LDKの公団住宅に移れることになった。

　その頃の葉子の火傷は全身の一割ほどの範囲に治

まってきていたが、左腕全体と左顔面の皮膚は火焔で沸騰して泡立ってか凹凸が激しく、こねまわして焼いたパンの面そのものだった。特にあごから頬、目元にかけてはちいさなこぶ状の皮膚の塊とクレーターのようなくぼみがひろがり、唇の端が二重まぶたの目尻近くまで吊りあげられるように引きつれていた。ひろい額の半分は波打つようなケロイドに覆われていた。それら火傷後の皮膚の表面全体はちりめん状の皺になり、部分部分で濃淡のある茶色に薄桃色や赤みを帯びていた。髪の毛だけはようやく伸びはじめていた。

葉子は通院するにあたっては帽子を目深くかぶり、サングラスをして、ほとんど顔を覆う状態で出かけた。だが、顔や腕などを人の目にさらす以上に、苦しめられるようになったのは、事故の衝撃によって引き起こされた心臓肥大や自律神経失調症などで、体が鉛のように重くなり、息切れがはげしくなったことだった。

事故から約三ヶ月経って、再び公団住宅での家族四人の生活がはじまった。だが葉子はほとんど体を横たえているか、座椅子にもたれてぼんやりとしているだけだった。定期診療のため病院の待合室にいる時に全身のけいれんを起こして倒れこんだり、通院の途中でしゃがみこんで動けなくなることも何度かあった。原因は急激な血圧降下や突然の不安感による胸を押しつぶされるような圧迫感が原因のようだった。ある時はまったく意識不明におちいり、回復も危ぶまれたほどだった。当然、日常的な家事がこなせるわけもなく、再度、家政婦の派遣を真鍋に要請した。

豊はやはり自宅から約三百メートルの病院まで通院に付き添った。

「父さん、会社を辞めたといっても、いずれは仕事に戻らなきゃあならないんでしょ。母さんにべったりつき添っていたら、いつまでも復帰できないのじゃないのかなあ」

光は自分が学校を休んで同伴することを提案した。豊は即座に否定した。

「馬鹿いうな。お前は来年、高校進学じゃないか。お前はそれに専念して、父さんや母さんを安心させてくれたらそれでいいんだ。母さんのことは父さんが絶対守るから。家族を守ることが父さんの全責任なんだからな」

　渾身の思いをこめた。

「でも、父さんが会社辞めて収入がなくなってるし、母さんの病院代だけでなく、家賃や翔子のこれからのことだって大変なことは僕だってわかるよ」

　光は次々と生活の心配事を口にした。豊は勉学に専念してほしい中学生の光に、そんなことで頭を悩ませてほしくなかった。

「お前がそこまで考えてくれていて、父さん、泣きたいぐらいにうれしいよ。でも、頼むからお前は今やらなければならないことだけを考えてほしいんだ」

　豊は切々と光に説きながら、頭の片隅でよけいな意地を張らないで、早く補償金をもらって生活再建することが最優先ではないのか、とも考えてしまう。でも、自分たちの味わっている地獄は金だけで済ませてしまってなるものか、という思いにやはり胸が焦げるのだ。子どもたちには苦労をかけるだろうが、やはり引く気にはなれなかった。当面の生活費だけは、全額の補償額の決着がまだ先でも、防衛施設局に仮払いを要求するつもりだった。葉子の後遺症による日常生活の支障を強く訴えて、中断していた家政婦の派遣を認めさせた。

　家政婦には再び山本睦子が通ってきてくれた。以前の初対面では光が「背がでっけえし、鼻が高くてつんとした感じで、最初、あまりしゃべらなかっただろう。とっつきにくい感じで、これからこんな人が毎日、家に入って来るのかって、ちょっとゆううつな感じだったんだけどさあ。話してみたら、はっきりしていて、なによりもてきぱきと片づけてくれそうだし」と印象の変化を語っていたのだが、料理がうまく、家事の要領がよくてなによりも翔子が気に入ったようだった。豊もふたりの反応にほっとするものがあった。

　だが、葉子の反応は違った。

「私はもう皆のためになにもできなくなったしね。私の作ったものより、山本さんの料理の方がおいしいんでしょう。もう私は役立たずなんだものね」

そうしたことばがくりかえされるようになると、皆の顔が暗くなった。豊がけんめいに「そんなことないよな。母さんのクリームシチューや唐揚げに春巻きなんかとり合いだったじゃないか」ととりつくろうと、「もうそんなことは昔の話だわ。今は皆のお荷物。料理も洗濯もなにもかも他人様にしてもらって、なんのために私はここにいるの」とさらにいい募るようになった。

まず翔子がひとことも発しないで、そそくさと茶碗を置くと八畳の部屋に引こんでしまった。光も黙って食事を済ますと、自分の洗い物を片付けて、翔子と半分に分けて使っている部屋に引き揚げてしまう。

あとは豊が葉子の呪詛に忍耐強く耳を傾けることになった。昼間の疲れで、頭をこっくりとさせると、「あなたは私のことなどどうでもいいのね」と葉子の鼻声を聞かねばならなくなる。

今日は信用金庫の理事長から呼び出され、「誠に退職した君には申し訳ないがね。例の三億円融資の件がこじれてね、相手の社長が今の支店長ではなく、ぜひ君に会いたいというもんでね。わしとしては退職した職員にご足労かける訳にはいかないとは思ったんだが、やはり君の信用は絶大でね。まあ、だからこそ君が落ち着いたらまた、戻っておいでともいったんだが」との話があり、その件だけにかぎって引受けざるを得ず、それが重い負担感になっていた。だが気力をふり絞って葉子に対していたのになじられると胸奥でじりっとしたものが湧いてきた。葉子を全力でいたわりたいのにいら立ってしまう自分に腹が立って、豊は頭を抱えた。自分が心穏やかな家庭にしてやらなければならないのに、と何度も深呼吸で心を鎮めた。

ある夜、葉子が突然、号泣した。

葉子は嘔吐寸前ののど奥が飛び出すような濁り切った声で唸った。

「ああ、殺して。ねえ、あなた。生きていてもなんの役にも立たない、こんな化け物になった私なんか、いない方がいいのよう」

葉子は身をよじって布団や畳の上をころげまわった。豊は葉子の両肩をつかんだが、思わぬ力で反発された。今度は腕に渾身の力をこめて抱きとめた。葉子はもがいたが、やがて豊の胸に顔をうずめてしゃくりあげた。豊は葉子の背をけんめいにさすった。葉子は若い頃から肉づきの薄い体だったが、乳房や臀部はやわらかなふくらみを持っていた。

引っ越してきて庭の手入れをしていたころには、背なかや肩、腕などにもきびきびとした筋肉がついて、はずむように跳ね返してきた。だが今、豊の手の平に伝わってくる感触は肩や背筋がごつごつしていた。それにくわえて、触れないようにと神経を使っていたケロイド部分に指先があたると、タイヤのゴムの表面を撫でているようだった。その上、でこぼこになった肌は指先を踊らせた。豊は思わず指を引っこめた。それを感じとった葉子は豊を思い切り突き飛ばすようにのけぞった。

「いやあ。翔子も、翔子も」と、叫んだ。

退院してケロイド部分は家のなかでもマスクをし、帽子をかぶって隠していた。

ある日、翔子が思いがけず早く学校から帰宅した。葉子は家にひとり切りだと思いこんで顔を洗っていた。手ぬぐいで水滴をぬぐって素顔のまま六畳の部屋に戻ってマスクをつけようとしたが、どこに置いたのかわからなくなって探しているところだった。

「ただいま」

翔子が突然、部屋のふすまを開けた。その瞬間、翔子は葉子のかわり果てた顔とまっすぐ対面した。翔子は棒立ちになり、真っ青になって泣き出して自分の部屋にこもってしまった。その夜、翔子はまったく無口になり、伏し目がちでふともらしたことばが「お母さん、こわい」だった。

葉子はそのひとことで、すべてがなえてしまったようだった。子どもたちのためにという思いが支えになっていたはずだった。その子らの目に映っている自分。その衝撃ゆえにか、それ以来、葉子はふいに号泣し、死にたい、死にたいとくりかえすようになった。深夜に突然、包丁をとり出して殺してとまで豊に迫るようになった。

豊や光は情緒不安定な葉子に腫れものにさわるように接し、翔子は近づこうともしなかった。午前九時から午後四時まで家政婦の山本がきてくれていた。その山本が救いになった。

山本は葉子の極度の気うつによる秋吉家の空気を察してか、無駄口はたたかないが、家事をこなすいちいちに「はい、雨戸を開けましょうね」「はい、お掃除、お掃除です」「はい、今日は翔子ちゃんの好きなハンバーグを夕食用に作っておきましたよ」「洗濯、洗濯楽しいな」とリズムをつけて口ずさむので、翔子がなついた。

特に翔子の好きな、クッキーなどを焼くのが得意で、豊にはそこまでは仕事内容には入っていないだろうなと思えても、自然な形でしてくれることがありがたかった。葉子に対しては、「あの、この味つけでいいんでしょうか。奥様は料理自慢だとお子さんや旦那様からお聞きしているので」と気を引き立たせる配慮を忘れなかった。葉子は最初は無反応か、体をこわばらせてぐずぐずと抵抗の姿勢を見せていたようだが、一週間もすると山本の明るいペースに引きこまれるようになった。

なによりも翔子が山本のクッキー作りを手伝うようになって笑い声をあげるようになったことが一番の変化だった。光も今は陸上部から受験勉強を口実にして身を引き、早く帰ってくるようになった。そうして、できうるかぎり山本や翔子の輪のなかに入り、また葉子の通院につき添ったりするようになった。そうしたなかで葉子はわずかに目に動きを見せはじめ、豊の話しかけにも穏やかに反応するようになってきた。

豊は葉子のたった今の心の内を推しはかるために、ある夜、そっと葉子の肩に手を伸ばしてみた。葉子は身じろぎもしなかったが、拒否の気配は見せなかった。豊はケロイドのある左頬や額を避けて、反対側の横顔に手を押しあて、やがて首筋から胸元へおろしていった。

鎖骨から乳房のあたりまでは薄い皮膚だったが、やがてやわらかなふくらみにたどりついた。それでも葉子は人形のように横たわっていた。豊は自分が無神経で、葉子にむり強いしているような恥ずかしさを覚えた。豊は葉子がそのことでまた泣き出すのではないかとおびえて、手を引きかけた。だが葉子はその手を強くにぎり締めた。

「こんな私でいいの。あなたに充分に応えてあげられない女になった私でいいの」

　葉子は強く問いかけ、豊にしがみついてきた。

　豊は必死で葉子を抱き締めた。いとおしかった。

「生きていてくれるだけで、いいんだ。光も翔子も、僕もただそれだけでもういいんだから」

　豊は葉子の胸に顔をうずめてただむせび泣いた。葉子も事故以来、はじめて腕に力をこめて豊の頭を包んでくれた。

「ああっ、ああっ」

　葉子は声にならない嗚咽をもらし続け、「アメリカが、憎い。こんな体や顔では皆と出かけられない」と声を絞った。豊は葉子に口づけの嵐を見舞った。

「大丈夫だよ。大丈夫。今はどんな火傷でも整形外科が発達しているからずいぶん元に戻せるんだから。僕が必ずそうさせてみせるから」

　豊は葉子の耳元に熱い息を吹きこんだ。

「ああっ、そうなってほしい。そうなって皆で手をつないで公園を歩きたい。また庭でバーベキューをしたり、キャンプにも行きたい」

　葉子はますます豊に体を密着させ、こらえていたものを一気に吐き出すようにいった。

　ふたりは明け方までお互いの存在をひしと確かめ合うように抱き合い、まんじりともしなかった。


　衣川健太が「葉子さんが退院されて、新しい住所に引っ越されたと聞いたので」と訪ねてきた。

　健太の妻、咲子は別の病院に入院しているので、顔を合わす機会がなかった。もちろんお互いに自分の家族や生活のことに無我夢中で余裕がなかったというのが本当のところだったが、ようやく連絡をとりたいと思ったという。

　健太はひろい肩幅で厚い胸をした青年だった。それに農作業で日焼けし、濃く太い眉や大きな瞳に四角張った顔は、三十歳半ばの年齢と相まってむんむんするほどの精力のみなぎりを感じさせた。声も大きく、冗談を飛ばしてはまぶしいほどの真っ白な歯をのぞかせた。

だが、事故以来の約三ヶ月で肉が削げて頬骨が高くなり、肌の艶も失せて乾き切ったようにざらついていた。なによりも目の縁に隈が沈み、濃いひげも剃ってきたのだろうが、昼過ぎの今には、すでにあごや頬にひろがりはじめていたので、豊の目にも憔悴の激しさがうかがえた。豊はきっと自分も同じようにやつれて見えるのだろうな、と臨時で頼まれたかっての職場の取引先との交渉で、顧客の目を思うと重い気持ちに襲われた。

健太は妻の咲子につきっ切りだという。なにしろ咲子はまだ重篤な状態を脱していないのだ。もちろん、仕事のトマトなどの栽培にも手がつけられず、ビニールハウスの内部は荒れ放題だという。

豊はそれを聞くと、葉子の後遺症の重さはあったが、通院に切り替わったということも、咲子の症状とくらべてことばに迷う原因だった。

ほぼ全身の皮膚を焼失した咲子の容態は葉子とは違って、マスコミによって詳しく報道され続けていたので、豊もその治療経過はそれなりにつかめていた。

葉子は四十％の火傷のおかげで約三ヶ月で皮膚の表皮が回復しはじめているのに、咲子の場合はまだまだ予断が許されないと伝えられていた。

咲子は葉子と対照的に丸顔の豊頬で、おかっぱ頭だった。ふっくらした体形で話し方もおっとりしていた。葉子はよく「隣の咲子さんは私と違ってなんでも落ち着いておられてね。それによく笑われるのよ。それにぼっちゃりした頬だから可愛くて、話していて楽しいのよね。私より年下だけど、見習わなくちゃならないところが多いのよね」とよく口にした。

色白で健康そのものだった咲子の姿を思い浮かべると、たった今の咲子の苦しみを自分のものとしている健太にかけることばが容易に見つからなかった。

「奥さん」

健太は一呼吸置き、「よかったですね」と声を低くしていった。豊は深く息を継いでから、「ええ、まあ」とテーブルに目を落としながら答えた。豊がことばを探していると、健太がぽつりぽつりと話しはじめた。

「うちの咲子は皮膚移植がはじまっています」

　豊はそう聞いてもまったく想像がつかなかったが、咲子の状態の重大さがあらためてつきつけられた気がした。

「三ヶ月の間、必死でつき添ってきたのに、まだまだこれからです」

　健太は左手の指であごをわしづかみするようにしてしごき、肩を大きく上下させた。

「事故以来、咲子はずっと地獄の苦しみにのたうちまわって来たのに」と健太は、その日からの咲子の病院でのことを語りはじめた。胸の内を吐き出すことで救われたいという思いが痛いほど伝わってきた。

　豊はただ耳を傾けるしかなかった。

「すみません。秋吉さんも大変なのに、辛いことをもう一度味あわせるみたいで」

　健太は拳をにぎりしめ唇をかんだ。豊は健太の太くごつごつした指や爪の厚さに、休みなく農作業に打ちこんで来た謹厳な農作業ぶりを想像して、三ヶ月も現場から離れて、妻のベッド脇に張りついている二重の辛さを思いやった。

「私には遠慮なく吐き出してください。衣川さんの苦しさは私と同じですから、痛みを分け合いましょう。咲子さんはこれから大手術を何度も受けなくちゃならないんですから。一緒にがんばりましょうよ」

　健太は豊のことばに首を折って、涙を滴らせながら何度も頭を上下させた。

　健太は豊に負担をかけていることを気にしてか、最初はとぎれがちだったが、すこしずつ話さずにはおれないという痛切なものがあふれるようになった。

　豊が葉子から聞いた事故の瞬間では、テレビを見ていた時に尻の下の畳がふわりと浮きあがったかと思うと周囲が真っ黒になった。とっさに台所の裏口に這い出したところへ粉々に砕かれた窓ガラスが飛んできて、火焔の津波がなだれこんできたという。

　だが咲子と子どもたちはそんな間もなく、瞬時に焦熱に襲いかかられた。豊の家の西隣だったため、墜落機の火炎放射は衣川の家に直撃し、それが緩衝になってか、葉子が瞬時でも戸外に逃れる間ができたようだった。もちろんほぼ衣服は焼け、半裸体のままころげるようにたすけを求めに走った。そして葉子と衣川家の子どもたちと住宅地造成や建築にたずさわっていた人々によって駅前のA病院に運びこまれた。

だが咲子は収容能力の問題があったのか大学付属のS病院に運びこまれていた。葉子の二倍近く体を焼かれて水泡で腫れあがり、体液がどんどん失われるので体の水分補給のために首や鎖骨、足の三ヶ所から点滴をされた。軟膏が塗りたくられ、ガーゼの交換が一日に何回も行われたが一回に千枚は必要で、そのあとはもちろん包帯で全身ミイラそのものの姿だった。

そこまでは葉子とほぼ同じ処置だった。だが、その後の咲子の治療はさらに過酷なものになった。

消毒薬はもちろん、薬浴療法がおこなわれた。細菌感染予防のため硝酸銀の浴槽に体を浸けられた。硝酸銀液による治療は緑膿菌感染による敗血症が併発することを防ぐためだった。

これは豊も葉子から聞いていたが赤熱した金属で皮膚を焼かれる激痛をともなった。葉子は左手や腕の一部分にかぎられたが、看護婦ふたりに押さえつけられてガーゼに浸されたそれを押しあてられると、まさに肉を焦がすジュッという音がして、生ごみに堆肥をまぜたような臭いとともに白い煙が立ち昇った。葉子は鋭い無数の針山に突き刺され患部をえぐられるようで、診察室の窓ガラスが割れるほど絶叫すると同時に全身がばねになったみたいにそり返ったといった。

咲子の場合は全身治療のためその何倍もの責め苦で、くりかえし火あぶりにかけられているようなものだった。

さらにくわえて壊疽化した皮膚下で増殖した緑膿菌がさらに深く皮膚内に食いこんで血管内に侵入し敗血症になる。これにかかると四十度の熱になるので、麻酔もしにくくなり、壊疽部分をえぐりとるのにそれなしで執刀することになる。メスの動きがすべて生の痛みとなる。硝酸銀の焼きごてと無防備な皮膚組織のえぐりとり。

豊は聞いているだけでしゃがみこみそうになった。そうした手術は病院地下で施術されるのだが、健太が待機している一階廊下まで悲鳴がもれて来るといった。

そうした治療が三ヶ月間続けられたが、下痢、貧血などが続き、抗生物質の大量使用で肝・腎臓障害も出るようになった。

必死の闘病により、今は皮膚の移植が試みられているといった。それもまだ仮の処置で、本格的にはもうすこし咲子の状態が好転してからだと医師にいわれている。

健太は咲子の三ヶ月間の闘病経過を語り、しばらく唇をむすんで一点に目をこらした。鼻翼をふくらませて太い息を吐いている。やがて昂然とあごをあげてことばを継いだ。

「僕の皮膚も切りとって咲子に使うそうです」

健太はそのあと皮膚の「移植」と「植皮」の二段階の手術があるといった。

「移植」は他人の皮膚を臨時的に患部に貼りつけることで、「植皮」は咲子自身の健康な皮膚を植えつける手術だという。

「人間の皮膚だけでなく、豚の皮膚も伸ばして使うんだそうですが、どちらもすぐに剥がれるんです」

豊は皮膚の再生の手術の話を聞きながら気が遠くなる思いがした。健太は両脚部分から皮膚をはぎとられるのだ。想像しただけで身が縮んだ。だが健太は腹を決めてか野太い声でいった。

「私の皮膚が役立つならいくらでもとってくれと先生に伝えています。絶対に咲子を救うつもりです」

断固とした調子だったが、続けて「ですが、夜になると、痛みを訴え、絶えず体を動かしてはうめくのです。ですからつき添っている私は眠ることもできず、一、二時間うつらうつらするだけで、私も限界に来ています」

健太は頑丈な背をまるめたが、「昨夜は義父母が代わってくれて久しぶりに眠らせてもらって、今日、おうかがいする元気が出たのです」といい添えた。

豊は自分以上に憔悴している健太にかけることばがすぐには見つからなかった。

豊はそのタイミングにお茶を淹れに立った。思いなおしてビールをとり出しかけると、健太が首をふった。

「酒はやめました。咲子になにがあるのかわかりませんので、事故以来飲まないことにしています」

健太の口調がきっぱりとしていたので、豊はほっとするものがあった。茶を勧め、再び豊がテーブル前に座ると、健太がたずねた。

「秋吉さんはこれからどうされるんですか」

豊は生活上のことだと思って、「まだ、なにも考えられないです」と返した。

だが健太は「告訴はされないんですか」といいなおした。

十数年前に事故を経験した種田進からは弁護士に相談すべきだと助言された。また「裁判」をすると告げると防衛施設局が折れて来たことも知った。だが訴訟を起こして争うということが自分のこととして実感が湧かなかった。

「裁判を、されるんですか」

豊は逆に健太に問い返した。

「私はその気です。だって国からは補償のことばかり進めようとしていて、事故の原因を教えてくれない。咲子に最高度の治療できる病院に移してくれとくりかえし頼んでもなんの返事もなくて。補償さえしたらいいんだろうみたいな態度で、そんなの我慢ができません」

健太は湯飲み茶わんをかみ砕くように歯を立てた。豊もまったく同じ思いだったが、健太ほどには戦闘的にはなっていなかった。

健太は国と徹底的に闘う口ぶりだったが、やがてトーンを落とした
「私の気持ちはそうなんですが、親戚一同から反対されているんです」

健太はそう告げて眉をきつく寄せ、咬筋をぐりぐりと頬に浮き立たせ、ボリュウムのある黒髪をかきむしるしぐさをした。

「裁判沙汰なんてとんでもないって反対する叔父、叔母たちがいて、咲子の親父さんやおふくろさんが

引きずられていましてね」

健太はポケットからたばこをとり出して、「いいですか」とことわった。健太はフイルターの端をかむようにくわえ、ライターを発火させようとしたが不発が続き、かんしゃくを起こすようにしきりに舌打ちした。以前の健太は農作業をゆったりと楽しみ、絶えず人なつこい笑顔を見せている印象が強かった。だが今はけば立った気持ちにふりまわされているように映った。健太はたちまち一本のたばこを指近くまで吸い切った。

「たばこ、吸われるようになったんですね」

豊がたずねると、健太はうなずきながら間をおかずくわえなおした。豊は種田進が「一日、三箱は吸ってしまいます」といったことを思い出した。

豊には健太の気持のささくれ立ったものが突き刺さって来るようだった。健太は豊以上に打ちひしがれているのだ。米軍や防衛施設局に一丸となって対処しなければならないのに身内から足を引っ張られていた。

「秋吉さん、僕は衣川の家で居場所がなくなっちゃって」

健太はふかしたたばこの煙で咳きこみ、続けて消え入るような声になった。豊はまさかという思いでたずねた。

「衣川さんは事故以来、ずっと咲子さんにつき添ってけんめいに看護をしてこられたでしょ。私なんか葉子にあなたほど献身的につくしてきたかというと、本当に恥ずかしいくらいです。咲子さんのご両親もあなたのことを実の息子以上に気に入ってらしたのに」

健太は豊の問いに衣川家での今の自分の立場をひとり語りのように話しはじめた。

「義父母は特になにもいわないんです。ただ孫をふたりも亡くした上に、娘の咲子はいまだに重篤状態ですから憔悴し切ってしまって。でも、咲子の回復だけを願って必死で気持ちを支えているというのが本当のところです」

豊は娘の回復を願う思いだけにすがっている両親の姿が目に浮かんだ。健太は義父母も支えなければならないのだ。だが、咲子の叔父たちが義父母に盛んに吹きこみはじめたという。七十歳近くなる叔父のひとりは六十歳半ばまで保守系の市議を務めていたといい、いまだに大東亜の理想をめざして、日本は多くのアジアの国の独立をたすけたのだと公言してはばからない人だった。なのに、今は米軍は日本を守ってくれている。日米関係は大切だと事あるごとに口にした。その叔父が毎日のように衣川家をたずねてきては、押し強く説いていったという。

――社会党や共産党の連中にくわえて、安保に反対する団体などがこの時とばかり騒いどるが、そんな者に付き合ったり、ふりまわされたら碌なことがないんじゃ。とにかく国がきちんと対応してくれることだし、アメリカも責任を感じとるはずじゃから、悪いようにはせんはずじゃよ。君は咲子さんの回復と弟夫婦をしっかり支えることを考えてほしいんじゃ。くれぐれもアカの連中とはつき合わんようにな。そうでないと補償金のことも、とれるものも充分とれなくなるでな。まあ、俺の知り合いの国会議員に力になってもらうで――

健太はそこまで報告して、厚い唇をゆがめ拳を石のように固めた。

「なにが国やアメリカに任せておいたらですか。こちからいわなきゃなにも進まなくて、それに私は叔父がいうように国会議員かなにか知りませんが、その人らの腹ひとつで決めるようなことはしたくないんです。国の役人だって早く補償の話を進めようという話ばかりで、ころころと話をかえて、秋吉さんは補償の話を進めるにあたっては、白紙委任状を出してもいいとまでおっしゃってくださっています、とあの真鍋とかいう課長さんがいわれてましたが、本当なんですか」

豊は健太の問いに仰天してしまった。

「えっ、そんなことを真鍋さんがいったのですか」

健太は豊があんぐりと口を開き、目を剥いた表情に思わず返してきた。

「やっぱりうそなんですね。秋吉さんは絶対、そんなことをされるはずがないとは思っていましたが、真鍋さんは多くの被害を受けた方に協力していただいておりまして、こちらとしてもアメリカと交渉するのに大変進めやすく、迅速に補償できて、皆さんのたすけにもなるものですから、と盛んにまくし立てられて」

豊はここで種田進の経験を思い出した。十数年前に同じ墜落事故を受けて仕事を継いでいた息子ふたりが全身を引きちぎられ黒焦げになった。それがもとで家庭崩壊した種田だったが、当初、防衛施設庁の官僚のいうがままに白紙委任状を提出してしまい、また保守系の議員にすがる形で補償交渉を進めるなかであいまいな手打ちの形で終了させられてしまったのだ。

その後も工場跡地の確保の問題では長年闘ってきたが、今はすっかり打ちひしがれた姿でしかなかった。

豊は種田が訪ねてきたことを話すと、「うちにもおいでになりました。そして白紙委任状のことや国のいうことは絶対うのみにするなと何度もおっしゃっていました」と健太は答えた。

豊は種田の執念をあらためて肝に銘じる思いだった。健太は真鍋や叔父たちへの憤りをまっすぐに表した。

「私はこのまま米兵を逃してなるものかと煮えくり返るものがありますが、義父母や叔父たちはまったく聞く耳を持たず、国やましてや米軍相手に裁判なんて大それたことで、政治運動に巻きこまれ、利用されることだけはやめてくれと、ただそれ一点張りなんです。

それより一刻も早く、咲子がよくなるためにも騒がないで、補償交渉を進めてほしいと懇願されましてねえ。でもそんなの咲子がかわいそうですよ。咲子や子どもたちの無念を晴らさずに、すべて金勘定にかえてしまうなんて、私は、私には」

健太は火のついたたばこを手のなかでにぎりつぶし、テーブルに飛び散るほどにつばきを飛ばした。

豊は健太の肩を抱いて一緒に泣きたいくらいだった。だが健太にくらべてみればと考えた。自分も気持ちは健太と同じだが、葉子の症状はまだ軽いといえたし、防衛施設局への対応は自分の腹ひとつで決められる立場にあった。

健太は豊とは違って親族たちからも揉みくちゃにされている。

豊はこの時、あらためて意識したことがある。自分たちが農村地帯に囲まれた新興の住宅地に移り住んで思い知らされたのは、周辺の村とのつき合い方だった。村人は親切で、畑でとれた野菜を届けてくれたり、郷土料理を作っては紹介してくれた。隣家の健太もそのひとりとして親しくなった。五男の健太は近郊の村の農家出身で、望まれて衣川家に婿入りしていた。健太は旧村の慣例や風習を教えてくれた。

そのなかで神社への寄付の費用が豊たち住民にもあたり前のように割当がきて徴収された。そのころはぽつりぽつりと入居する住民に自治会組織もなく、考えなくしたがっていた。やがて祭りへの動員や神社の大規模な改修への寄進が押しつけられ、一世帯あたり数万円にもなった。それがきっかけで新興住宅自治会が急遽結成されて、村の幹部と話し合ったが決裂し、村の行事などとは一線を画すことになった。

その経過のなかで豊が知ったのは、村のすべてをとり仕切るのは数人の老ボスともいえる人たちで、先祖代々の習慣を守ることが大事だった。

そういう人たちが村議になり、保守政党の県議や国会議員とむすびついていた。必然的に「お上」のいうことには無条件に頭を垂れるのが常識だった。村で育ってそうした考えの染みついた親戚の者たちには、健太が国と喧嘩するなどもっての他だった。ましてや裁判など恐れ多いことだといい、きっと「アカ」に扇動されているのだとさえいう者もいるという。

豊は健太の気持ちを推し量りながらつぶやくようにたずねた。

「それで、衣川さんは、これからどうされるんですか」

「ええ、私は」

健太は天を仰ぎ何度も重い吐息をもらしてことばを継いだ。

「分からないんです。叔父たちや親戚のことは押し切っても、義父や義母にとにかく国のいう通りに、とすがるようにいわれると、私ひとりで突っ張る訳にもいかなくて」

豊は健太をとり囲む厚い壁を感じてことばが出なかった。豊は健太の詰まってしまった心のトンネルにどうかして光を射してやりたかった。だが己自身も断固とした方向性が見い出せない立場なのだ。

健太は泣き腫らしたようにどんぐり目を充血させ、「秋吉さんには二度とこんな事故が起こらないように、原因究明も含めて徹底的にアメリカや国の責任を裁判で追及してほしいです」と厚い胸でテーブルをぐいっと押すような勢いをこめた。

種田も同じようなセリフを吐いた時、長年の怨念をこめたように声を唸らせて両手を突っ張った。だが健太のことばには種田のねじれたような鬱積した響きはなく、若い正義感が感じられて、まっすぐに豊の胸の内に入って来た。

恨みのレベルではなく、二度と他の家族が泣かないようになぜ事故は起こったのかを絶対明らかにしたい、という健太の思いと重なって、確かに健太の行動がまわりから補償交渉だけに矮小化されるのなら、自分自身がその分も担っていくべきだとの気持ちが強まるのを自覚させられた。豊はほぼここで種田に紹介された弁護士をたずねてみようと期するものがあった。

「ええ、僕もまずはなによりも事故の原因を知りたいです。補償のことはそのあとのことです」

豊は健太の思いに応えたいためか、きっぱりと言い切った。

「ああ、秋吉さんの気持ちがわかってほっとしました」

健太はここでやっと白い歯を見せた。

「秋吉さん。全国の人たちからたくさん励ましをいただいていますが、なかにはひどいものがありましてね」

健太は届いている全国からの便りを紹介してくれた。

大半は、〈あなたの痛みは私たちのものです。私たちにできることはなんでも力になりたいです。ぜひ教えてください。いとおしいお子様を亡くされた悲しみに胸が張り裂けそうです。せめて奥様のすみやかなご回復を祈っております〉と気持ちに寄り添うものが圧倒的であり、なかには千羽鶴まであった。だが、二割ほどの中身は中傷・誹謗そのものだったという。

〈補償金をがっぽりとることばかり考える欲張りが！日本の平和と安全のための犠牲だ。我慢せよ。それが愛国心だ。君にはそれがあるだろう。戦争になったら、もっと多くの人が殺されるんだ。それを防ぐためにアメリカは日本にいてくれるんだ。女房、子どもが死んだぐらいで騒ぐな。交通事故よりもすくないのに、日本を守ってくれているアメリカ軍に感謝しろ。たまたまの事故だったんだ。中国やソ連が攻めてきたらどうする。事故でひとりやふたりが死んだぐらいで〉

豊は悪罵と憎悪に近い衣川家宛のことばを知って、相手が匿名なだけによけい憤怒が増幅するものがあった。その卑劣漢に思い切り怒鳴り返し、襟元に喰らいついて締めあげたいのに空を切る思いで一層気持ちがささくれ立ってゆく。

健太が頭を抱える図に自分なら姿の見えない連中にいきり立って正常ではいられないかもしれないと思えた。豊の手元には励ましのものが多かった。健太に対しても多くの手紙などが寄せられていたが、やはり健太の場合は子どもが犠牲になったこと。妻の咲子の重体がまだ続いていることなどが豊の被害以上に注目を浴びていて、その上に、健太が訴訟を起こすという報道がなされていることなどに拠るのではないかと推測した。

「それにしても、交通事故よりすくないなんて。日本の平和と安全のために我慢しろなんてひどすぎます」

健太はやり場のない思いと格闘してきたエネルギーを全身に充満させて、腹の底から太い声を吐き出した。

「無念ですが、私は事故の告訴はできそうにはありません。ただ賠償交渉のみで、おそらく示談で決着させられそうです。私は入り婿の立場というものを徹底的に味合わされて、親戚中の、それに村の圧力にも窒息させられそうです。普通ならそれでも黙っているつもりはないのですが、これからの咲子のことを考えるとやはりですね」

健太は一瞬、豊、うなだれる姿勢を見せたが、やがてくわえた。

一転、昂然とあごをあげて一点をにらみ据えてつけ

「どうか、秋吉さん、私の分まで告訴して追及していただきたいんです。秋吉さんひとりにおっかぶせるみたいで恐縮なんですが、私の一生のお願いです」

健太は椅子から床に腰をおろして両手をつき、深々と頭を下げた。豊は驚いた。覚悟は決めていたが、どっと責任の重さが襲ってくる思いだった。

「もし秋吉さんも賠償交渉だけでこのままうやむやにされるようなことがあるのなら、私は草の根を分けてでも、アメリカに帰ってしまったという米軍のパイロットを探し出して刺し違えするつもりです。それができないのなら、せめて防衛施設庁長官だけでも相手に選ぶつもりです」

そう告白する健太は、今は激情にあおられているというよりは、どっしりと腰を据えてなすべきことを見定めた確信犯の口ぶりで、実際、刃物をにぎらせたなら突進して行きかねない殺気を感じさせた。

豊は健太の気迫に呑まれるように答えた。

「私は、もちろん、まずは告訴をしたいと思っています」

「ぜ、ぜひ、お願いします。私もそのためなら全力で秋吉さんを応援したいと思います。裁判費用だって大変だって聞いていますから、その面でも力にならせてください」

豊は健太の手をとって立ちあがらせ、「うん、あなたの分までがんばります」と力強くにぎりしめながら問い返した。

「衣川さんはこれからどうされるんですか」

「私はとにかく咲子の皮膚移植がこれからですし、私自身もそのための手術を受ける立場ですから、そのことに集中するつもりです。補償の話なんかまだ応じるつもりはありません」

健太はそこまでは口調は強かったが、次のことばではトーンが落ちた。

「ただ、親戚がどういおうと、補償交渉だけは自分の責任で弁護士にお願いしようと思っています」

豊は身内からの重圧にも苦しめられている健太を思って、全身をゆさぶって励ましたかった。それは自分自身を鼓舞するためだったし、葉子との後遺症

を抱えたこれからの生活や子どもたちの将来への不安をけんめいにふり払う思いもこもっていた。

健太は帰り際、ぽつりといった。

「私は衣川の家を出てアパートに移ろうと思っています。咲子の看病には両親がつきっきりですし、事故に関するすべてのことを叔父たちが仕切ろうとしていますから、私はいてもいなくてもよいようなのです。私のこれからの役割は皮膚移植のための材料提供にすぎないんですからね。なにか、これが首の皮一枚でつながっているっていうんでしょうかね」

その時、健太は泣き笑いの表情を浮かべた。健太はいつも姿勢がよく、歩幅がひろく歩を進めてエネルギーにあふれた青年だったのに、その後ろ姿は背をまるめ、うつむき加減だった。ふたりの子を失い、妻も生死の境をさまよっている。なのに身近には誰も健太の思いに寄り添う者がいなかった。

豊は、健太が義父母の娘咲子への身を裂かれるような思いには足元に及ばないと考えていることを認めるけれども、ただ悲しみ、泣き叫んでいるだけではまた犠牲者が出るだけだとけんめいに説いた。だが、健太を説得することはすでに虚しかった。

豊はその日から種田と健太の話を反芻しては考えた。裁判を起せばどれほどの時間がかかるのか。費用は。これからの生活のありようはどうなるのか。

健太がいったようにアメリカや国を相手に訴訟するということになると、確かに政治的なものが絡んで来るだろうことは豊にも理解できた。

翔子の小学校を訪ねた時、四十歳前後の担任の桑原英子は教職員組合で支援について討議します、といった。政党や安保条約に反対するさまざまな団体も動きはじめていることも知っている。

そうした渦に巻きこまれることへの危惧もあった。学生運動の過激派集団に運動のだしにされることや右翼団体などにも攻撃されるかもしれないと、豊はにわかに自分の置かれている社会的な意味を鋭く考えるようになった。

その根底にあるのは、光や翔子、葉子と自分が彼らの思惑に揉みくちゃにされないように全神経を集中して考え抜かなければならないことだった。豊は種田がいうように、また健太も法律の専門家に相談するということで、自分も行動を起こそうと思った。そのことをまず子どもたちに伝えることにした。翔子にはまだ理解できなくても、とにかく正面から話すことが大事なのだと考えた。

年が明け、新学期の登校がはじまる直前に子どもたちに豊の決意を述べた。長い裁判闘争が子どもたちの日常に与える影響を考えると、真正面に向き合って話しておかなければならなかった。

葉子とは事前に話しあっていたが、葉子は裁判ということばに重圧を感じて息苦しくなるのか、あなたから子どもたちに伝えてくれますかと手をついた。

テーブルを挟んで光と翔子を前にすると豊自身が一番に緊張しているのが意識された。いつもとは違うあらたまった空気に翔子がきょとんとした表情を浮かべていたが、光はすでに話の内容を予想しているかのように両膝に手を添え、まっすぐ豊に視線を向けた。椅子から以前以上に脚がはみ出したのでまた背が伸びているのがわかった。翔子は豊の態度にようやく唇を引き締めて姿勢を正した。豊は本題に入る前に、日々のふたりの思いをまずは聞いておきたかった。

「父さんな。お前たちにこれからどうしていくつもりなのか、よく話しておきたいと思ってな。母さんも通院治療にかかわったことだし、皆で力を合わせて母さんを支えていきたいし、光や翔子が安心して学校に行き、進学のことややりたいことを精いっぱい応援したいと思うから、なんでも父さんに聞かせてほしいんだ」

豊が子どもたちに話をうながすと、まず翔子が口を開いた。

「母さんさあ、退院してから月二回通院してるでしょ。回復しているとかいわれてるけどさあ、私の学校よりも近い病院に行くのに、途中で何度も休まなくちゃならなかったり、突然倒れたりしているでしょ。母さん、これからどうなっちゃうのかなって、思っちゃう」

翔子がいうように、葉子は転居してきた公団住宅から約三百メートルの通院の距離の途中で立ち止まり、しゃがみこんだりすることが多かった。豊が車で送迎していたが近頃はひとりで行く努力をしていた。家政婦の山本睦子がつき添ってくれることもあった。病院で待つ間にも動悸や息切れで待合室のソファーに腰かけているのがだるくて寝そべってしまうという。

「確かにさあ、母さんはまだまだ体力がないし、これからも後遺症に苦しむと思うけれど、それは仕方がないいんだけれど、先生は火傷の程度もだいぶ戻ってきたし、心臓の肥大や自律神経失調症が収まってくれれば、普通に近い生活には戻れると思いますよといってくださってるんだ。父さんなあ、母さんは以前ほどには戻れないだろうけど、もう大丈夫だと思っている。あとは皆でしっかり支えてゆくことが大事なんだ。だから光や翔子にも苦労かけるけど協力を頼みたいんだ」

豊は内心そんなに楽観的にはなれなかったが、子どもたちの不安をとり除き、なによりも自分自身を鼓舞するためにも声に力をこめた。

「いいじゃん。心配ばかりしていてもしょうがないしさあ。まあ僕らが母さんを元気づけることが一番だよなあ。翔子と僕に任せときなよ」

光はことさらに軽口めいた口を利いて豊に同調した。それにつられるように翔子も「うん、私も一生けんめいがんばる」と頬を紅潮させた。

「ふたりともありがとうな。父さん、百人力を得た気持ちだよ。母さんに聞かせたらうれしくて泣いちゃうぞ」

豊は思わずふたりに向かって頭を下げた。

「あれっ。父さんが泣いてる」

翔子が豊の目元を指さした。

「なにいってんだよ。父さん、目にゴミが入っただけだよ。ねっ、父さん」

光は一家の一大事に遭遇したあとの数ヶ月間で、豊の胸に太い心張棒のような存在として成長した。

豊は光の思いやりに、うん、うんと目尻にそっと指を添え、大げさにうなずいてみせた。

「私ね、父さんと光兄ちゃんのいうことで安心したんだけれどね、でも、ひとつ聞いておきたいんだ」

翔子は甘えるような鼻にかかった声を出した。

「なんだよぅ。まだあるのかよぅ」

光は翔子のおかっぱ頭に手を添えて軽くなでた。

「やめてよっ。私、こんな話の時にふざけられたくないもんね」

翔子は乱された髪を手で元通りにしながら唇を尖らせた。丸顔でふっくらした頬に二重まぶたの大きな瞳でまだ幼い顔立ちだったが、今は眉間を険しく寄せ、目尻をつりあげた。光は首をすくめた。豊はなだめるように精いっぱい受け止める響きをこめて話しかけた。

「うん、父さん、ふたりのいいたいこと、いっぱい聞いておきたいんだ。光兄ちゃんはたくさんいってくれてるから、翔子も全部話してくれたら、父さんうれしいからな」

翔子はそれで機嫌をなおしたのか素直にうなずいた。

「あのね、私ね」

翔子はしかし、口ごもって話をためらいがちだった。豊も光も顔を見合わせたが、ただ翔子の次のことばを待った。

「あのね。私、母さんの火傷した顔を見るのが怖いの」

翔子はそのあとはしゃくりあげてしまった。

「そうか。翔子のいいたいことは、母さんの顔や腕のケロイドのことなんだね。それはね」

豊がそっとそのことにふれようとしたが、「本当は、僕もそのことが一番気になっているんだなあ。母さん、外に出る時はサングラスにマスクでしょ。それに帽子を深くかぶってほとんど顔を隠してるけど、そのことでなにか、気持ちまでどんどん落ちこんでいくっていう感じでさあ。そこが心配なんだなあ」と光も頬杖をついて思案気にもらした。

「そうだなあ。母さんが一番そのことを気にしているからね」

豊も、葉子の体そのものの不調にもよるが、その精神不安定の大きな要因はそこにあると思っている。ふたりになると、葉子は「こんなにタイヤのゴムみたいに硬くてでこぼこの肌になってしまった私なんか、子どもたちも怖がって、あなたも気持ち悪くてそばに寄りたくないのよね。むりしてくれているのよね」と毎夜、「もう、消えてしまいたい。こんな私は生きていてもしようがない」とくりかえした。豊は背なかをさすり、髪をなで、そっと抱き留めて「お前は光や翔子の大事な大事な母親なんだからな」と耳元に吹きこんでやるのが日課になっていた。

豊のそのささやきに葉子は力いっぱい突き放し、「じゃあ、あなたはどうなのよぅ。自分の女房が顔一面、こんな形相になって、毎日、向き合わなきゃならないのよ。あなたが会社や通勤電車で会う女の人はすべすべした肌で、しみひとつない人ばかりだから、きっとその人たちのことが気になるのよ」と金切り声をあげた。

豊はその度に、「どんなことがあっても、お前が好きだ。一生お前を支えていくつもりだ」とけんめいにいい聞かせた。だが、それも連日となると、やはり疲れが積み重なった。

葉子はむりしてでも台所に立とうとした。だが鍋に水を入れてはその重みに手首が耐えられず床にぶちまけてしまったり、洗濯物をとりこもうとしてベランダで倒れた。

「そんなことは、山本さんにやってもらって、お前は体を大事にしてくれたらいいんだよ」

豊がいたわると、葉子は「私はもうなにもできないと思っているんでしょ」と手にしたものを投げつけた。

豊は葉子とのやりとりを子どもたちにさとられないように慎重に行動してきたつもりだったが、子どもたちは敏感だった。特に翔子は葉子の顔色を常にうかがい、葉子の気分、感情に鋭く反応しているようで、豊は心が痛んだ。ある時など、「あなたは山本睦子さんに気があるんじゃないの。あの人もあなたへの目つきが思わせぶりだわ」と葉子が突然いい出したのには仰天してしまった。が、翔子が隣部屋にいた。聞こえていないことを祈翔子が眉根を絶えず寄せ、唇を尖らせるくせがついたのはそのころからだった。

豊は子どもたちに希望を持たせるように慎重にことばをえらんだ。

「あのな。整形外科の先生がな。今は治療法が発達しているから、お母さんの心臓や貧血などの問題が改善したら、母さんの火傷痕も手術である程度きれいに戻せますよ、といってくれているんだ。もし、そうなったら、母さん、絶対に元気になると思えるんだ」

豊はケロイドの回復にふれて「絶対」に力をこめた。それでも翔子と光はうかぬ表情をしている。豊はもう一度強い口調で伝えてから、本題に入った。

「ところで、今日は父さんからお前たちにきっちり話しておきたいことがあるんだ。これから父さんがやろうとしていることを理解してほしいし、お前たちの協力が必要なんだ」

豊が襟を正すようにして姿勢を伸ばし語りかけたので、光と翔子も自然とまっすぐ豊を見つめた。

「父さんな、今度の事故のことでいろいろと国の人と話し合ってきたんだけどな。納得いかないことや我慢がならないことが多すぎてな」

豊はこれまでの防衛施設局とのやりとりや長官と面会した時の印象やことばを詳しく説明した。

「だからお前たちの学用品から思い出のアルバムはもちろん、せっかくの家も全部、燃やされて、母さんもあんな体にされて、その補償はもちろんしてもらうのが当然なんだが、父さんが一番我慢ならないのは、事故を起こしたアメリカのパイロットが素知らぬ顔でアメリカに帰ってしまって、墜落した原因も知らせてくれないってことなんだ。それがくやしくて、許せなくてな。それで裁判でそうしたことをはっきりさせた上で補償をさせたいんだ」

豊は話すにつれて唇の端に唾を溜めるほど熱くなるのを覚えて、子どもたちによけいな刺激を与えないように一呼吸入れた。

「やんなよ、父さん。当然僕らも応援するからさあ。なあ、翔子」

光はあっさりといって、翔子にあいづちを求めた。翔子はすべてを理解できたかどうか不明だったが、「うん、母さんの仇をとれるなら、私も兄ちゃんと一緒に応援する」

豊はふたりの快諾にほっとすると同時に、これから裁判を進めていくことでどんな事態が降りかかってくるかと思うと、自分がすべての防御壁にならなければと、全身が締めつけられこめかみがずきずきして来た。

「じゃあいいな。父さん、そのことで飛びまわらなきゃならなくなると思うんだ。だからふたりで母さんの面倒をよくみてほしい。家政婦の山本さんもよくしてくれているし、それにお前たちは勉強も遅れてほしくないし」

豊は裁判に持ちこむことを子どもたちに話したあと、早速、種田進の紹介してくれた山原直道弁護士に連絡をとった。山原弁護士は「種田さんからお聞きしています」と待ちかねたような口ぶりだった。

豊は電話をしてさっそく国鉄東海道線Y駅前の山原の事務所を訪れた。

第6章　山原直道弁護士

六階建ての三階にある事務所はドアを開けると奥行きもなくせまかった。左手に短いカウンターがあり、そこが受付で十五畳ほどの間の中央にスチール製の事務机があり、その背後にひとり用の机と肘付き椅子が据えられていた。右手にちいさな応接室があった。

豊がカウンター前に立つと中央の机で事務を執っていた女性が応対した。

用件を伝えると、「今、先生は御依頼者とお話し中ですので少々お待ちください」と事務机横の壁際のソファに案内された。

出されたお茶に口をつけ部屋を見まわすと天井にまで届く書棚いっぱいに法律書が詰まっていて、濃い茶色地に金色の太い印字の背表紙のいかめしさに、裁判をするということはこうした書物とにらめっこすることとなのだなと、ずんと、覆いかぶさってくる重圧感に襲われた。

それだけでも武者ぶるいにも似たものに襲われて決心が鈍る思いがあったが、拳をにぎりしめ深く呼吸を継いで自分を励ました。十分ほどして応接室の扉があいた。

「やっ、どうも。あなたの主張は妥当なものですから、自信を持って押していきましょう。きっと勝てますよ」

他の依頼人に強調するよく透る張りのある声だった。耳にする方は元気が出てくる響きがあった。その主が山原直道弁護士だった。山原は深く辞儀をして依頼人を送り出してから、「やあ、お待たせしてしまいまして」とやはりメリハリのある口調で挨拶した。

豊が立ちあがるとさっそく応接室に招きかけたが、おっとというようにふり向き中央事務机で向き合って仕事をしているふたりを紹介した。ひとりは受けつけてくれた二十代の女性で長い髪を後頭部でまとめ、染みひとつない白い肌に黒い制服に清楚な印象があった。もうひとりも二十代と思われる男性で髪が短く、背が高かった。

「ふたりとも司法試験をめざしてがんばっておられる有能な方たちで、今は私をたすけてくれていますか沖田恵さんに大北大輔君です」

山原の紹介にふたりとももののおじしない態度でさっと頭を下げげた。

豊は二十代のふたりに初々しさを感じ、また山原の明るく精力のみなぎる印象にこちらまで背筋が伸びる気がした。

山原はダブルのスーツに身を固め、背は高くないのだが胸板が厚く、肩幅もひろかった。高校から大学時代は山登り一筋だったという。髪はくせ毛でところどころ渦を巻いたようにふんわりと盛りあがっていた。

テーブルを挟んで応接室のソファに腰を落ち着けると、山原は名刺を差し出し、自己紹介をした。山原は四十歳になるという。自分としては豊のケースのような事案にとり組みたいと思っていたと抱負を述べた。山原はそれを豊に伝える時、膝を乗り出して一段と声を高くした。

「種田進さんもずいぶん先生にお世話になられたと聞いております、ぜひ先生を訪ねるようにおっしゃって」

山原は豊のことばの途中でせきこむような口調で、「そうですか。それは光栄なことです」と両膝を打つしぐさをしてこっくりと頭を下げた。率直に感情を表す人のようで、盛んに目をしばたたかせ太い眉が浄瑠璃人形のように上下によく動いた。額が発達し、唇も厚く頬骨やあごも頑丈そうで一見いかついが、笑顔になると頬肉が盛りあがる表情に愛嬌があった。豊はおかげで緊張がとれて向き合うことができた。

山原は沖田が淹れてきた茶でのどをうるおし、先ほどとは違って声を落としてもらした。

「種田さんのことは」

「種田さんのことはお力になれなくて。事故当時は私はまだ弁護士ではありませんでしたし、ご相談にこられた時は土地問題でこじれにこじれた段階でしてね。これはいい訳になるのですが、国などを相手に闘うには、よほどのうむをいわせぬ証拠文書みたいなものが必要でしてね。種田さんにはそうしたものが一切なく、口約束ばかりだったのですよ。それに引きずられてか、その問題で私のところに相談においでになったのは、事故に遭われて何年も経ってからのことでしてね。証言者でもいればなんとか闘えたのですが」

山原はボリュームたっぷりの頭髪に指を差し入れて爪を立てるしぐさをした。

「でも、あなたの場合は事件直後ですし、それなりに証拠や証言も集められますし、多くの支援者が動きはじめていると聞いています」

山原は豊に不安を抱かせないためにか力をこめた。

豊は山原から「多くの支援者」と耳にしてまだ実感はなかった。確かに励ましの手紙や電話などはどっさりと届いていたが、山原の意味する組織的な動きについてはつかめていなかった。それでも、衣川健太のように「賠償金をつりあげる金の亡者」「日本の平和のために献身的な米国のたまたまの事故ぐらいは辛抱しろ。ごちゃごちゃいうお前は国賊だ」という誹謗、中傷の文句を目にしないだけ気が安らかだった。豊はそれはきっと、衣川健太の子どもふたりを亡くし、いまだ重篤な咲子の動向にマスコミの関心が集中しているせいかもしれないと思っていた。

「秋吉さん。あなたが私のところへおいでになったということは、米兵相手、要するに米国と日本国を相手に訴訟を起こされるという気持ちでおいでになったのだと思います。そこでまず確認させていただきたいことがあります」

山原は前のめりになっていた姿勢を正した。

「あなたは私とヒマラヤに登る気がありますか。酸素は薄く、凍死しかねない寒気に耐え、転落死もし得る覚悟がありますか」

豊は山原の問いかけの意味がすぐには飲みこめなかった。

「いやあ、私の悪いくせで申し訳ありません。つい登山が趣味なものでそんなたとえでものをいってしまいまして」

山原は今でも山歩きをしているのだろうと思わせるように、よく日焼けしていた。部厚い唇も白っぽくひび割れて見えた。山原は後頭部に手を添えて、ぽんとたたいて見せてからことばを続けた。豊は山原に告げられた訴訟のきびしさに雷にでも打たれたかのように全身を硬直させた。

「秋吉さん、あなたの裁判はおそらく長期で、困難なものになるでしょう」

山原は一転して眉根を寄せ、妥協の余地なく宣言した。豊は歯を食いしばり、拳をにぎり締めてそのことばをかみしめるしかなかった。山原は豊の腹の据え方を確かめるように凝視しながら続けた。

「相手は世界一の軍事大国であり、世界帝国ともいえるアメリカです。それにくわえて、すべてをアメリカのいうとおりに唯々諾々としている日本政府がタッグを組んでいます。その壁はエベレストの氷壁以上にそびえ立っています。そうした巨大な凍結した岩石ともいうべき冷徹な権力機構とあくまで裁判を闘い切る覚悟はおありなのかということです」

豊は考えていた以上のことを突きつけられて動悸が高まった。

豊は山原の話で胸苦しさを覚え、しばらく口が利けなかった。だが山原は遠慮なく裁判をするということのいばらの道を説いた。

「衣川健太さんの奥さんの咲子さんはいまだ重篤な状態のようですが、夫の健太さんは絶対、米兵はもちろん日本政府の責任を徹底的にとっちめてやるとずいぶん公言されてきて、そのせいか励ましはもちろん、逆に中傷・悪罵にさらされて、その上、親族からもつまはじきにされて裁判をあきらめられたと聞いています。衣川さんは結局、損害賠償交渉のみで私と同じ司法修習生の同期だった東京都内の弁護士に依頼されたそうです。ですから、あなたにもう一度、お聞きしておきたいのです。あなたが訴訟に踏み切る宣言をされれば支援もあるでしょうが、同じ攻撃か、それ以上のいやがらせも集中すると思います。かって基地をめぐる訴訟をめぐっては正体不明の脅迫も相次ぎました。それに耐え抜く精神的タフさも求められます」

山原はそこまでいって背広を脱ぎ、ワイシャツを肘上までまくしあげた。豊の勇気を鼓舞するような熱気があった。太い腕にはちいさく渦を巻いた毛が濃く生えていた。山原は人差し指を立ててタクトをふるようなジェスチャーをまじえた。

大きく見開いた目力は歌舞伎役者の見栄のようでもあった。唇を一文字にむすぶと鼻翼に八文字が深く刻まれ、褐色の頬肉がこぶのように盛りあがった。豊はこの人が怒ったら迫力があるだろうな、と頼りがいを感じ、覚悟が一層固まるのを覚えた。だが速射砲のようにくり出されることばの半分はまだ充分理解できなかった。

「一番の障害は日本政府です。なによりも、味方になってくれなくてはならない我々同胞の政府がアメリカの代弁をし、アメリカの立場で対して来るということです。ここを押さえて裁判に臨まないとまったく勘が狂ってしまいます。なにしろ砂川事件の裁判では地裁の伊達判決が日米安保と基地の存在は日本国憲法の観点から違法と断じましたが、最高裁長官がアメリカに飛んで密談し、高裁を飛ばして跳躍控訴し、最高裁で判断をくつがえすなどの事例がありましたが、これに似たケースはあとを絶ちません。米軍基地をめぐるさまざまな問題の多くは『統治行為論』とか称して司法判断になじまないと逃げの一手になっています」

山原が唇の端につばを溜め早口で話すのを、豊はただあんぐりと拝聴しているしかない気分だった。

山原は豊が軽く口を開きぎみなのを察して、「いやあ、これもまた私の悪いくせでひとり熱くなっちまいましてね。お許しください。今いったことは、おいおい理解していただくとして、私ももっと深め、勉強していかなくてはならないことですので、ご一緒に学んでいきたいと思います。今日はとにかく、訴訟に臨むということは並大抵のことではないということをしっかりと認識していただきたかっただけのことで、いろいろと申しあげました」と大きく吐息をもらして一礼するように豊にことばを譲った。

「おっしゃっていただいたように生活面、精神的負担を家族にかける話し合いをしてきました。当然、その上で先生のところにおうかがいした次第です」

豊はすべてをゆだねる決意をこめた。

山原はその答えを待っていたとばかりに、「よしっ。わかりました」と右手指でテーブルをはじいた。

「私はお引受けするからには全身全霊で日米両政府の責任を追及し、秋吉さんの精神的、金銭的賠償を全面的に勝ちとるつもりです」

豊はただ深々と頭を下げるばかりだった。

山原はさっそく墜落事故当日からの事情を豊から聴取した。長い時間に豊のほうが疲れを覚えたが、山原は精力的だった。ことこまかに豊の目撃した事故現場のようす、米軍や警察、防衛施設局などの動きを倦むことなく書き留めていった。

ひととおり山原の聴きとりが終わったのは午後一時にはじまって夕刻のことだった。

山原はペンを止めてノートを閉じ、一呼吸入れてから切りをつけた。

「まだまだお聞きすることがあると思いますが、まずは今日お聞きしたことをベースに当方でも調査・分析させていただきます。その結果、また打合せさせていただきたいと思います。こちらの資料や訴訟方針が決まりましたらご連絡いたします」

山原は部厚いファイルにノートを挟みこみながら、

「次回には裁判費用やそれにとられる時間などについても詳しくご説明したいと思います。はっきり申しあげますが、職場とのこともよく考えておかれた方がよいと思われます。そちらにもさまざまな圧力や影響が出ると思われますので」ときっぱりと告げた。

豊はそれに対して「そちらのことは大丈夫です。

職場は退職して来ました」と伝えた。

豊は裁判を抱えて時間がとられ、不当な攻撃が職場にもかけられるかもしれないと思うと辞めざるを得なかったと胸の裡の苦渋を正直に表した。

生活のことはしばらくは貯金でしのぎ、国や米軍からの賠償金の仮払いもくわえて維持する計算をしているともいった。

山原はそれを聞いて、「そうですか、わかりました。裁判費用については賠償金額が確定した時に清算すればよいことだとお考え下さい。国も賠償をすることは当然認めているのですからその点は争う余地のないことだと思います。問題はあなたのこうむられた損害について総合的に検討し、あたらしい角度から研究して賠償額を積算してみたいと思います。国の基準はあくまで一般的な交通事故並みのレベルしか提示してこないと思えますから」と豊に安心させるようにいった。

「国の基準ってホフマン方式のことですか」

豊は種田から聞いていた被災者が生涯に稼げる逸失利益の積算法式であることを確認した。

「そうです。その方式ではあなたの全人生を奪ったような損害は決してあがなわれないことは確かです。私は絶対、刑事責任とともに、損害賠償請求についてもそこに風穴を空けて見せるつもりです」

山原はいい質問だとばかりに、腕をふりまわすようなしぐさを見せながら力をこめた。豊がさらに米軍の公務中の事故の賠償責任の日本政府と米軍の負担割合についてもやはり種田のことばを復唱した。

「うむ。そこまでご存じなら話が早いです」

山原は豊のかみあった反応に機嫌をよくしてか、柏手を打ち健康そうな白い歯を見せてつけくわえた。

「ああそれから、Y弁護士会人権擁護委員会に手紙を出してください。今後、今回の件で他の弁護士たちとの連携もとりやすくなりますのでね」

豊は半月後、再び山原と面談した。

豊が山原の事務所の応接室に腰をおろすと同時に、部厚い書類などが積みあげられ、山原弁護士が訴訟方針について説明した。

山原は依頼を受けて以来、猛然と仕事にとりかかったことが、書類の高さや身を乗り出して豊に対してきた姿勢でひしと伝わって来た。

「では、まず基本的なお話からさせていただきたいと思います。むずかしいなと思われたらその度に質問してくださってけっこうですから」

豊は目の前の書類の山に思わずため息をもらした。

山原はそれと察して「いやあ、事案が事案ですから調査・分析事項は当然、多くなります。ここにあるのはまだほんの一部で」といたずらっぽく笑みさえ浮かべた。

「弁護士さんてこんなにも頭にたたきこまなきゃならないんですね。私など頭がパンクしてしまいそうです」

豊は圧倒される思いでもらした。

「まあ、それが仕事ですから」

山原は豊に負担感をあたえないようにか、明るい調子でつけくわえた。

「まあ、秋吉さんには第一歩として訴訟に臨む基本的考え方というか、いくつかのポイントだけを理解していただければと思います。もちろん裁判がはじまればもっと詳細についての解説をさせていただきますし、自然と理解が深まりますがね」

山原はさっそく一冊をとりあげてページをめくった。

「まずは安保条約と日米地位協定についてのお話をさせていただかねばなりません。このことは面倒でも、秋吉さんの裁判に必須の事項ですから」

豊は「条約」とか「協定」などという、今まで縁もゆかりもないと思っていて、まったく無関心だった堅苦しい条文に真正面から向き合わなければならない圧迫感に最初からぐったりしたものを感じた。

山原はそれと察して、「アンポ、アンポのあんぽんたん。それにチイチイパッパ、チイパッパのお勉強でもしますか。でもむずかしそうに思えるのは最初だけで、すぐに頭にたたきこまれますよ」と豊の緊張をほぐそうとした。

「まあ、一度に頭に入らなくてもいいですから、とにかくじっくりと秋吉さんがこれから立ち向かおうとしていることの本質はどこにあるのかということだけを、まずは理解していただければいいのです」

山原はさとすようにいってから、一転、豊の腹の底にまで応えるような野太い声でまず安保条約の条文の一字一句をじっくり読みあげた。

その響きには豊に対してというだけでなく、日本の全国民の運命がかかっているのだ、という重厚なものがこもっていた。

「えっ、安保条約ってたった十条しかないんですか」

山原の朗読が終わったとたん、豊が思わず声をあげた。

豊は安保条約をめぐっての国会をとり巻くデモやその騒動のなかで女学生が犠牲になったことなどのニュースを思い出して、あれほどの日本をゆるがす原因となった条文がたった十ヵ条でしかないことに驚いた。

山原は豊の反応に苦笑しながら、「そうなんですよ、あれだけの闘争を生んだのが、たったの十ヵ条だったんですよ。でも文字にすればたったのそれだけなのですが、戦後の日本の政治、経済、そして私たちの生活全般までを縛りつけ、今も強力に締めつけているのがその実態なのです」と底深い声で答えた。

豊が実感をともなわない、ふぅんという声をもらすと、山原は続けて「十ヵ条しかない安保条約ですが、それを具体的・実務的にどう実施していくかをとり決めたのが『日米地位協定』です。これは旧『日米行政協定』を引き継いだものです」と説明し、「まあ、こちらは二十八ヵ条からなっていて、こんな場合はどうするか、と具体的な条文が並んでいます」と読みあげないでポイントだけをあげた。

「安保条約で秋吉さんにかかわるのは六条です。地位協定では二条と十七、十八条が秋吉さんにとって訴訟の中心的課題になります」

山原は法律的な話に進むと当初と違って感情をまじえず。理路整然とした抑揚の少ない口ぶりになった。

豊は山原の活発で緩急をつけた口調に好感を抱いていたが、反面法律家としての厳密さを感じさせる姿勢にさらに信頼感を増した。

「安保条約六条ですが」

山原はポイントにあげた条文を豊の事例に具体的にあてはめて説明を続けた。

「ここには米軍は『日本国において施設及び区域を使用することを許される』とあります」

山原はそう指摘してから、「これって、どういう意味だと思いますか」と豊に問いかけた。

「そうですねえ、米軍は日本に基地を設けることができるっていうことですよね」

豊は自信なさそうに答えた。

「そうなんですが、問題は日本全国、どこでも好きなところに望む規模で設置できる点にあります」

山原はそう解説したあとに、また問いかけた。

「秋吉さんは、日本に米軍専用基地がどれだけあるのかご存じですか」

豊は即座に首をふった。

豊は沖縄に基地が集中していることだけはニュースなどで知っていた。だが、そこだけでもどれだけの基地があるのか知らなかったし、ましてや日本全国のことになると想像もつかなかった。

「でしょうね。たいていの人はご存じないのです」

山原はもつれ切ったように渦を巻いた髪に指を差し入れ軽くかきむしるしぐさをしながら、白っぽくひび割れた唇を舌先で舐めた。なにか残念に思うことがあるとそうするくせがありそうだった。

「七十八です。ただし、それは米軍が専用で使用している数で、自衛隊と共同使用しているものを含めると百数十はあるのです。その面積の約七割が沖縄に集中していますが、とにかく日本全国に散らばっていて、要するに全土基地方式ともいうべきものになっています。これは米国と安全保障に関する条約をむすぶ世界のどの国であっても、こういうことは認めていないのです。きっちりと区域を決めて設置しておりまして、欧州の北大西洋条約やフィリピンとの相互防衛条約でも基地提供についてそんなフリーパスは書かれていないのですよ」

豊はそういわれても家の近くのA基地名しかすぐには思い浮かばなかった。それも自分の家に墜落した戦闘機がA基地から飛び立っていたからだった。豊も無知を恥じるように頭髪に手を添えた。

「むりもありません。政府はもちろんマスコミもほとんどがその実態を報道しませんからねえ。いきなりむずかしい話になってしまいましたかね」

山原はわびるような口ぶりになってまた頭髪に指をつっこんだ。

「まあ、そういう訳で秋吉さんに今回、重大な関係が生じたのが安保条約第六条で認められたA基地の存在ということを理解していただきたいのです。それから」

山原はさらにことばを継いで、地位協定にふれた。

「先ほど地位協定は二十八ヵ条から成っていると申しあげましたが、やはり秋吉さんに特に関係がある十七条と十八条についてご説明したいのですが、今日はまずは第一の訴訟である刑事責任を問う十七条のみにして、損害賠償請求にかかわる十八条については第二の提訴の折にご説明したいと思います」

山原はそうことわって日米地位協定第十七条・刑事裁判権について語った。山原は該当箇所のページを開いているがそらんじているのかよどみなく続けた。

豊は目を皿にして山原の内容を文字で追った。

「この条文のポイントは、米軍関係者の『公務中』の犯罪は米軍が一番に裁判権を持ち、日本側に裁判権がある時でも、罪を犯した者が米軍の元に身柄がある時は日本が起訴するまで、米軍が身柄を確保しておくというものなんです」

豊は全神経を集めてその意味を理解しようとした。

「あっそうそう。大事なことを忘れていました」

山原はうかつだったというように平手でテーブルを打った。部厚く大きなそれに力をこめたせいかコーヒーカップが飛びあがりけたたましい音を立てた。それを聞きつけて事務室から沖田恵が足早に入室してきて、「先生、今度割ったら三度目ですよ」と遠慮のない声でいった。

山原は舌を出して首をすくめた。豊はふたりのやりとりに山原の人柄のよさが表れているのを感じて、よい弁護士事務所にきたなと思った。山原はまた頭をかいて、やがて威儀を正すように表情を引き締めた。

「ここが肝心でしてね。米軍人の刑事責任を問うといいますが、それは今ある日本の法律で裁くのではなく、米軍用に特別に定めた『刑事特別法』、通称『刑特法』を適用するのですよ。民事裁判である『損害賠償請求』についても同じく『民事特別法』を制定しています。まあ、とにかく米軍優遇のために政治的作為の働いた、日本国憲法の上に位置している法律なのです。ですから、秋吉さんの裁判では、まさに日本人であり、被害者である秋吉さんには大変不利な、米軍には断然有利な法律の下で闘わなければならないのです」

山原はこの時、濃く太い眉根を盛りあげて口元を一文字にした。豊には山原のしわめた表情に裁判の前途のきびしさがひしと伝わってきた。山原は鼻翼をふくらませ、鼻息を荒くして気合いを入れなおした。

「でもまあ、米軍様さまの法律の壁にどう風穴を空けるか、というやりがいがあるというもんですがね」

山原は一段と声を張りあげて不敵な笑みを浮かべた。

「とにかく、今度の場合にかぎらず、米兵が基地内に逃げこめば日本側には手が出せません。それが凶悪犯罪や酒酔い運転でのひき逃げであろうと野放しの元凶なのです。ましてや今回は『公務中』の事故ですからね」

山原はそこまで述べて、数冊の単行本のページを開き、新聞や雑誌の切り抜きまでもテーブルいっぱいにひろげた。

「これを見ていただきたいと思います。仮に日本に裁判権がある『公務外』の犯罪でもこんな起訴率なんですよ」

山原は赤線を引いてある部分を指先で押さえた。目を通した豊は信じられなかった。

旧日米安保条約が発効した一九五二年から今まで十数万件に及ぶ米軍や軍属による事件や事故があり、数百人の日本人が死亡しているのに、八割以上が不起訴になっていた。人身被害にかかわらない事件は起訴率がほぼ〇%にもなっている。

豊は思わず声を発した。

「どうしてこんなことになるのですか」

山原は当然の質問だとばかりに憤りをあらわにした。

「五十三年にね。法務省警備局の総務課長が『著しく重要な事件以外について、第一次裁判権を行使しない』と宣言しているからですよ。そしてこうもつけくわえているのです。『日本国の当局がその犯人の身柄を拘束する場合は多くない』とまで密約をかわしているのです。これは要するに、日本の警察は最初から米兵などの犯罪者は捕まえる気がないということですよ」

山原は説明しながらあきれ切ったとばかりに両手をひろげた。

「まあ、万事がこうですからね。ましてや『公務中』の事故となると、米国はもちろんですが、日本政府自体が鉄壁の城塞で固めているようなものですよ」

山原は前途の困難をそうしたことばで表した。豊は息が荒くなるのを覚えた。やり場のない気持ちが高じてきた。するとふいに噴き出してくる思いがあった。

「今、先生から説明を受けていろいろとわかることがありましたが、私がどうしても理解できないことがあります」

豊が体をねじるようにして声を絞り出すと、山原は手にした資料を脇に置いてのぞきこむような姿勢になった。

「先生、どうして自衛隊機は火だるまになった日本人を真っ先にたすけないで、ほとんど無傷のアメリカのパイロットだけをたすけたのでしょうか」

豊は嗚咽をもらしながらたずねた。山原は腕を組み目を据えて答えた。

「そのことについては、自衛隊の元幹部がこう公言しています」

山原は今度はその幹部が書いた単行本を持ち出した。

山原は本棚から引き抜き、立ったまま自衛隊幹部の著書を片手に載せてページを開いた。

「彼はね、自衛隊の本質は、国民の命と財産を守るのは武装集団たる自衛隊の任務ではない、と断言しているのです」

豊は座ったまま山原を見あげて思わずたずねた。

「じゃあ、なんのために自衛隊はあるのですか」

豊は問いを発しながら体のふるえが止まらなかった。今まで自衛隊といえば、災害時には泥まみれになって住民を救済し、危険な作業を担ってくれる姿ばかり見てきた。それゆえ、当然のように好感を持っていた。若い人たちのなかにも純粋にそうした活動を目撃して入隊する人もいると聞いている。だがそれとはまったく反対の発言に困惑しながら山原に糺した。

「ここでは最後にこういっています。我々が守るべきは『国体』につきる、とね。この意味わかりますか」

山原は逆に豊に問いかけた。豊はまさかという思いがあったがおずおずと答えた。

「て、ん、のう、ですか」

「そうです。天皇を守ることだと、その幹部はいっているのです。自衛隊員全員がそうだとは思いませんが、そうした教育をされていることは確かでしょうね。ですから、アメリカとのとり決めでもまずは軍事優先で、きっと事故が起きた時は、軍人最優先に救出する約束をしているのだと、私は考えています。ですから、葉子さんや衣川咲子さん、それに子どもたちには目もくれなかったんじゃないかと」

山原は手荒く書物を閉じて、吐き捨てるようにいった。豊はこの時、衣川健太が「防衛施設庁長官と刺し違えしてでも」と唸った無念が自分のものとして沸騰して、風船のように破裂してしまうのではないかと思えた。

「まあ、その幹部は本音をいったのでしょうが、まったく本質をついていることだけは確かでしょう。自衛隊は旧日本軍の幹部の多くがもぐりこんでいるのでそうなるのでしょうがね。とにかくアメリカに押しつけられた軍隊ですからね。憲法はアメリカに押しつけられたという人たちは、警察予備隊を結成させられ、やがて自衛隊という軍隊をアメリカに発足させられた、要するに押しつけられたことは一切口にしないんですから。その上に基本的にはアメリカ軍が指揮権をにぎっているというんですからなにをかいわんやですよ」

山原は自衛隊の成り立ちと性質に話がそれたのを修正すべく元に戻そうとしたが、あとひとつというようにつけくわえた。

「まあ、日本全体が『安保村』になっていますからねえ。日米安保に関することは大手マスコミなどが言論統制といってもよい体制を組んでいます。こんなお話をすると、ほとんどの方は日本は独立しているのに、どうしてそんなにアメリカべったりなんですかと疑問を持たれます。ですが、外務省の条約課長が書いた解説書に『アメリカが日本を守ってくれるか、などという疑念を持つこと自体、アメリカに失礼である』と記しているんです。それに他のエリート官僚は『アメリカは日本の友人であり、日本に不利なことは絶対しない。アメリカが日本に不利なことをするなどという可能性を語るのは、すべて陰謀論』と部下に指導しているそうです。そんな骨の髄までアメリカ追随の官僚を相手にすると思うと、げんなりしますが、がんばるしかないですね。それに希望はね、私の大学の同期の外務省に入った友人から聞いたのですがね、入省して見せられた文書や上司から聞く内容に驚いたそうです。あまりにもアメリカに従属していたので思わず質問すると、先ほどのことばで決めつけられたそうです。友人は嫌気がさして一年後には、外資系の会社に移りました」

山原は脇道にそれすぎたと思ったのか、急いで本来の話に戻した。

「とにかく、第十七条は刑事裁判権をとり決めているのですが、十二項からなっています。ここでは先ほど申しあげました、犯罪や事故に関してどちらに裁判権があるのかのとり決めが細かく書かれています。ですが普段法律になじんでいない方には理解しがたいいいまわしや語彙が多いと思いますので、最低限のことだけをご理解いただけるようにしたいと思います」

山原はここからが肝心なことなのだと印象づけるためにか、重々しい声色になった。

「この地位協定は米軍の利益を守るための特別法ともいうべきもので、日本の法律は排除されているのですが、私はそれでも日本の国内法を適用させて闘うつもりです。法的にどう組み立てて立ち向かうかはこれからのことですが、今申しあげられるのは犯罪を起したら罰せられなければならないこと。その原因究明がなされなければならないということです」

山原は日本国の法律とその上位にある米軍優位の法律たる「地位協定」の二本立てを前にして突破口を開いて見せるという。それを宣言した山原は部厚い胸をさらにふくらませ、頬を紅潮させた。瞳にも力がこもっていた。豊は闘志をみなぎらせた山原に染められたように身内から熱いものがこみあげてきた。豊は山原が続けて、訴訟勝利の突破口としての法的組み立てや法理論を展開してくれたがそのほとんどが頭のなかを素通りしてゆくばかりで歯がゆかった。それでも山原が倦むことなく熱弁をふるうので必死に耳を傾けた。

「先生は安保に関することになると、とにかく熱くなっちゃうんですから」

沖田恵が新しい茶に入れ替えにきてあきれた口調でいったので、豊は思わず山原の話をさえぎるようにたずねた。

「山原先生。ちょっとお聞きしていいですか」

「おうっ。僕は確かに安保の問題となると、かっか、かっかとして来るんだなあ。あなたの聞きたいことってなんでしょう」

山原は注がれた茶を一気に飲み干して、問い返した。

「先生にはどうして安保なんですか」

山原は、豊の質問に一瞬、遠くを見つめるまなざしになり、今までの口調と一転して深い吐息をもらした。

「そうだなあ、やっぱり樺美智子かなあ」

山原は安保条約をめぐる国会デモで圧死した女子学生の名をあげた。彼女とは同じ大学で学部は違ったが何度かことばをかわしたことがあるといった。

「学生時代は安保反対で燃えていましたがね。正直いうと、一面、持てあましたエネルギーの発散の場みたいなところも私にはあったのです。でも彼女の死は私にこの闘争は生半可なものではないんだ、と内面に突き刺さってきましてねぇ。自分は本当にこの反対闘争に命をささげる覚悟を持っていたのか、と深刻に考えこんでしまって落ちこみました。それで運動から離れてしまって悶々としたのですが、彼女の無念を晴らすためにも、自分は法律の部門でその問題にかかわっていきたいと思って弁護士を目指したのです」

山原は心の内を明かしながら、「でも、やっと弁護士になっても、とり組みたい内容の仕事にはなかなか出合えなくてちょっとくすぶっていたのです。種田さんのご依頼があった時には、そりゃあもう張り切りましたが、その時は私には手に負えなくなっていました」

山原は力のなさを悔いるように床に視線を落としたが、すぐに顔をあげ声に力をこめた。

「でも、種田さんはそんな私を信頼してくれて、あなたを私に相談するように勧めてくださって、私の念願の仕事をさせてくださるのですから、あなたにはもちろん、種田さんにも感謝しなければと思います」

豊はそのことばで山原にすべてを託す思いでいっぱいになった。

「まあ、他にもいろいろな依頼ごとがあるのですが、私のライフワークとしては、秋吉さんの事件が第一ということになるのです」

豊は思わず山原の手をにぎって「よろしくお願いいたします」と深々と頭を下げた。にぎり返してきた山原の指の関節がごつごつして力強く痛いほどだった。

「私のことでまたわき道にそれてしまいました」

山原はくせのように後頭部を手でたたきながら「地位協定十七条」に関係する説明に戻った。

「とにかく細かいことは追々理解していただくとして、次の点についてはしっかり頭に入れていただきたいと思います。まず第一点ですが、裁判権については『公務中』などの理由でアメリカに第一次の権利があっても、日本が重要な犯罪と認めた時にはアメリカに裁判権の放棄を求めることができるし、アメリカはそれに対して好意的考慮を払わなければならないということです。また犯罪の通知が最初に日本からアメリカに文面で行われた時には、アメリカは米軍人の所属司令官からアメリカ自身で裁判権を行使するかを十日以内に事件発生地の検事正に通知することになっていまして、それがなければ日本が第一に裁く権利を有するのです」

山原は豊がこめかみに人差し指を立て、眉根を強く寄せているのを見てとって「むずかしいですか」といったんことばを切った。

「いいえ、分かります。わかります。要するに裁ける権利の問題ですものね」

豊は山原のペースで進めてくれるように伝えるために、大きく頭を上下させて強い口調でいった。山原は手ごたえを感じてか唇をぎゅっと引き締めて両手を胸前で固くにぎりしめた。

「ですから日本が裁判は日本側でやるから放棄せよと、犯罪の通知をすれば可能なんです。でも、それらのことはまったくといってよいほどなされていません」

山原は今までのことを要約して次のようにいった。

「結論としては、日本政府は裁判権を勝ちとる気もなく、米軍の思いのままに放置しているといっても過言ではないと私は考えています」

豊は山原の十七条に限定しての話だけで、日米安保条約というものの本質がすっと頭に入ってくる思いだった。

山原がけんめいにかみくだいて教えてくれているのが肌身に感じられた。山原はさらに続けた。

「そうした政府を動かすには、告訴することによって、秋吉さんや衣川さんがこうむった墜落事故は単なる事故ではなく『犯罪』としてとらえなければなりません。要するにまず考えられるのは『業務上過失致死罪』を問うことです。ですがここでまた問題が生じます」

山原はそこで別の資料をひろげた。

「その罪に問うには警察の捜査の問題があります。そのさいにやはり日本の法律外の『刑事特別法』が適用され、『合衆国軍隊の財産についての捜索、差し押さえ又は検証は、合衆国軍隊の権限ある者の同意』が必要とあります」

山原は読みあげていた資料から目を離して豊の耳

元でささやくようにいった。

「あなたは自分の家や敷地なのに事故直後は近づけなかったでしょう。米兵が好き勝手に活動していたでしょう。囲まれた黄色いテープから一歩も踏みこめず地団駄踏んだはずです。それはこのとり決めによったのです。事故機はすべてアメリカの財産ゆえに、日本の警察も消防署員も遠ざけて、事故の証拠になるものは一切持ち去ってしまって、事故原因もなにも捜索できないというのが現実です。ですが『刑事特別法』には別にこうもあります。仮にアメリカに裁判の権利があっても、警察官や検事は日本の法令による罪にかかる事件には令状を発行したり捜査ができ、日本国内において『犯罪があると思料するときは犯人及び証拠を捜査』できるのです。これは日本の法律である『刑事訴訟法一九八条を適用できるという意味でもあります』」

　山原はここで天を仰ぐようにのけぞって、「ですから最低限はパイロットの身柄確保に、エンジンやボイスレコーダーなどの差し押さえはできたはずです。ですがエンジンも、パイロットもとっくに本国に還っています。ここからいえることは、日本はできうることでさえなにも手をつけてこなかったということになります」と唸るように声を発した。

「いいですか。ここが最大のポイントなんです」

　山原はさらに声を高めてつけくわえた。豊は今まで聞いたことについてどうにか頭に入ったとはいうものの、必死に話の筋道を組み立てなければならなかった。なのに重要な点がまだあるという。頭のなかがパンパンにふくれあがってくる感覚があったが全神経を集めた。

「地位協定には先に申しあげたように二十八条の条文がありますが、現実に起こる問題はそのとり決めからはみだすことも多く、実際的にどう解釈し、運用していくかの日米の協議の場が必要です。それが『日米合同委員会』なるもので、アメリカ側は文官が一名であとは軍人です。対して日本側はほとんどが文官で占められています。ここで話し合われることは密室協議で、国会にも報告されず、なのに条約並みの効力が生じる仕組みになっています。ですから、ここで秘密の約束、国民の目から隠された

『密約』が山ほど生まれてくるのです。裁判権の問題でも、日本側に裁判権があっても、国民が黙っていない『凶悪事件』などでないかぎり、『公務外』であっても起訴しないなどと日本側から約束してしまっているのです。これは一九五三年十月二十八日にこの委員会でむすばれて隠されてきたのです」

山原はそこまで一気に話したあと、一息入れるように深呼吸した。

豊は墜落事故の被災以来、納得のできない数々のことの原因が山原によって解明されてゆくのを霧が吹き払われてくっきりと視界が開ける思いで聞いていた。やはり自分だけでは到底知りえないことにふれられてあらためて心強いものがあった。

「とにかく、この裁判には今いったような障害と困難はありますが、それでも日本国の憲法と法律があります」

山原は日本の国内法を武器にして安保に風穴を空ける抱負を述べた。

「先生、ひとつお聞きしてもいいでしょうか」

豊は遠慮がちにいった。

「はい、ひとつといわず、とことん腑に落ちるまでおたずねください。がんばるのは私ではなく、秋吉さんあなたなんですから、確信を持っていただかねばなりません」

山原は低いが断固とした響きでいった。

「あのう、そんな地位協定や密約で固めたアメリカとの約束を、先生のおっしゃった日本国内だけで通用する法律で風穴を空けられるのでしょうか」

豊の頼りない声に、山原はよくぞたずねてくれたとばかりに身を乗り出した。

「それなんですよね」

山原は力をこめて一九七二年の出来事について述べた。それはベトナム戦争の最中に、南ベトナムの戦車などを修理して戦場に送り返すことを阻止する反対行動についてだった。

神奈川県相模原市にある米陸軍の総合補給廠で修理された戦車などがトレーラーで再びベトナムに搬送されるのを反戦団体などに約百日間阻止された政治闘争だった。その武器となったのがまさに日本の法律である「道路法」であり、そのなかの「車両制限令」だった。補給廠から横浜のノースドックに通じる途中にある橋が、二十トン以下の重量や車両幅の制限があり、とてもそれらの規定をクリアーできるものではなく、法律違反だというもので、通行制限がかけられた。

山原はその当時、弁護士になって三年目だった。山原はその闘争をニュースで接するたびに、日本の法律で充分安保と闘えるのだと実感したという。

「いやあ、あれは衝撃でしたよ。目からうろことというところでした」

山原は当時の感激を思い出すかのように盛んに頭を上下させて上体をゆらした。

「とにかく、当時の私は、米軍に関係する事件については日米地位協定などの条文や手に入れられるだけの資料をいくら読みこんでも、日本側には手も足も出ないように思いこんでいましたからねえ。でも、戦車阻止闘争からヒントを得て、地位協定などの字句に巧妙にこめられた意味が剃刀で薄皮を剥ぐように鮮明に理解できましたし、そうなると外務省などが極秘としている文書もアメリカでは公開されていることでアメリカの国立公文書館にも通ったりしていくつかの密約を発見したものです」

山原は雪焼けした頬を赤黒く染めて唇の端につばを溜めた。

「とにかく、警察や検察の仕事をアメリカのために『刑事特別法』や、民事向けでも『民事特別法』を作っておきながら、さらに泥棒に追い銭みたいに山ほどの秘密の約束をして国会にも報告してないんですからね」

山原は腹の底から声を発したのでつばきが飛んだ。豊は事務員の沖田恵がいったように、山原がだんだん興奮度を高めていくのがわかった。

山原は熱くなりすぎたと思ったのか、テーブルの茶をがぶ飲みして呼吸を整えた。

「いやあ、政治家の演説みたいになってしまいました。先ほども沖田嬢にたしなめられたというのになあ」

山原は唇の間から舌をのぞかせ、肩をすくめた。熱血漢で愛嬌のある山原に、豊はさらに好感を持った。

「秋吉さん。とにかく私がくどいほどに申しあげたのは、あなたがこれから訴訟を起こす相手は、今までお話ししたような日本の官僚と米軍であるということを骨の髄まで理解していただきたいためでした。それでまずは、刑事責任を問う訴訟を起こすことになりますが、その審判を待って損害賠償請求訴訟になります」

山原はそこまで熱弁をふるったのに、続けたことばが意外だった。

「ただパイロットの責任や事故原因究明を求める刑事裁判はおそらく棄却されるだろうと考えています」と声は低いがきっぱりといった。

「私はその分、損害賠償請求の訴訟であらためて事故責任と原因を明らかにするように求めつつ、断然、秋吉さんがこうむった精神的、財産上の損害を最大のつぐない額として請求を起こすつもりです。これこそが我々の関が原になるのです」

山原は訴訟の見通しを歴史的事件にたとえて強調した。砂川事件では基地の存在を憲法違反とした伊達判決を日米取引で司法介入してくつがえしたこと。それ以来、安保条約に関することは、政府の「統治行為論」なる法理論でことごとく憲法判断を避けてきたこと。さらに米兵による凶悪事件をもうやむやにしてきたことなどを挙げた。豊はその話のなかで「ジラード事件」と呼ばれる米兵による日本人主婦射殺事件をはじめて知った。事件は群馬県相馬ヶ原米軍演習場で起こった。演習に参加していた二十一歳の米兵・ジラードが、生計を立てるために薬莢拾いにきていた農婦をおびき寄せて遊び半分に射ち殺した。群馬地裁はこの殺人事件に対して「懲役三年」としたが「執行猶予」付きの判決を下した。

「殺人を犯しながら執行猶予なんです。それでもこの事件では群馬県警の刑事部長や外務省の官僚も毅然としていましたし、アメリカ政府内や米軍内でも『公務中』として扱えと相当の内部闘争があったようです。結局、日本側が裁くことになったのですが、結果はそれでした。まあそれでも、一九五七年頃までは日本側にも気骨のある外務官僚や警察官僚がいたのです」

山原は戦後の日本とアメリカの関係を具体的な事件を通して説明したあと、両手をひろげて首をすくめた。

「まあ、今はクヴィスリングといってもよい類の人たちがこの国を動かしているとしか私には思えないんですよ。そのくせ国の誇りを、伝統を守れ、と声高に叫ぶんですからなにをかいわんですよ」

豊は山原の話にただ驚きしかなかった。自分が生まれ、暮らしているこの国が異国の人々に好き勝手に引きまわされ、それを返って歓迎している人々がいることを今、リアルに感じとった。

まだいぶされて煙の立ち昇った現場は米軍に封鎖され、我が家に近づくことも許されず、いかつい米兵の軍靴がまだ修復できるかもしれない家族の思い出の詰まったアルバムなどを踏み荒し、大きな鉄塊や機体の残骸をどんどん軍用車に積みこんで運び去ってゆく場面が目に浮かび、それを野放しにしているこの国の為政者に対してはじめて憎しみを覚えた。山原の弁は豊を直に撃ってふくれあがり、腹の底からのあいづちになった。だが、ひとつだけ理解できないことばがあった。

「先生、そのクヴィスリングっておっしゃったことだけはわかりませんでした」

「おう、これは失礼。私の知っていることは皆さんご存じだという前提でしゃべってしまいましてね。これも沖田嬢などにいつも注意されていることなんですよね」と頭をかきながら、「第二次大戦中にナチスに国を売ったノルウェイの首相でね。まあ、ヨーロッパでは売国奴の代名詞になっている人物です」

山原は豊に答えたあとにつけくわえた。

「私にはね。沖縄の人々の米軍被害はもちろん、秋吉さんなどの場合も、安保条約のいけにえにされていると思えて仕方がないんですよ」

豊はそのことばに事故直後に防衛施設庁長官と面会した時のことを思い出した。あの折、豊は思わず長官に詰め寄った。

「私たちの犠牲は遺憾だとおっしぃましたが、どうして私たちが犠牲にならなきゃならないんですか」

眼鏡をかけ、学者然として温厚に映る長官は口元を引き締め、しばらく間を置いて慎重にことばをえらぶように答えた。

「日本の、平和と、安全、のためです」

豊はそれを耳にした時、山原とほぼ同じことばを吐いたのだ。

山原は豊たちの被災を「安保のいけにえ」といった。豊は防衛施設庁長官に「犠牲者」として訴えた。だが、山原がいうように自分たちの受けた被害は「いけにえ」ととらえるのが今の感情にぴったりだった。

豊は山原の事務所を辞しながら、どしどしと路面を踏みつけるように歩き、「自分は、いけにえなどにはならないぞ。絶対に」と拳を固めながらなぜか、「クヴィスリングかあ、クヴィスリングかあ」とくりかえしているうちに「クヴィスリングのいけにえかあ」とふたつのことばがむすびついて、嘔吐感に似て胃の底から煮えくり返るものが衝きあげてきた。

――自分たちは、国のやることからしたら、虫けらの存在なのか。大事のためのけし粒。とるに足らない者。無きがごときの命――

豊は思いつくことばで自分たち家族。衣川一家のこの国での存在のありようを口にしてみた。他にも頭に浮かぶだけの表現に頭をめぐらせているうちに、ある思いに突きあたった。自分たちだけではなく、日本のある一部の人たち以外の庶民は、きっと綿毛より軽い存在なんだ――

豊はそこまで考えが及ぶと、山原に教えられた自衛隊元幹部の告白が生なましく理解できた。

――要は、自衛隊の守るべきは『国体』であって国民ではないということですよ――

豊はそのセリフをよみがえらせると、さらに深く考えがおよんだ。

旧日本軍の一兵卒の命は「鴻毛よりも軽し」、銃後の庶民の命は蟻以下の精神は今もリアルに生きている。そして己が生き残るためにこそアメリカに追随して、それを自分たち国民に強いている。

豊はそこまで思いが到達すると、再び「そんなやつらのいけにえになんか、死んでもなるものか」とひろく拓けた空き地に差しかかると渾身の力で叫んだ。豊はそこで呼吸を整えるためにしばらくブランコに腰を下ろし、心がしずまるのを待って家路をたどった。

帰宅すると、笑い声が聞こえてきた。豊は耳を疑った。事故以来、久しくなかったことだった。葉子の鼻にかかった明るい声までまじっていた。

葉子は歌が好きで声はよく透ったが、事故以来、鼻孔に火焔を吸いこんだためにそれがせばまったせいかくぐもって聞こえた。それも葉子を気うつにさせる要因のひとつだった。

葉子が退院して公団住宅の一室で寝起きするようになって療養を続けるなかで、食卓を囲んでも光や翔子はほぼ無言だった。以前は子どもたちがわれ先に学校での出来事を話してくれたし、「ちょっと、ふたりとも食事の間くらい静かにしなさい。ほれ、こぼれたじゃない。その服、この間買ったばかりなのよ。醤油なんか染みたらとれないのよ。すぐ洗ってらっしゃい」と葉子は口うるさかった。でも、その日々はぎすぎすしたものではなく、「まあ、順番に話してくれよな。それに母さんもそうきんきんいいなさんな」と豊にとってはぬくもりのあるにぎやかな家族風景のひとつだった。

その一切が失われて腫れものに障るように葉子の顔色をうかがう日々になって、子どもたちは豊にもあまり話しかけなくなった。自分も子どもたちも互いにどう接していいのかとまどっていると、豊はすこしでも家族の絆をとり戻すにはと必死で思案した。だがその中心となる葉子のふさぎこみや山本をめぐる嫉妬心などが邪魔して出口は見つかりそうにもなかった。豊は重い気持ちを引きずりながら、裁判の重圧まで抱えこもうとしていた。そんな折に、望外にも家のなかから明るいにぎわいが伝わってきた。豊はその空気の変化に何事が起ったのかと思わず首を伸ばした。それに豊の好きなカレーのにおいが濃厚に漂って来て、思わず腹が鳴った。

「ただいま。お腹減ったぞ」

翔子が花柄模様のエプロンをつけて玄関先まで飛んで来た。そのあとから家政婦の山本睦子もエプロン姿で顔を見せた。豊が時計を見ると午後五時前だった。山本はいつもならとっくに引きあげているはずだった。

「午後四時までなのに、超過してまでいろいろやっていただいて」と豊は恐縮した。靴を脱ぐためにしゃがみこんでいる豊には、立っている山本の背が高いせいか天井に届くかと思えるほどのっぽに見えた。

「山本さんはあなたにお話があるということで待っておられたのよ」と意外にも葉子がその横合いから顔をのぞかせて口を挟んだ。家のなかでも帽子を目深くかぶって右半分の額や頬しか露わさなかったが、すこし赤みを帯びてきた唇に笑みがあった。豊は葉子が一日中、膝を抱えて部屋の隅にうずくまってうつろな視線を一点に向けている姿しか見ていなかったので、その変化に驚いた。

――なにがあったのか――

豊は内心でもう一度、つぶやいた。

豊がネクタイを外し、顔を洗ってキッチンのテーブル前の椅子に座ると、山本は向き合うように腰を下ろしてまっすぐ視線を向けてきた。

「裁判をなさるんですね。お子さんたちに聞きました」

両手を膝の上に重ねて姿勢を正し、胸奥から重く深い吐息をもらすようにいった。

「あのねえ、山本さんも私と同じような被害に遭っておられるってお聞きしたのよ」

葉子がめずらしくことばを添えた。豊はその語調にわずかに気が高ぶっているの感じた。葉子の声は事故以来、はじめて張りのある響きを帯びていた。

「実は」

と山本が切り出すと、葉子は身を乗り出し、話をせかすようにしきりに頭を上下させた。豊は葉子が山本に対してよい感情を抱いていなかったのに、この変化にはなにがあるのかと思わず思案をめぐらせた。

「私は、秋吉様のご家庭に家政婦として働くことを志願してまいりました」

山本は葉子とは違って語尾が明晰で感情をまじえず淡々とした口ぶりだったが、豊はますます注意を引かれて山本の話に集中した。山本は鼻梁が高く鼻筋が通っていて口数もすくなく、切れ長なまぶたといい当初はとっつきにくい印象が強かった。だが子どもたちとはすぐ友だちになった。なによりも料理やお菓子作りが上手で、翔子などはなにかというとクッキーづくりやケーキを焼いてくれとせがんだ。光は山本のカレーを気に入って、今度いつしてくれるんですか、とこれも平らげた直後から注文するという塩梅だった。豊もそれに同調するものだから、菓子にいじけさせてしまった、としばらくして気がついたものだった。

山本は続けた。

「といいますのは、私の夫は米兵の運転する車に撥ね飛ばされたのですが、撥ね飛ばされた死体は道路わきの水路にうつ伏せになったまま一晩放置されていたのです」

山本はその場面を思い浮かべるように宙を見詰める表情で奥歯をかみ締めたので咬筋がぐりぐりと動くのがわかった。細面の顔がよりきつくなった。

「米兵は基地でクリスマスパーティに参加して、飲み足りず、街にくりだした帰りだったそうです。酔っぱらって、かなりのスピードで飛ばしていたというんです」

山本は目撃者の話を伝えた。

「でも、車はそのまま基地に逃げこんでしまいました。夫は三十九歳でした」

山本は天井をにらんだ。ぐっとつばを飲みこむのがわかった。だが感情をぎゅうっと胸奥に押しこむように静かにことばを継いだ。

「それからの日々、三十五歳だった私は三歳と五歳の子どもを抱えながら米兵と米軍、それに国の責任を問い続けてきました」

山本はここまで告白すると、ふっと深く息を継ぎ、話を打ち切った。

「あとのことは奥様にお聞きいただければと思います。とにかく、私は家政婦としての仕事をするために秋吉様宅にまいっていますが、私以上に辛い被害に苦しんでおられる秋吉様に、私なりにご支援ができたらと思っております。それからもうひとつ申しあげれば、どうぞ、裁判もできなかった夫の分も含めて裁判で仇をとっていただきたいのです。どうぞ、がんばっていただきますようよろしくお願いいたします」

　この時ばかりは、山本は声をふるわせた。山本がうなだれるように下げた頭を豊はただ見つめていた。返すことばが見つからなかった。山本の豊かな髪が目の前で揺れていた。普段、対面していると気がつかなかったが、頭頂や渦巻いた部分に白髪が散らばっていた。

　豊は責任を負わされた思いで返すことばにとまどっていたが、葉子が山本の手をとってむせび泣くような声で同調した。

「ええ、ええ。私もアメリカが憎いです。あなたの分まで絶対に裁判で仇を討ちたいです」

　豊は葉子と山本が体をゆさぶり合う姿に、思わず下腹に力をこめた。葉子は涙を見せたが、山本は声に感情をあらわにしながらも、すぐに冷静に持ちなおした。

「私は夫を撥ねた米兵や米軍を心底憎みますが、それ以上に今でも腹わたが煮えくり返り、気持ちの持って行き場のないのが、日本政府の人たちの姿勢でした。犯人の米兵やアメリカの態度がどうあっても、日本の警察や政府の人たちは絶対、私たちのために動いてくれると信じていたんです。それなのに、警察や検察官に、外務省の人たちも、運転者が基地内にいるというからなあ、との一点張りでまともに話を聞いてくれませんでした」

　山本は事件に対処すべき日本の関係者に対して口をきわめたあと、米兵に対する複雑な思いも吐露した。

「先ほど、奥様とアメリカが憎いと気持ちが一致しましたが、でも私の場合は、米兵すべてをそうは思えないのです」

　豊と葉子は、一転して意外なことばを口にした山本の顔をまじまじと見つめた。

「実は、私は若い頃、A基地の近くのバーで働いていたことがあるんです」

　山本はなぜか恥じるように目を伏せた。

「それで出入りする米兵の何人かと親しくなりました。ほんの数年でしたが、辞めてからも覚えていてくれて基地外で出会った時も、『へい、ムツコ。元気かい。またあそこで働きなよ。ムツコと一緒だと楽しいからな』って声をかけてくれました。事件後、たまたま出会った知り合いの米兵に顛末を伝えると、思い切り両手をひろげて首をすくめ、おお、それはかわいそうね。でも僕らには国の決めたことだからなにもできないけれど、ちいさい子どもがいるんだから困っているだろ、と米兵仲間にカンパを集めてくれて、当時の金で五十万円ほどを届けてくれました。米兵にはそういうところがあるんですよね。ですから夫を殺して平気な顔して暮らしているかと思う米兵には地獄に落としてやりたい気持ちでいっぱいですが、一方でそうした気のいい人もいることを知って、とまどってしまったことも確かです。でも、日本のお役人でそんな人はひとりもいませんでした。私からいえば、アメリカが主張したことは百パーセント認めて、日本国民のひとりである、それもあとに残されて生活に困っている人間を一顧だにしないというのが私の実感です。一体、この国の役人はだれに顔を向けているのか」

山本はそこまで一気に吐き出し、もう一度、「どうぞ、アメリカにも、いえ日本政府の人々にこそ負けずに裁判をやり通してください。夕刻の貴重な時間をいただきましてありがとうございました」と深く頭を下げ、それを最後に辞して、自動車に乗りこんだ。

山本が帰ったあと、豊はカレーを頬張りながら葉子から山本の話の内容を詳しく聞いた。カレーは深みのあるコクがあり、口のなかに入れると最初はやわらかく淡い甘みさえ感じるのにしばらく舌にのせていると口腔を快く刺激する香辛料が効いていて、豊にとってははじめてといえる味わいがあった。

鼻孔に抜ける快い香りにカレーの美味がくわわって、山本の印象がさらによくなった。豊はスプーンを口に運びながら葉子に山本との会話の内容の披露をうながした。

「私、まさか山本さんがそんな目に遭っておられたなんて考えもしなくて、驚いちゃった」

葉子もほんのすこしずつスプーンでカレーをすくっては右唇の端から口のなかに忍ばせた。左部分は引きつれていてうまく食べ物が入れられないのだ。

「私ね、最初から山本さんになにか感じていたの」

葉子はカレーをかきまぜながらつぶやいた。

「だって、家政婦として来てくれているから家事をたすけてくれるのはありがたいけれど、なにかそれ以上にわが家に入りこんで来る気がしてね」

豊にはまったくそうした印象はなくて、ただ親切なよく気がつく人だと、感謝するばかりだった。豊は葉子にそういわれて、はじめて身体障害を抱えてしまった葉子の女性としての心の機微にうかつだったことを反省する思いだった。

「子どもたちにお菓子作りを教えてくれるのはいいのだけれど、料理にしても光や翔子、それにあなたまで山本さんのことをほめそやすもんだから、私、私」

葉子は感情を抑え切れないように嗚咽をもらした。

「やきもち焼いちゃって、もう山本さんさえいたらこんな私なんかいなくてもいいんだって思っちゃって」

葉子はスプーンを置いて、顔をおおった。

「私、恥ずかしい。山本さんの話を聞いて、自分の心の貧しさを思い知ったわ。山本さんね、あなたが裁判をするって聞いたからって、私に自分のことを打ち明けてくれたのよ。それで今日は朝から家事なんかどうでもいいから、山本さんが経験したこと全部聞かせてってお願いしたの」

葉子は山本に対する気持ちの変化を率直に告白してから、ようやく耳にした事件の経過を伝えてくれた。

「旦那さんが事故に遭われた時、山本さんはまだ三十五歳だったのよね。旦那さんは自動車組み立て工場で働いていて、その日は残業で遅くなり、いつもは定期バスに乗るのに最終便が出て、タクシーもなく真っ暗な道を歩いて家に向かってちょうど途中の十五分くらいのところで米兵の運転する軍用ジープに撥ねられたらしいの。たまたま同じように遅くなって歩いていた人が目撃していて米兵だとわかったらしいの」

葉子は胸を押さえてエビのように背をまるめた。

山本の話が辛くなったようだった。

豊は葉子の背なかをさすり、「無理して話さなくてもいいよ。また山本さんから聞かせてもらうから」と思いやった。だが葉子は強い口調でいい切った。

「だめよ。山本さんにもう一度、そんなことをしゃべらせるなんて残酷なことをさせられないわ。長いこと耐えに耐えてひとりで闘ってきてようやくとり乱さないものを身につけてこられたと思うのよ。あなたが裁判をするということで、山本さんは抑えていたものを抑えられなくなったんだと思うの。わかってくれる人にどうしても伝えたかったのよ」

葉子は山本の気持ちを代弁するようにけんめいな口ぶりでいった。

事故以来、葉子は無口になり、話しかけても上目遣いをしては、顔を伏せてしまった。こんなに思いをこめてことばを発するのは何ヶ月ぶりだろうか、と豊はその貴重さを思って葉子の気が済むまで話させようと思った。

「あのね。ご主人は子ぼんのうで、子どもたちと遊ぶのが趣味の人だったんだって。柔道五段で頑丈な人だったのに、道路脇の水路に半身浸かって、顔の半分をつぶされ、肋骨がほとんど折れて、内臓破裂で即死だったんですって。目撃者の人がいうには、米兵の車は時速七十キロは出ていたはずで、酔っ払い運転だったというのよ。その人、英語が分かってね、同乗していた米兵が『すこし飲みすぎたなあ。気をつけてたんだがなあ。でもまあ、ジャップも暗がりからいきなり出て来たんだから、まあ、犬か猫だと思えばいいんだ。とにかく早く基地に帰ろう』と、あたりをはばかるようすもなく、声高に話していたというのよ」

葉子はそう伝えてから「日本人をばかにしてからにね。ジャップとか、犬や猫みたいに呼んで、救急車も呼ばないで放置して、早く基地に帰ろうなんて、私たちは犬畜生と同じなんだわ」

葉子は思わぬ力をこめてテーブルを打った。豊はすかさず、葉子の体に負担がかからないように制止した。葉子はそれでも我慢がならないというように手の平でテーブルをぶった。

「それでね。山本さんは基地内の米兵が犯人であることはわかっていたので、当然、警察から逮捕したという連絡があると思っていたのに、何日経ってても音沙汰がないので、何度も警察に通ったけれど、今は米軍が対応しているから、その連絡を待ってとしかいわず、一ヶ月も経ってから「米軍は『公務』外の事故だから当局は関知できないと報告がありましたと知らせてきただけで、『公務』外なら日本の警察が捕まえられるはずなのに、それもしなかったそうよ。そのため、毎日のように警察署に通ったり、市役所の市民相談室で話を聞いたり、米軍や外務省にも手紙を出したんですって。それからまた三ヶ月ほどしてやっと知りえたことは、事故を起こした米兵は私用なのに軍の車を使用したことだけを責められただけで、なんの罪を問われることもなく、結局本国に還って除隊し、今はどこにいるかもわからないというのよ。彼女はもうなりふりかまわず、米軍や外務省宛に強硬な抗議の手紙を出し続けて、ようやく米軍からわずかなお見舞い金が届けられただけというのよ。米軍は雀の涙みたいなお金を出したけれど、日本の国からはまったく音沙汰もなくて、そのままになってしまったというの」

葉子は涙を流した。左唇の端からよだれさえも垂れた。豊はそっとティッシュでそれをぬぐってあげた。葉子は、今までならそうしたことをされるだけで自分のふがいなさで不機嫌になったのに、今は素直に豊がすることに身を任せた。

「山本さんいっていたわ。そんなアメリカ軍は憎いけれど、もっと我慢できないのは日本の警察や政府の人たちの態度だったって」

葉子はその部分に強く同感したのか再び拳をふりあげた。

「だってそうでしょう。山本さんや私もそうだけど、一番味方になってくれなきゃならない警察や国のお役所の人たちが、仕方ない、仕方ない。アメリカにはなにもいえない。アメリカのいう通りにするしかないっていうばかりじゃないの。じゃあ、私たちはどうすればいいの。黙って泣き寝入りしてろというばかりだわ。山本さんがいってたわ。外務省を訪ねた時にいわれたことばを忘れないって」

葉子はそのことばを八重歯をきしらせるようにして復唱した。

「日本の平和と安全のために駐留してもらっている」

豊は防衛施設庁長官の口から同じことばを直接聞いたことを思い出した。

あの時は、葉子の容体が気になって．すこし上の空だったが、今は学者然とした長官の薄く赤い唇の間からもれた生なましい息遣いまでがよみがえって、この国は、誰のものなのだ、と吼えたかった。

豊は葉子が「公務外」などという用語を知っていることが意外だったが、山本から教えられたのだろうと推測した。山本はきっと夫の事故処理の不当さに突きあたって、必死に安保条約や地位協定、それに実際的な運用について勉強し、全身で受け止めてきたのだろう、とその執念と苦労がしのばれた。でも、山本は報われなかったのだ。自分は絶対、そうはならない。山原弁護士がついている。またたくさんの励ましと支援を申し出てくれている人たちがいる。だから死に物狂いで米軍や防衛施設庁にしがみついてやる。

「いい人に出会えてよかったね」

豊が山本についての人物評をすると、

「あなたもよい弁護士さんを見つけてくれて心強いわ。それにいろんな人たちの励ましがあるものね」

葉子はその時、帽子を脱ぎ顔全体をさらして見せた。口調は引きつれた口元のせいかくぐもっていたが、声には力があった。

「私ね、光や翔子、あなたに悪かったわ。こんな障害者になってしまったことを嘆いてばかりいて、家のなかを暗くしてしまって、そんな自分がいやだとずっと考えて、なんとか気分を明るくしようとしていたのに、とにかくいらいらして、体も思い通りにならないので物を投げつけたくなったり、わめきたくなったりで、自分でもどうにもならなくて、皆が私を腫れものみたいに扱うのにも我慢がならならなかったのよ。だって、私だけもう家族の輪のなかに入れないみたいで」

葉子は胸を波打たせて苦しげだった。だが、こら葉子は豊の髪を愛撫するようにゆっくりと指を上下させた。

え切れないとばかりに豊の手をにぎって訴えた。焼けていない右手の平はマシュマロのような感触で、豊はしっとりとして量感のあるそれをいとおしむように頬に押しあてた。

「わかっているよ。誰でもお前のようなことになったら同じように落ちこむはずだよ。いや、お前は必死に以前の自分をとり戻そうとしているよ。お前は強い。山本さんと同じだよ。あんな目に遭っても、こうして生きていてくれているじゃないか」

豊は耐え切れずむせび、葉子の胸に顔をうずめた。葉子は豊の頭をかき抱き、ああ、と感に堪えない声をもらした。豊は葉子の乳房の量感を押しつけた顔面でむさぼるようにして確かめ、葉子は生きている、僕のそばにいると内心で叫んでいた。

「私、がんばる。こんな私を愛してくれるあなたがいるのになにが不足なのかしら。光や翔子がいるのに勇気を出さなくちゃあねぇ。ありがとうあなた。ありがとう子どもたち」

葉子の声はやがて消え入るように細くなったが、豊はますますしゃくりあげて葉子にしがみついた。

第7章 刑事告発

豊は事故から約五ヶ月経った翌年一月に刑法上の責任を問う告訴をした。それまでにも豊は告訴をしないですむような米軍や日本政府の動きを待っていたが期待は裏切られた。

国は補償の算定基準を示し、また謝罪文も提出したが、肝心の事故原因に関する事項はアメリカの調査発表を鵜呑みにするだけでなんの主体性もなかった。アメリカの事故原因の発表は、離陸直後にエンジンをふかして上昇スピードをあげるための推力増加装置であるアフターバーナーという部分の破損にあったとふれているだけだった。機体整備日誌やボイスレコーダー、レーダーフイルムなど一番に証拠になる具体的なものはなにも示されなかった。

豊はそのことで断然腹を決め、山原弁護士が主張した「安保条約に風穴を空ける」べく日本の法律で罪を問うため、パイロットふたりと人数不詳の整備士を「業務上過失致死傷罪」などの疑いで告訴したのだ。

「さて、いよいよです」

山原は分厚い書類を収めたテーブル上のかばんを手で弾くようにして、気合いの入った声を出した。

「昨年、あなたにY弁護士会人権擁護委員会宛に手紙を出すよう申しあげましたが、そのおかげで弁護団も結成できる段どりになりましたし、これからもさらにその輪をひろげていきたいと思います」

山原は浅黒い頬をふくらませて唇を引き締めた。

以前のように日焼けした肌色はあせ、ひび割れもなく厚い唇に朱がさしていた。発達した頬骨に浄瑠璃人形に似た太い眉を寄せて目に力をこめると、闘志がみなぎっているのが伝わってきた。

記者会見が開かれた。妻の葉子はB医科大学付属病院に通院中で、医師の指示で顔に直射日光を受けないようにとのことで同席しなかった。豊にとっては自分とともに告訴人であり、直接の被災者である葉子にこそ生の気持ちを訴えてほしかったが、その分まで記者たちのフラッシュに向かって燃える思いで対していた。

山原からは記者会見に臨むにあたって豊に注意点を与えられていた。だが、数十名の記者たちを前にした緊張にくわえてすっかりのぼせてしまった。そのためあらかじめの山原のことばにもかかわらず、告訴にいたる気持や怒りなどを先走って述べはじめた。

山原に肘をつつかれた。はっと気づき、山原を代理人として告訴に踏み切ったと短く報告した。山原が身じろぎし、今度は長く息を吐いた。豊はこんな場合は代理人たる弁護士の名前はいわないのですよ、との耳打ちをされて全身が真っ赤になった。やっぱり自分には山原弁護士のような専門家がいないと一歩も進めないのだな、とマイクの林立したテーブル上に顔を伏せてしまった。

そのかたわらで山原が告訴状の解説をおこなった。

被告訴人　R・O・ロバート大尉（米海兵隊第一海兵師団第十五海兵航空群第三戦術偵察隊所属）。K・D・デイビッド中尉（同隊所属）。及び所属隊不詳の複数の整備員。

告訴理由　刑法二一一条（業務上過失致死傷罪）及び刑法一一七条二項（業務上過失・重過失罪）に該当する。

一．ロバート及びデイビッドは昭和五X年九月X日午後一時二十七分頃K県T郡A町所在の米海軍A航空基地よりRF4Bファントム機一機を米海軍空母ミッドウェイに向けて離陸した。その際、機体及び操縦の安全性の確保には、人口密度の高い上空を飛行するのであるから極度の安全性が求められた。

二．また離陸直前の機能点検義務を怠ったこと。ジェット燃料満載状態で機能不十分な機体をY県Y市M区住宅地域に墜落させ、別紙「被害一覧表」通りの被害を与えたものである。

山原弁護士は告訴状内容をまず読みあげたあと、パイロットの早期機体放棄と機体に構造上の欠陥があると指摘。さらにA基地の交通量や周辺市の人口過密状況、K県内の米軍機墜落件数と被害状況、救難規定、消防法に反した海上自衛隊の救出状況にもふれた。

豊は山原の告訴状内容をかたわらで聞きながら、あらためて胸を圧迫され、心臓に尖るものをつき立てられる感覚に襲われた。特にそれは米軍パイロットが早々と搭乗機を放棄して大惨事を引き起こしたこと。事故直後、即座に出動してきた自衛隊機が葉子たちを見捨てて、米軍パイロットのみを救出した事実だった。

米兵の無責任。自衛隊員の自国民無視。この二点が豊の胸奥につき刺さった憤怒の杭になっている。米軍と自衛隊にとって、俺たちの存在とはなんなのだ。たすける値打ちもない命なのか。

豊は立ちあがって記者たちに叫び、日本全国の人々の注目を集める紙面にしてもらいたかった。安保に関することは無視するか、ちいさな記事で済ます傾向があるといった山原のことばが思い出されて、それでいいのか、こんな国の現状で、と面している記者全員の胸倉をつかんでゆさぶりたかった。

山原はしかし、静かな口調で事故原因と究明についての提起を終えると、裁判権や捜査権の問題に移っていった。

山原は主権国家にとっての裁判権については根本的な国家作用をなすもので、主権国家間ではこの裁判権を尊重し合わなければならない。これは国際法上常識の事であるとし、刑法第一条第一項の規定「何人を問わず日本国内において罪を犯したる者に之を適用」と指摘し、このことは日米地位協定第十七条第一項（b）で「日本国の当局は米軍や軍属、家族」が日本で罪を犯した場合、「日本の法令によって罰することができるものについて、裁判権を有する」と記されている。だが同条同項（a）で米軍も日本国内で裁判権を「行使する権利を有する」という裁判権の二重競合が生じている。

山原はノートにペンを走らせている記者に間を与えるために、解説を中断してゆっくりと顔を見まわした。豊にはそんな余裕はなく、山原の解説を何度も反芻しなければならなかった。もし、記者から名指しで質問を受けた時にうまく答えられるかどうか、と動悸が高まるばかりだった。

山原は「ここまではよろしいですね。質問はあとで受けつけますので、最後まで続けます」

山原はマイクの並んだ白布を敷いたテーブル上のコップの水に口をつけのど仏を大きく上下させた。口腔をうるおした山原はごくりと飲みこむ音を立てた。山原にはどんな場面にも茶目っ気を感じさせるものがあって、豊にほっと息を抜かせてくれた。

山原は今日の告訴と記者会見にいたるまでの打ち合わせのなかで、何度も口にしたことがある。

――秋吉さん、息を詰めてばかりでは長続きしませんよ。ゆるめたり、ぎりぎりまでがんばったりの組み合わせでこそ裁判という長丁場が乗り切れるというものですよ。ですから、私は頭をかきむしりたくなるほど行き詰まりかけたらとにかく山に行くんです。一日、二日山の空気を吸い、ただ焚火の炎を見つめて下山すると、相手の論告を衝く論理が冴えて来るんです。とにかく休む時は休みましょう――

豊には山原がいつも精気をみなぎらせている源はそうしたところにあるのか、と感じ入ったものだった。

「さて、皆さん。ここからが我々が今回、告訴に踏み切ったポイントであります」

山原は腹の底からの野太い声で注意を引きつけるようにいった。

「裁判権が競合する場合、第一次裁判権をどちらが獲得するかですが、今回のY県Y市M区米軍機墜落事故にあっては、日米地位協定第十七条第三項（a）iiにおいて公務中の罪については、もちろん米軍が優先的に裁く権利があるとされています」

山原はまず相手に有利な状況を述べ、次にそれをくつがえすことによって、こちらの意図を印象づけようとしているようだった。声の抑揚にも神経を払い、舞台上の役者みたいに目を剥き、ジェスチャーもまじえるようになった。豊は山原の訴え方を見て、人に訴えるためにはそれなりの工夫がいるのだな、と心にしっかり書き留めた。

「ですが、だからといってアメリカに優先的に裁判権があるというのではなく、日本国内世論や犯罪の重要性、それが政治的にどういう影響を与えるのかなどの条件を考えて裁判権放棄もありうるのであります。これは『日米合同委員会の合意事項』にも明らかにされていることなのです。単純にいいますと、こちらからアメリカに裁判権を渡しなさいと要請することもできる訳です。これがポイントでもあります」

山原はそこでペンをにぎった指先を指揮者がタクトをふるしぐさを見せて、声を大にした。山原にはここ一番のアピールのようだった。

山原の声はマイクを必要としないほどの音量になった。

「要するに、最初から『公務中』うんぬんで、裁判権を放棄してしまうのは、怠慢というべきで、独立国の呈をなしていない証明になるということです」

山原は今度はペンをにぎった右手を上段からふりおろし、日本政府のアメリカに対する態度を一刀両断する気迫を示した。この時、記者から手があがりかけたが、山原は制して、「もうひとつの問題を説明させていただいて質疑に応じたいと思いますので、よろしくお願いします」と頭を下げた。

「裁判権とともにその前提となる捜査権限についてですが、これは刑事特別法第十四条でこう定められています。協定により合衆国が裁判権を行使する事件であっても、日本国の法令による罪にかかる事件については、当然、日本側においても捜査できるとあります。そしてこの捜査にあたっては、裁判官は令状が発行でき、その他刑事訴訟に関する捜査権限はあるとしています。

ここから引きだされる結論は、日本国の法律『刑事訴訟法第一八九条二項で決められた『犯罪があると思料するときは、犯人及び証拠を捜査する』権限と責務があるということでありまして。しかるに」

山原は国会で重要議案を演説する代議士のようにすっかり演説口調になっていた。それが豊には今まで弁護士事務所で教えられていた時よりも、すっきりと頭のなかに入ってくるのが不思議だった。会見場の煮詰まった緊張感というか、熱気がそうさせるのかもしれなかった。

「事故発生後、百五十日も経過するにいまだ原因や責任所在はもちろん、被疑者へのとり調べの詳細も不明であり、肝心の被疑者は米本土に帰還してしまい、さらに重要証拠品となるエンジン部分も米本土に持ち去られてしまっている。こうした事態を前にして、やむを得ず本告訴に踏み切ったのである」

山原はそこで見得を切るように太い眉を上下させ、目を大きく見開いた。厚い胸板をそらせて記者たちの顔を見据えるような姿勢になったので、一瞬会場が静まり返ったが、冒頭に質問は最後にとの山原の弁で、終わるのを待ちかねたように中年の記者が手をあげた。

「米軍相手に真っ向から告訴した事例は過去にはあったんでしょうか」

のっけから日米安保に関わる法廷闘争の危うさを感じさせる質問が飛び出した。

「はじめてじゃないですかね。戦後、何十万件という事故・事件に遭っても、ほとんどが泣き寝入りさせられています」

豊は山原の答弁で、衣川健太に種田進や山本睦子の顔を思い浮かべた。健太は重篤な咲子を抱えながら親戚のなかで告訴をめぐって孤立していた。種田進は事故のあとの土地問題では裁判を起こしたが、事故そのものについては示談金で手を打たされている。山本睦子は日本の当局には軽くあしらわれ、米軍からは涙金が届けられただけのことだった。

豊は彼らの分まで無念を晴らさなければという気負いではちきれそうだった。ましてや自分がその先陣を切るのだと、あらためて突きつけられた思いで武者ぶるいに襲われた。豊が名指しされた。

「私は、私は、なぜ事故が起こったのか。誰が責任者なのかをはっきりさせたいだけです。補償問題についてはそのあとのことだと思っています」

豊はそれだけ応答するのにのどが渇き切って舌が

貼りつきそうだった。

「はい、断然、まずは原因と責任の解明、追及が最優先事項となります。私たちは今まで日本の安全と平和を守る日米安保の美名のもとにどれほどわが同胞が苦汁と涙をのまされて来たのかを、問いたいと思うのであります」

　山原は太く響く声に断固とした響きをこめて宣言した。一瞬、その気迫にのまれるように会場が静まり返ったように感じられた。やがてひとりの女性記者が声をあげた。

「今回、同じように被害を受けられた衣川さんは奥様がまだ重い後遺症で治療を継続されていますが、ご一緒に告訴されなかったのはなぜですか」

　山原がまっすぐ記者を見つめてマイクをにぎろうとすると、豊が「私が」とそれを引きとった。ぜひ、健太の心情を代弁してやりたかったのだ。

「衣川健太さんの奥様の咲子さんは全身の八十%に火傷を負われ、いまだ回復の兆しは見えないと聞きます。その上に、おふたりの子どもさんは」

　豊はこみあげてくるものにことばをさえぎられ、しばし天井をにらみ、つばを飲みこんだ。山原が軽く背を打ってくれたので気をとりなおした。

「ふ、ふたりの子どもさんは全身を焼かれて水がほしい、ジュースを飲ませてといって、最後は童謡を口ずさんで死んでいかれた。で、ですから、衣川さんこそが、私よりもこの席に居たかったと思います。でも」

　豊は思わず衣川家の内情を口走りそうになったがかろうじて胸の奥に押しこんだ。衣川健太の場合は、健太に関わる人々の思惑や事情があるのだと、自分が口にすべきことではないと思いなおした。

「衣川健太さんは、先ほど申しあげた通り、奥様はまだ治療の途中ですので、そのようすを見てからのことで判断されると思います」

　豊はうまく切り抜けられたと安堵するものがあった。山原も大きくうなずいて、上首尾とばかりに親指を立てて見せた。

　記者会見をおえて家に帰りつくと、家族総出で迎えられた。時刻は六時をすぎていたのに家政婦の山本睦子までがそのなかにまじっていたので驚いた。一番に声をかけてきたのも山本だった。

「本当にご苦労様でした。私がしたいこと。訴えたいことをそのままに訴えていただいて、長年の思いが晴れました。それを申しあげたくて待たせていただいておりました」

山本は両手を膝に添えて深々と頭を下げた。豊は恐縮しながら、「あなたの分まで思いをこめて記者会見して来ました」と山本の気持ちに深く重ねるように報告した。

山本はそっとハンカチで目元を押さえた。玄関の一段高いあがりがまちに立っているので、よけいに背が高く見えた。豊かな髪のボリュウムのせいか横に並んでいる光とほぼ背丈がかわらないように見えた。

帽子をかぶっていた葉子はやや背をまるめていたので以前より縮んだ感じがあった。今では山本を心から頼りにしているようで、家のなかで一番口を利く間柄になっているようだった。葉子は部屋の隅で膝を抱えるだけの生活を抜けだして、翔子と山本とともにクッキー作りや料理に手を出すようになっていた。豊は葉子の変化をもたらしてくれた山本に心底感謝するものがあった。

「こんな遅くまでお世話していただいてありがとうございます。家でお子さんたちもおられるというのによくしていただいて」

「いいえ、うちはもう大人ですから」

山本は手の平をひらつかせた。

「そうでしたね。ふたりの息子さんは二十歳代とか」

豊が記憶をたどっていった。

「ええ、早く結婚でもして片づいてくれたらいいですのに」

山本は軽く世間話でもするような口調でいったが、息子たちとの暮らしを宝物のようにしている響きがにじんでいた。豊は山本の苦労が今さらながらに思われて胸奥がじんとした。

――あなたの分までがんばりますからね――

豊は目に力をこめてそれを伝えようとした。山本はそれをしっかりと受け止めて唇をむすび、切れ長なまぶたのまつげを何度もしばたたかせた。

　玄関で家族四人と山本が突っ立つ形になっていたので、豊が「お腹減ったなあ」、と奥へいざなった。

　豊はとにかくキッチンのテーブル前に座った。

「父さん、今日のカレーは飛び切り旨いぜ」

　光が元気な声をあげると、「そうなのよねえ。どうしてあんなにコクのある味が出るのかしら」と葉子もうらやましそうに同調した。

「そうか、それは楽しみだな」

　豊は腹の虫を鳴らした。皆が笑った。葉子も口元に薄い笑みを浮かべた。本当に久しぶりの葉子のそうした表情だった。豊は昼間の記者会見の疲れも忘れて、ただうれしくて涙ぐみそうになった。その思いのまま山本にいった。

「山本さんが作ってくれたカレーライスは今では、わが家の宝の味です。それにクッキーやケーキ。皆、楽しみにしています。どうですか、今日は御一緒に食卓を囲んでいただけませんか」

　山本はしかし、固辞した。

「今日は、秋吉様のご一家にとって大切な出発の日です。どうかご一家でしっかり手をつなぎ合って、長い裁判に立ち向かわれますことを祈ります。そのためにも私などよけいな者が入るべきではないと考えます」

　山本は表情を引き締めていい切ったので、高い鼻梁に切れ長なまぶたのせいできつい表情に見えたが、豊はそのことを大いなる励ましと受けとった。

　山本が辞すと、本当に久しぶりの団らんといってよい夕食がはじまった。

　光の食べっぷりにはいつもながら驚かされた。山盛りのカレーを息も継がせぬ勢いで平らげてはお代わりをした。翔子も普段より口いっぱいに頬張ってはスプーンを動かした。

　葉子は子どもたちの食欲旺盛さにただ目を細めているばかりだった。豊は子どもたちと葉子の横顔を交互にながめながら、しみじみと家族を感じた。この数ヶ月、葉子はケロイド状で、紙を揉みくちゃにしたようにしわが寄り、濃淡のある茶色に朱色さえまじった凹凸のある左顔面などの火傷を呪うばかりで、家族とも口を利かなかった。時折口にするのは、「もう死にたい。こんな私なんか」という呪詛ばかりだった。

暗く、胸の詰まる日々だった。皆、黙りこくって食事をした。子どもたちはそれを嫌って葉子を避けるように時間をずらして食事を済ませることもあった。でも、今夜はこうして以前のように身を寄せ合ってテーブルを囲んでいる。そのあたり前のことが幸せだった
豊は食事をしながら裁判のことやこれからの生活についての考えを伝えた。

「裁判のことは、山原弁護士と父さんで絶対がんばる。それから光はいろいろとばたばたして勉強も手につかなかったと思うが、来年は高校受験だし、しっかりと志望校に挑戦してもらいたい。翔子も五年生になるし、もうお姉さんだから父さん頼りにしているからね。母さんもまだ自律神経失調症で体のだるさや息切れするなどもあるけれど、すこしずつ元気になって来てくれているし、皆で力を合わせてまた新しい家を建てて再出発したいと思うんだ」

豊は最後のことばに胸がふるえた。本当にそんな日がくるのだろうか。裁判の行方だってどうなるかわからないというのに、と家族への無責任ささえ覚えてしまった。だが光がその気持ちを救ってくれた。

「うん、わかってるよ。僕はバイトしてでも学校へは行く。そしてさあ、法律の勉強をしようと思うんだ。父さんから山原弁護士のことや裁判のことを聞いているうちに興味が湧いてきたんだ」

光ははち切れそうに食べた腹をさすりながらきっぱりと将来への希望を述べた。

「私、お母さんをたすけてがんばる。それに桑原先生も困ったことがあればなんでもいってくるのよっていってくれてるし」

翔子は事故前まではぽっちゃりした丸顔だったが、被災してから頬の肉が落ち、葉子に似てあごがすこし張った感じでぐっと大人びてきていた。背丈も伸びて光の首筋あたりまでになった。

豊は桑原先生の名を耳にして、何度か電話をくれて支援の申し出を伝えてくれていたことを思い出した。それも個人的にではなくY市教職員組合の名で

のことだった。近頃は続々と電話や手紙、また直接に訪問しての激励と応援の申し出があった。そして、Y市M地区米軍機墜落事故究明支援共闘会議という組織までが結成されようとしていることも、豊に勇気を与えていた。

カンパも思わぬ額が寄せられて、「どうか、日本を我が物顔に蹂躙するアメリカに、そしてそれを許している売国的な日本政府に鉄槌を下すまで闘い抜いてください。そのためにささやかなカンパを送ります。あなたの奮闘を祈ります」という夫を米兵にひき殺された山本睦子が述べそうなことばを添えて、百万円の小切手が入っていた。

多額の募金にも驚いたが、全国からかって泣き寝入りした人々からのものを含めて切々とした文面が山になった。豊はそのひとつひとつに目を通しながら、山原がいった、戦後米兵犯罪を日本政府の黙認のもとに無念の涙を飲んだ数十万の人々の存在を思い浮かべ、胸が押しつぶされる思いで読んだ。その人々が、自分の裁判を注視しているのだ。その一番が自分の家族なのだ。豊はすべてを裁判に集中するために仕事も辞め、あらゆる不安を切り捨てて決意したことを後悔するどころか、家族から、多くの人々から深々とした勇気をもらった。

今はとにかく当然支払われるべき賠償金の一部仮払いと貯金のとり崩し、アルバイトと寄せられるカンパでしのげるというめどが、さらに豊に力を与えていた。

「うん、父さんはアルバイトもしながら裁判をやり切るつもりだ。皆、協力を頼むな」

豊は両手をテーブルについた。葉子がおずおずと手を重ねてきた。光や翔子までが真似をした。そのやわらかいぬくもりと重みが豊の全身にかぎりない力になった。

翌日の新聞には社会面の小さな記事でしか告訴会見は報道されていなかった。豊は自分たちの事件はそれほど社会的には問題にならないものなのかと落胆した。裁判の行方にも自信を失いかけて、山原の事務所を訪ねた。

「まあ、こんなものですよ。米軍が絡むと一般新聞は押しなべてこうした扱い程度の記事で済ませるんですよ」

山原はいたってらいらくだった。

「でも、この新聞は一貫してこの事件を重大視して報道し続けてくれてますがね」

山原は数紙購入している新聞の束から一部を引き抜いて豊に差し出した。その紙面には『赤旗』と太字の題字があり、第一面の半分以上を昨日の記者会見の詳細を載せていた。豊は「発行所日本共産党中央委員会」とあるのも気にならず、むさぼるように文字を追った。豊自身の発言はもとより、山原の解説の要点が正確にまとめられていた。

「私はね、仕事柄、新聞四紙にくわえて『赤旗』を読んでいます。これは政党の機関紙ですが、偏見なく読めば実に日本と世界の動きがよくわかって参考になります。特に、安保に関する記事は絶対に見すごせません。私は共産党に特に関係のある人間ではありませんが、偏見なく資料として読んでみると、今度の事件では必見の記事が満載というところがあります」

山原はそういってから、「ああ、なんで私が『赤旗』の宣伝をしなきゃならないのかなあ」と笑った。豊は事故以来、多くの新聞社から取材を受けたが、不正確で、余分なことまでつけくわえられていて不信を抱いていた。「赤旗」の記事はまっすぐに胸に届いた。

豊は赤旗新聞を読み終えて「この新聞いただけませんか」と山原にお願いした。

「そうか、秋吉さんはこの新聞のこと知らなかったんですね。今までの記事もお読みになるのなら、半年間は保管しておりますので、必要な分を差しあげますよ」

山原の返答に豊はぜひにと頭を下げた。

「おーい。『赤旗』新聞の秋吉さんに関係ある墜落事故の記事が掲載されているものを全部チェックしてお渡ししてくれ」

山原は事務員の沖田恵に声をかけた。

「先生、申し訳ありませんが、先ほど今日中に明日の調停文書を作成するようにって指示されましたから、私にはむりです」

沖田があっさりと答えると、「そうだったな」と山原は頭をしごき、舌を出した。

「僕がやります」

もうひとりの事務員の大北大輔が買って出てくれた。山原は沖田には「これは、これはお忙しいのに失っ礼しました」とおどけ、大北には「済まんねえ」と両手を合わせた。

豊は自分の都合でよけいな仕事を押しつけてしまった思いで恐縮して首をすくめた。

「先生はね。思いついたらすぐにやらないと気が済まないんです。私、今すぐとおっしゃったので申しあげただけですから」

沖田は豊の遠慮がちなようすを思いはかったようにいった。豊は笑顔を返しながら、気安くものがいえる事務所の雰囲気を作っている山原の人間性にも感じるものがあった。

「さて、あとはＹ地検の判断を待つだけです。それまで奥様の早い回復のために秋吉さんのできることに専念して下さい。とにかく長い闘いになると思いますので、私と一緒にがんばっていきましょう」

山原は豊の両手をがっちりとにぎり締め、力をこめてゆさぶった。

豊は山原の事務所の帰り道、いよいよはじまったのだという思いで、地を踏んでいる実感がなかった。ただ山のように押し寄せてくるのは、山原がいった「長い闘い」の間、どのように生活を維持していけばよいのかという思案ばかりだった。

不思議に刑事告訴については、防衛施設局からはなんのコメントも、また真鍋課長などからの連絡もなかった。


告訴から二年経った。その間、防衛施設局の真鍋課長から幾度も損害賠償の補償交渉についての打診があったが、刑法上の告訴の結論がでるまではと拒否していた。そうして待ちに待った結論は、不起訴の決定だった。

理由は米軍「公務中」の事故であることと「証拠不十分」だった。

山原はその決定を耳にした時、「くそっ。やっぱり最初から出来レースだったなあ」と天を仰いだ。

続けて「検察の担当者に証拠が集まらないんではなくて、その気がないからそうなるんだ。『公務中』だといったっていくらでも突っこめる理屈があったろうっていってやったら、顔を赤くしてましたよ」と豊にまくし立てた。

豊は報告を聞いて気持ちの張りが失せた。だが、山原は続けてはっぱをかけるようにいった。

「秋吉さん。まあ、第一段階の闘いは前にもいったとおり、今の日本政府の姿勢や検察、警察、要するに国を挙げての方針から当然の帰結といってもよいものだと予想は出来たことです。ですが、民事裁判としての損害賠償請求の場では、不問にふされた事故責任と原因究明を合わせて追及していきますからね。いよいよ本番ですよ」

第８章 損害賠償請求裁判

損害賠償請求期限が半年後に迫っていた。山原は事故から三年経って請求しなければ「時効」が成立するといい、さらに刑事告訴では門前払いを受けたが、民事裁判の場で「事故原因と責任も断固求めてゆくと抱負を述べた。山原はそのために「米軍機墜落事故訴訟研究会」を組織していた。有志の弁護士約三十人からなり、国際法の権威や各国と米軍との地位協定の研究家である大学教授、また元自衛隊パイロットなどを招いて専門知識の講義を受け、相互討論を何度も重ねて訴状の論点をまとめた。

「いやあ、三人寄れば文殊の知恵といいますが、数十人の知恵と専門家の知識が寄れば、まあ断然道が拓けるというか、見晴らしがよくなるもんです」

山原は浅黒い肌のせいかよけいに白く輝いて見える健康そうな歯をのぞかせて、上機嫌にいった。山原は続けて、「研究会」で得た知識を説明してくれるのだが、豊にはなかなか頭に入らなかった。

「あっ、どうも申し訳ないですなあ。つい私のくせで新しい知識を得るとうれしくなってしまって、夢中になってしまいまして」

山原はいつものように頭をかき、話の内容をかえた。

「戦闘機の性能やパイロットの技量、整備の問題などという点は責任追及という点では裁判でも重要なんですが、私にも最初はなかなかに理解出来なかったものですから、あなたにも当然のことだと思います」

山原は豊の気持ちに寄り添うようにいいなおし、

「ただ、これから申しあげることはしっかり理解していただきたいと思います」と念を押すように告げた。

「すこしこむずかしい法律問題になりますが、お分かりになるまでご説明しますので、質問もご自由にしていただきたいと思います」

山原はそうことわり、損害賠償請求のための法的論点の組み立て方を説明した。

「残念ながら刑法上の問題は『刑事特別法』で棄却されてしまいましたが、いよいよ本番の損害賠償請求裁判に臨む訳です。以前に米軍のために日本の法律の枠を超えて制定された『刑事特別法』とともに『民事特別法』のことをお話ししました。私たちは『研究会』で墜落事故の原因究明と事故責任を損害賠償請求裁判のなかで同時に明らかにしたいという問題意識で勉強会を重ねてきました」

山原の口調には相当議論し、集中して煮詰めてきた労苦がにじんでいた。

「『地位協定十八条』では米軍が『公務中』に損害を与えたときは、日米双方の負担割合がとり決められていますが、実質は米軍に代わって日本政府がその損害を賠償しており、また『民事特別法』では公務中のパイロットに補償責任を求められないことになっており、ましてや事故原因究明などはそっちのけです。これでは、私たちの狙っている訴訟目的は充分に達成できません」

山原は腕まくりをした。太い腕に濃い毛の渦がびっしりとひろがっていた。

「ではどうするか、と考えました。私たちが達した結論は、日本国の法律の国家賠償法第一条で日本政府の違法行為を問い、その第二条で管理瑕疵を問うことにしたのです」

山原は集団の知恵で見出した論理構成に興奮を抑え切れないようだった。豊にのみこんでもらうように話すのがもどかしいようでもあった。深呼吸をして、茶を含んだ。豊は戦闘機などの性能だの、整備の問題などといわれても専門的すぎて理解しにくかったが、法律面に関しては、これまで山原にレクチャーを受けてきて、自分なりに学習もしてきたのでそれなりについてゆけた。それを示すために盛んにうなずいた。山原は豊の反応を認めて、安心したように話を進めた。

「まあ、とにかく国賠法第一条一項では、国もしくは公務員が『職務を行う』時に、『損害を』与えたときは国などが賠償しなければならないとあります。また第二条二項で日本政府の管理瑕疵をあげて、人口密集地に危険な航空基地の設置を許して、なんの対策もしてこなかった管理上の責任があるということをあげたいと考えています」

山原はそこでことばを切って、豊の理解度を確認するように、ゆっくりとした口調で「まあ、そこまではまずターゲットとして賠償責任の面についての問題のありように焦点をあててきました。次にはパイロットと機体整備員はもちろん、在日米軍司令官の責任を民事裁判で原因究明と責任をあわせて問うという当初の目的を果たすことができるのです。まあ、その追及根拠は『民特法第二条の米軍の管理瑕疵』を衝きます」

山原はそこでファイルからカラフルな表紙の冊子をとり出しながらページをひろげた。

数年前に発行された冊子には英文で次のように書かれてあった。

「アフターバーナーの組み立て不良は事故につながる恐れがある」

山原は日本語に訳して読みあげてくれた。

「要するにですね、これが『民特法第二条』でいう米軍の管理瑕疵にあたるんですね。それでもですなあ」

山原は今度はまた激しく髪の毛をかきむしり、唸るような声を出した。

「この民特法一、二条でたとえパイロットや米軍の違法行為や管理瑕疵を認めさせても、結局は日本が賠償を肩代わりして一件落着にしてしまうのです。ですから我々としては米国側を我々の法廷に立たせるためにさらに考えなければならないことがあったのです。そこでです」

山原は冊子をテーブルの脇に置いてソファに腰を下ろし、今度は民法の部厚い逐条解説書のページを繰って見せた。

「『国賠法』や『民特法』だけでは足りないんだなあ。やっぱりパイロットや米軍そのものの責任を追及するには、日本国の民法規定で責任を問う必要があるんですよ。それが『不法行為』を規定した『民法七〇九条』なんですが、それでもパイロット個人のみを含むだけなんです」

山原はそこで解説書を投げ出すようにして両手を後頭部にまわして長い嘆息をもらした。

「とはいっても、それも『地位協定第十八条五項(f)』が立ちはだかって来て、堂々巡りになるんです」

豊は条文を並べられてもすぐには頭がまわらなかったのでわずかに首を傾げた。

「ああ、失礼しました。そのとり決めは、要するに『公務中』の規定そのものでして、パイロットは裁判にかけられても判決に従う必要はないということですよ」

山原はソファからがばっと身を起して、「しかしですなあ、研究会の皆の意見は、とにかく判決を出させるために考え得るあらゆる法を駆使すべきだということになったんです」

豊はそこまで聞いて、あらためて何重にも張り巡らされた米軍最優先のバリアーを思い知った。

「ところで、こうした堅固な安保城の城壁の一角でもとり崩すために、私たちは、議論を重ね『制裁的慰謝料論』に到達したのです」

「制裁的慰謝料論」。豊は次々と繰り出されるさまざまな法律の条文理解についていくだけで疲労困憊という思いがあったが、山原がこの「論」の説明に及ぶと頭痛さえ覚えた。眉間に強く指を押しあて思考の働きを刺激しようとするのだが返って鈍くなるようだった。

「うむ、すこし休みましょうか」

山原は察して話を中断し、部屋を出て行った。口をあんぐりと開け、のけぞるようにソファの背に体をあずけて息を抜いていると、扉越しに山原と沖田のやりとりが耳に入ってきた。

「済まんねえ、忙しいのに。といいながらコーヒーをお願いしたいんだけど」

山原の低姿勢のお願いが聞こえる。

「はい。先生のはいつもの濃い目のブラックでよろしいですね」

沖田が立ちあがるのが気配でわかった。

「私、先生のお考えになった『制裁的慰謝料論』、大変勉強になりました。法律家って、ただ条文を機械的に読むだけではなくて、関連した規定を総合的に組み合わせ、最大の救済策を編みだす創造的な仕事なんだな、とますます一人前の法律家になるための情熱をそそられています」

沖田が山原に敬愛の念をこめると、大北も声をそろえた。

「あれはちょっと考えつかないですよね。僕は先生のように、法理論も弁証法的思索が求められていると思いました」

「めずらしくおふたりのおほめにあずかりましたな」

山原のおどけるようすがガラスの仕切り越しによくわかった。

「まあ、同志ともいうべき弁護士仲間の集団の知恵で打ち立てた考え方なんだよ。君たちもこれからは己の知識だけに頼るんではなくて、大いに議論し、切磋琢磨し合う習慣をつけていくべきだと思うね」

山原は謙虚に語りながら最後は事務所長らしくふたりに諭すようにいった。

豊は扉越しの三人のやりとりに「仲間」ということばがぴったりだと思った。

山原が部屋に戻り、沖田がテーブルにコーヒーを置いた。

「さて、まあコーヒーでも飲んで、もうすこし話を進めたいと思います」

目を閉じてコーヒーの香りを味わっている山原に豊がいった。

「沖田さんや大北君、おふたりとも優秀な方のようですね」

豊がふたりの人柄などについて述べると、山原は
「ええ、とても優れています。よく気がついてくれますしね。早く法律家として一人立ちしてほしいと思っています」と期待を述べた。

「さて、先ほどの問題ですが」

山原はコーヒーを一滴も残さずに飲み干し、話の続きに移った。

「結論としてはですな」

山原は最大限強調するように野太い声を出しながらメモ紙に数字を並べた。『一三三、〇〇〇、〇〇〇円』。

「秋吉さん一家の損害額は、我々の算定したところではこうなります。これは先ほど申しあげた『制裁的慰謝料論』の考えをとり入れての総額です」

豊は「億」のつく金額をながめながらも実感が湧かなかった。自分たちの受けた財産面だけではない心痛がこんな数字に換算される理不尽に唇をかんだ。

だが、山原たちが最大限の知恵を絞ってくれた結果なのだと思いなおすと、ただ感謝の気持ちしかなかった。

山原は正直に相当の議論を経た上での結論だったことを吐露した。

「本当のことを申しあげれば、研究会の弁護士仲間たちからも『制裁的』などという論理では裁判所は到底認めないだろうという意見も出たのですが、でも、秋吉さんが強くこだわっておられる事故の原因を明らかにしてほしいということと損害賠償を正当にしてほしいという要求を満たすためには、最終的に『制裁的慰謝料論』の観点を盛りこむしかないということになったのです」

山原は「制裁論」に達した趣旨を述べた。

「まあ、秋吉さんご一家のこうむった被害は日常的にある交通事故などと違って相手は国であり、米軍であります。ということは、被害者たる秋吉さんと加害者たる米軍では蟻と象、いやそれ以上に圧倒的な力の差があります。ですから損害賠償を請求するにあたっては相手の負担能力といった面は考慮する必要はなく、制裁という要素を加味した慰謝料請求はきわめてまっとうな要求だということになるのです。この考え方は世界各国でも採用されているのです。まあ、とにかく我々の損害賠償請求の基本方針はそう決定しました」

山原は訴訟の基本方針を説明したあと、拳をにぎりしめてガッツポーズをした。

「それに訴訟研究会のメンバーがそのままに訴訟弁護団結成に参加してくれましたし、他にもあらたにくわわってくれる仲間も増えつつありますから、百人力を得た思いです」

山原は野太い声に力をこめた。それに続けてトーンを落としてふっと息を吐いた。

「ここに衣川さんが一緒に訴訟にくわわってもらえれば、強力に裁判がすすめられたのですがねえ」

衣川が依頼している弁護士に連絡をとってみたが、衣川は示談を決めているのでともには進められないとのことわりがあったという。

「私も残念です。私より衣川さんの方が裁判に持ちこみたがっていたのに」

豊は衣川健太の地団駄を思って胸がかきむしられた。

「そうですか。奥様は子どもさんの死を最近知らされて、その上にまだ入院中で全身の皮膚移植に耐えておられる最中だというし、衣川さんこそ裁判で断固、責任追及と謝罪を求められておられるというのにね」

山原は豊から衣川家の内情を聞かされて眉根をきつく寄せて宙をにらんだ。

「まあ、相手が米軍や国ですからねえ。この国の人はそれだけであきらめたり、政治的なことに巻きこまれることを嫌う人が多いですからねえ」

山原はため息に近く、語尾を長く伸ばしてから気合いを入れなおすようにいった。

「とにかく、これだけの事故と犠牲に対して示談で済ませるなどとは我慢がならないと思いますねえ。でも衣川さん以外は賠償金をとれればいいではないか、というのが親戚中の姿勢だったんですね。私たちは衣川さんの分までがんばらなくちゃなりませんねえ」

健太とは公団に引っ越して以来会っていなかった。刑事告訴した二年半前にそのことを伝えたが、健太は耳朶あたりから顎までびっしりとひげを伸ばし放題で、口数がすくなくなっていた。あのころ、かろうじてビニールハウスでトマト栽培をしていたが、葉はところどころ黄ばみ、伸びる茎の根元は雑草が生えていた。間近で話すと酒のにおいさえした。頬の肉づきがよく、笑うとえくぼが出来て愛嬌があったが、今は頬骨が突き出て尖った顔つきになり、目に力がなかった。豊の連絡に拳を固めて、ただうなずいただけだった。

豊は本当に、健太と肩を並べてともに訴訟を起こしたかった。健太と一緒ならどれほど心強かったことかと唇をかんだ。その健太はその後、何度連絡しても通じず、あげくに叔父という人物が電話口に出て「健太はもううちの身内と違うんじゃ」という返事が返ってきた。あんなに咲子さんを、子どもたちを、そして農業を愛していた健太はすべてを失った。

農家の五男で、実家は長男が家を継いでいる。それゆえ、婿養子として衣川家に入った健太が身を寄せるところはないはずだった。今なにをして、どこにいるのだろう。豊は三十代の張りのある日焼けした肌や真っ白な歯を見せていた精力みなぎる健太の姿を思い出しながら、今は穴倉に身を潜めて膝を抱えているような図しか想像できなかった。そうして最近、咲子さんと離婚したという噂さえ耳に入って来た。

――私は国や米軍と刺し違える覚悟です――

健太がつばきを飛ばして吐き出したことばが思い出された。

「衣川家も一緒だったら。米軍や日本政府に相当の重圧になってたのですがねえ」

山原は重い口調で残念がった。

損害賠償請求裁判を起こすことを発表すると、防衛施設局業務課の真鍋課長が飛んできた。「誠心誠意、お世話してきたつもりでしたのに本当に残念です。補償責任についても当然、国も認めておりますから裁判は避けていただきたかった」

豊は誠心誠意と聞いて、かえって腹立ちしかなかった。そのことと刑事告訴の折にはほとんど音なしの構えだった真鍋が、今回の動きには瞬間的ともいえる動きを見せたことも理解に苦しんだ。真鍋は豊の表情でそれと察したのか、あわてたようにいった。

「私どもは補償担当として仕事をさせていただいて

おりますので、事故責任や原因究明の行方をどう裁定されるのかを、秋吉様のお気持ちと同じく注視させていただいておりました」

真鍋は縁なし眼鏡を外し、ひろく発達した額の髪の生え際の汗をぬぐった。髪を短くしたせいか、汗が目立った。真鍋はいつも丁寧な口を利くが、こちらのいうことには耳を傾けず、一方的に国の方針を押しつけてくる。豊はその姿勢を飲みこんでいたので、真鍋がこれからいおうとすることが予測できた。

真鍋のことばは案の定だった。

「秋吉様がご主張なさっておられた刑事面の裁判はあのような結果の裁定が下されましたので、損害賠償請求のお話に移れるものと存じておりました。何度も、示談でお願いしておりましたし、衣川様の方ではその方向でお話を進めさせていただいている次第です」

豊はここまでの真鍋の口上を前にして、結局、示談で済ませたいという防衛施設局のかたくなな考えをあらためて認識させられた。

「要するに、あなたがたは裁判に持ちこむなということですね」

豊は挑むように問いかけた。真鍋は豊の鋭い語気になだめるように手をひろげ何度も頭を下げた。

「いえいえ、私どもは秋吉様がこうむられた被害については精いっぱいの対応をさせていただいてきたつもりだと申しあげたいだけでございます。現に秋吉様が要請なさった病院の付添婦や家政婦についてもご要望に沿ってまいりましたし、治療費や通院のタクシー代まで負担させていただいております。ご住居につきましてもご要望通り公団住宅をお世話させていただきました」

豊は真鍋のことばのなかに、これだけしてあげているのにこれ以上なにが不満なのか、というニュアンスをかぎとって思わずいいはなった。

「なにが精いっぱいですか。葉子や私たち家族をあんな目に合わせておいて、それだけの対応をされるのはあたり前のことでしょうが。私たちはこれでも遠慮しているんですよ。そんなにおっしゃるなら全部、元に戻してくださいよ。自分の顔にショックを受けて毎日泣いている葉子や家族の思い出のアルバムなどをいっぺんに失くしてしまった子どもたちの思いがお金なんかに代えられますか。ご自分の家族がそうした目に遭ったらと、すこしでも想像力を働かせられるならそんなことばを安易に吐けないはずです」

ことばを重ねるほど高じてきた。豊は真鍋が口を挟もうとするのを跳ね飛ばすように続けた。

「私は何度もあなたにお願いしてきたはずです。補償は当然にしていただきたいですが、なんといっても事故を起こした責任とその原因が知りたい。そのことには答えていただかないで、とにかく補償さえすればという、あなた方の姿勢に我慢がならないのです」

豊は最終通告とばかりに投げつけた。真鍋は豊のことばを受けて深く息を継ぎ、豊の表情を探る目つきになった。

「そうですか。あなたならわかってくださると思っていたんですが残念です。そうまでおっしゃるならこちらとしてもはっきり申しあげなければなりません」

真鍋の口調がはっきりとかわった。感情をまじえない事務的な響きでしかなかった。

「秋吉様のお気持ちがどうあれ、私どもといたしましては米軍とのとり決めや意向もあり、その枠のなかでしか動きがとれません。まことに残念ですが、どうしても秋吉様が裁判所の判断を仰がれるということであれば、これははっきり申しあげておきますが、今後、今までのような支援はすべてとり下げにさせていただくことになります」

真鍋は目を光らせるようなきびしい表情でいった。豊は一瞬、頭が真っ白になった。一切の支援をとり下げにするとはどういう意味なのだ。

頬から火が出るように熱くなって、思わずことばがほとばしった。

「それはどういうことですか。私たちを見殺しにするということなんですね。米軍のためなら日本人のことなんかどうでもいいんですね。それが、それが、私たちの国のやり方なんですね」

豊は全身の血が沸騰するのを覚えた。

——それがこの国のやり方なのか。私たちを日干しにして意に沿わせようとする。ごたごたいうやつを早く金で黙らせてしまえ。国の大事の前のけし粒みたいな連中にいつまでもかまっていられるかという仕打ち。自分たちは自分たちをこんな苦しみに追いこんだ原因を知りたいだけなのに。はい、いくら払ったらいいの？文句をいわないでそれで終わりにしましょうなんて、私たちのずたずたになったこの胸奥の傷をどうしてくれるんだ——

豊は部屋がぐるぐるまわっているような錯乱状態に陥ったが、やはり心の芯にはこれからの生活の不安が渦巻いていた。今、妥協しなければ葉子の治療費も出ない。日々の生活の維持も、光や翔子の将来もどう保証してやれるのか。仕事も辞めてしまったのだ。

「あなた方は、あなた方は、私たち家族に二度死ねというんですか」

豊はなりふり構わず迫った。

「まあ、落ち着いてお聞きいただきたいんですが」

真鍋は激情のダルマみたいになった豊に向かって視線を外さず、顔色ひとつかえず静かにいった。

「秋吉様。いいですか。前から申しあげている通り、秋吉様とは衣川様と同じく、円満に補償のお話を何度も申しあげてきました。でも裁判に持ちこむということはそれを断ち切って、私どもと喧嘩をするということなんです。ですから、私が申しあげているのは、司法の判断を求めて解決するということは、その審判に沿って処理するということですから、当然、今までの私どもの対応はいったん中断せざるをえないということになるのです」

真鍋は教科書でも読むように自分たちの理屈を並べた。

「喧嘩ですって。それじゃあ、あなたがたにとって、私たちはただのだだっ子じゃないですか」

豊は涙と憤りで声に詰まった。一呼吸をつないであえぐようにいった。

「なぜ葉子があんな目に遭わなきゃあならなかったのか知りたいだけなのに。せめてひとこと謝罪がほしいだけなのに、たったそれだけのことだけでもかなえてほしかったのに答えてもらえなかったじゃないですか。だから、だから仕方なく裁判をすることにしたんですよ。それを、それを喧嘩だなんて」

豊は激しくことばを吐き続けていると胸の内にはっきりと霧が晴れるように意識されてくるものがあった。

――そうか、自分が相手にしようとしているのは山原弁護士がいったようにとてつもない「壁」なんだ。それに素手で打ちかかろうとしているのが自分なのだ――

豊は胸の内の鬱積を全部吐き出すと、なにかが吹っ切れたようで、新鮮な闘志が湧いてくるのを覚えた。

「そうですか。真鍋さんのお話はよくわかりました」

豊は一転、深く息を吸い、静かに告げた。

「わかっていただきましたか」

真鍋は心底安堵したように同じく深く息を継いだ。豊は真鍋のこわばっていた表情がゆるむのを目にして笑みさえ浮かべながら鋭く切りつけた。自分でも驚くほど腹が座っているのを感じていた。

「真鍋さんが喧嘩とおっしゃったんで、私にはそんな気はなかったんですが、そのおことばで米軍と日本政府を相手に大立ちまわりをする覚悟が出来ました」

豊は真鍋や官僚といわれる国の役人たちになんとなく気遅れしていたところがあったが、今はどっしりとした構えが胸奥に座った気がした。

真鍋の顔色がかわった。

真鍋がなにかいいかけた。だが豊は胸をそらし、真鍋を見据えるようにして告げた。

「防衛施設局のお考えはよくわかりました。今後は山原弁護士とよく相談してしかるべく対応させていただきます」

真鍋はとりつくしまのない豊の態度に、あわてたようにことばを継いだ。

「私どももアメリカとの板挟みで苦労しておりまして、なかなかに米軍司令官もうんといってくれませんで」

真鍋はつくづくと疲れをにじませて泣き言をもらした。豊は背をまるめて困惑仕切った真鍋に皮肉をたっぷりこめて打ち切った。

「真鍋さんも大変なお仕事同情いたします。これまでお世話になりました。次回は裁判所でお会いしたいと思います」

豊はさっと席を立って、通りを踏んづけるように歩を運びながら、「何が板挟みだ。米軍のいいなりに動いているだけじゃないか」と路面につばを吐いた。


豊が真鍋とのやりとりの顛末を伝えると、山原は顔を真っ赤にして厚い上唇をつりあげるようにいった。

「裁判を起こすなら、支援を打ち切るって本当にそういったんですか」

山原はつばきを飛ばす勢いで豊に確かめると同時にひったくるように受話器をとった。たたきつけるようにプッシュホンのボタンを押したものだから番号を間違えたのか、低く舌打ちする音が聞こえた。

豊は自分の気持ちそのままに熱くなってくれている山原に断然、さらに信頼感を強めた。


「あっ、もしもし、防衛施設局ですね。剣持局長おいでになりますかな」

山原は真鍋の上司を名指しした。

「えっ。ご出張なら次長でもけっこうです。えっ、なんです。ああ、私は弁護士の山原直道です」

山原が声を濁らせて急がせた。だが受話器の奥から、「ご用件はなんでしょうか」という声がもれてきた。

「あのねえ、とにかくつないでもらえればわかることなんですよ。秋吉豊さんの話といえばわかります」

山原は相手の逐一の確認にいら立って膝下をゆすり、指先でテーブルを弾いている。

電話がやっと通じたのか、山原は大きく息を吸いこみ、一気にまくし立てた。

「秋田次長、これはどういうことなんですか。塗炭の苦しみを与えておいて、被害者を脅迫するんですか」

山原の剣幕にも受話器からもれてくる声は乱れていなかった。

「先ほどお名前はことづけましたがね。何度も申しあげなきゃならないんですね、お役所というところは」

山原は再度名乗り、用件をくりかえさせられることに腹を立ててか、嫌味たっぷりに返した。そのあと、豊から告げられた防衛施設局の宣告に言及した。長い応答だった。小一時間のやりとりの間、山原は時折巻き毛の額の生え際や太い首筋を手ぬぐいでぬぐった。

今も登山をかかさない日焼けした肌がこすられて赤黒くなった。長い応答の間には山原は何度も声を荒げた。

「秋田次長、秋吉さんは真鍋課長に確かに一切の支援を断ち切るといわれたんですよ。そういうことが一切の財産に命まで奪われかけたご一家に吐けることばですか。自分たちの責任は棚にあげてよくいえたものですなあ。日本国というのはそこまでアメリカさんの肩を持ち庶民をいじめ、脅迫するものなんですかなあ」

山原は吼えるような口調で迫ったあと、とたんにトーンを下げ、今度は「はい、はい。とにかく真鍋課長のお話は不当だとお認めいただいて、支援について対応いただけると理解させていただきます。以上のことよろしくお願いしておきます」ときっぱりと念を入れ、やがて受話器を置いた。山原は一息おいてから、秋田次長とのやりとりの全容を明らかにした。

「とにかく彼らの主張はですね、我々が原因だの責任の究明が先だといい立てるばかりで交渉に応じようとせず、結局、裁判に持ちこんだことで、それなら法廷の場で決着がつくまでは、これまでの支援は中止せざるを得ないということにつきるんですよ」

山原は目の前に次長がいるかのように目を剥いて一点をにらんだ。

「まあ、私もつい声を荒げてしまいましたが、次長は最後まで支払い停止はとり下げませんでしたね。ですがさすがに自分たちの主張にむりを感じたのでしょう。治療費や生活支援などではなく損害賠償の一部の先払いとして、一時的に二百万円ぐらいの額でなら可能かもしれないといい出したんですよ。まあ、連中はいろんな理屈を考えてことをややこしくするんですよ。家政婦さんの給料だって、直接払えばいいのに、秋吉さん経由で払ってくれといったりね。まあ、それもこれもすべては米軍の顔色をうかがう姿勢からくる対応だと私は考えていますがね。今回の事故では地位協定で米軍が七十五％の損害補償をする義務があるんですが、米軍はもともと表向き日本のために駐留しているのだからという頭で徹底的に値切り、それも踏み倒すための理屈で押してきますからねえ。まあ、日本人を見下した米軍人の顔色をうかがいながら、私どもと交渉しなければならない防衛施設局の担当者も気の毒といえば気の毒だといえると思いますがねえ」

豊は山原のこのことばを聞いて、真鍋課長の「板挟みなんですよ」という泣き言を思い出した。するとふと事故直後に自宅現場に近づいた時、草色の迷彩服のアメリカ兵が日本人をいっさい排除して、黒焦げの豊の敷地を踏み荒し、軍事秘密になる残骸をより分けてはトラックなどに積みあげていた光景もよみがえってきた。

あのとき、警官は米兵の行動を保護することだけが仕事だった。豊は日本の警官に立ち入り禁止区域から排除された。それでも付近を歩きまわったとき、休憩中の米兵が寝そべってVサインをする写真をとり、男女の兵隊が接吻を交わしているのを目撃した。

豊はその場面を目に浮かべ、そうした彼らを相手にする仕事の過酷さがわかる気もした。豊は相手戦後数十年経っても占領者意識の固まりなのだ、とあらためて腹の底から実感した。だがそうだからといって、真鍋たちに妥協する必要など絶対ないのだと、気を引き締めるのも忘れなかった。かえって、断固として日本の立場を守ってもらいたかったし、豊自身の利益を守るためにぶちあたってもらわなければならなかった。誇りを持たなければ。僕らこそがこの国の主人公なのだから。

豊は今まで考えたこともなかった意識を自覚した。日本人であることなんて特に意識したこともなかった。だが今痛感した。この足元の地は自分たちの国土なのだ。豊は生れてはじめて祖国というものに思いあたった。古色蒼然とした響きでしかなかったそのことばが貴重なものとして胸に来た。

踏みにじられている。蹂躙されている。今までなんというのんき者だったのか。この大地や大空。そして海もすべて自分たちの自由にならない束縛された地。

豊は己のうかつさに歯がみした。

「先生、私は先生のおっしゃっていただいた制裁的慰謝料論の意味が心底わかった気がします」

「よっしゃ」

山原は柏手でも打つ勢いで声をあげた。

「うん、裁判の当事者にそうおっしゃっていただけるのが一番です。弁護士仲間でも相当の激論をかわしての訴訟方針だったのですからね。でもそのおかげで、なによりも『制裁論』の考えに共感して弁護団に名を連ねてくれる人も増え、結束も強まりました。まあ、今回は怠け者の私もよく勉強しました。『制裁論』の考え方は欧米では多くとり入れられていることもよくわかりましたしね」

山原は謙虚な口を利いたが、そうした考えを確固として把握した充実感がにじんでいた。それにくわえて訴訟支援共闘会議の結成についても言及した。

豊は今まで名も知らなかった多くの団体がそれにくわわって物心両面で援助してくれていることにただ驚いていた。皆、無償でわがこととして活動してくれている。豊はつくづくと自分はただ自分のためだけに生きてきたことを恥じる思いだった。

「皆さんは生活を抱えて大変なのに、どうして他人のために一生けんめいになれるんでしょうか」

豊は素朴な疑問を口にした。考えてみたら、山原にだってまだ一銭も報酬を払っていなかった。もちろん弁護団の人々も手弁当で奉仕活動をしてくれている。損害賠償を勝ちとったら、その時点での精算をしますとの約束だったが、いつそれが結着がつくのかどうかもわからないのにと、その糊口を案じてしまう。

「はは、それは他にも依頼を抱えていますからね。それで食いつなぎながら、秋吉さんの審判が決まればその折に既定の額はいただきますよ」

山原は白い歯を見せながらいらいらくにもらした。

豊は両親を早くに失くして、叔父の元で育った。大学まで進学させてもらって、それなりにあたたかい家庭だった。だが、やはり遠慮がちな思いにとらわれてきた。だから大学生活はすべて自活した。そのなかで培われたのは頼れるのは己のみという思いだった。誰にも甘えてはいけない。簡単に他人を信用してはいけないという思いを固めてきた。だからこそ、家族がすべてだった。葉子や光、翔子、そして己の幸せだけが関心ごとだった、その幸せしか視野にはなかった。なのに、他人の豊のためにこんなにも一生けんめいに駆けつけてくれる人たちがいる。豊はいやでも世のなかの見方を一新せざるを得なかった。

豊は、なぜ自分のために多くの人が支援団体まで発足させて苦労してくれるのかと問いかけた。

「皆さん、自分のためですよ」

山原はこともなげに答えたあと、諄々と説くように続けた。

「己を守るためにもあなたの問題は他人事ではないのです。この国にいるかぎりいつ自分が当事者になるかもしれないという問題なのです。基地が集中していて沖縄が問題になりますが、日本全国いたるところに米軍基地があり、危険な訓練を地上はもちろん、私たちの頭上や海上でも好き放題にやっていて、事故や犯罪を起こされても不問にされているという、戦後三十数年経っても植民地状態の不当と屈辱に耐え得ない多くの人々がやむにやまれずはせ参じておられるのですよ」

山原は続けてさらに話を大きくひろげた。

「まあ、私たちの国の真の独立を求める性質を持っているのが今回の裁判の意味でもあるというか、皆さんは戦後日本社会をコンクリートにしてきた日米安保の壁に風穴を空けたい一心で、弁護団や支援団体に結集しておられるのです。この点で、私はその重責に身が引き締まる思いとそれを担なえる仕事にわくわくしております」

事故当初の豊ならそうした話はまさに政治的にすぎて尻ごみするするはずだった。衣川家の親族もこうした渦に巻きこまれることこそをいやがったのだ。だが刑事告訴の門前払いを経験した今では、素朴で常識的な事故処理の願いさえ届かないアメリカと日本政府の地位協定というとり決めが豊をどうしても納得させなかった。豊は今、安保の壁を崩したいという人々の願いを自分が背負って立つのだという思いを強く自覚して武者ぶるいした。山原は裁判への気構えと闘志にあふれたことばのあとに、突然、思い出したようにいった。

「そうそう。秋吉さんにはまだお伝えしていませんでしたが、局長や次長などに人事異動があったんですね。新局長は次長が昇格されたんですが、新しい次長はなかなか切れ者のようですし、新局長も以前から手ごわい方ですが、まあ、おふたりともいかに話をそらし、核心を衝かせないことに長けておられるかということですよ。まあ、日本の官僚の典型みたいな方々ですな」

山原はそうした次長から先ほどの電話で言質をとったことで満足そうだった。豊も人事異動の情報にふれた。

「真鍋業務課長も代わられるということで挨拶にこられました」

豊が報告すると、山原はあっさりとうなずいただけだった。豊にとっては日常的に接していた担当者ゆえに直接憤懣をぶつけ、要求をつきつける相手だった。真鍋課長は豊をなだめすかし、話をそらすことにけんめいで、とにかく示談に持ちこむことを至上命令にされていたようだった。

真鍋は自宅を訪れたとき、「お世話になりました。この度東北地方の施設局への転属を拝命いたしましたのでご挨拶にあがりました」と玄関口で九十度頭を下げた。再び伸ばしはじめたオールバックの髪の頭頂が薄くなり、白髪もまじっていた。豊より三、四歳上だったから五十歳を越えているはずだった。

真鍋はこちらの要求を持ち帰ってはことわりの返事を伝え、時折強引に説得を試みようとしたりして四苦八苦している姿が豊にもわかった。豊は自分の甘さに舌打ちしながらも真鍋の苦労を思いやってしまった。

「あなたにも家族がおありでしょうし。すこしでも人の気持ちがわかるなら、お金の話をする前にすべきことがあるはずでしょうが。それまでは金輪際あなたがたの話は聞きたくありません」

豊は最後まで同じことばをくりかえした、真鍋はその度に首を左右にふってから背をまるめるようにして、示談で進める方向に粘り強く持っていこうとした。

豊が塩をまくようにして追い返した真鍋の肩幅のひろい背なかがちいさく見えた。きっと局長に報告するのに難渋し、叱責を受けることになるだろうな、と想像して同情さえしたものだった。

豊は真鍋の異動の報告に「そうですか、お世話になりました」と返しながら、昇進で？とたずねかけたが口をつぐんだ。きっと豊に裁判に持ちこませたのは真鍋の失策だったのだ。だから当然、東北に飛ばされたと考えるしかなかった。

「次の業務課長はどんな人間か、ですな」

山原が敵を迎え撃つニュアンスをこめた。豊も訴訟に持ちこんだとはいうものの、今はそれが最大の関心事だった。だが、新しい課長は一向に顔を見せなかった。

「まあ、裁判段階になると出る幕もないでしょうしね」

山原は業務課長の職責からして見かぎるようにいった。

七年間にわたる裁判がはじまろうとしていた。弁護団は三百名を超えた。「米軍機墜落事故支援共闘会議」がやはり多数の労働組合や民主団体によって結成され、裁判費用カンパ活動や傍聴動員、世論喚起活動で支えた。

葉子のめまい、心臓の動悸など自律神経不安は改善せず通院生活が続いていた。葉子は裁判がはじまるまでの間に数回、自身の足の皮膚から顔面への皮膚移植手術を受けた。その結果、不自然な肉の盛りあがりは見られるが、変色し、ねじれた凹凸部分はとり除かれ滑らかになった。濃い化粧でつくろうと以前の顔立ちをとり戻したかのようだった。だが外見的なことは別にしても、通院、家事には介添えが必要だったが、訴訟を起こすと防衛施設局の通告通り家政婦の山本の派遣は打ち切られた。山本は派遣最後の日「本当は無償でもお世話したいのですが、残念です」と玄関口の挨拶で長身をかがめ、「どうぞ、私の分も仇をとってください」と唇をふるわせた。

葉子がのど奥に詰まったような声を出した。

「ええっ、ええっ、今日まで支えてもらってありがとう。私、がんばります」

山本は葉子の手をとって目を閉じた。切れ長なまぶたの間からひとしずく光るものがあった。葉子は己の決意を伝えるためか山本の手を強くにぎりしめた。

「私は秋吉様と出会って勇気をいただきました。ご家族で一致して奥様を支えられ、裁判に臨まれる。私にはそれが出来ず、涙とくやしさばかりで生きてきました。ですから裁判に訴えられると聞いた時は、私も全力でお力になりたいとずっと思っていました」

山本はそこでことばを切って深く息を継いで続けた。

「衣川様も裁判を起こされるとばかり思っていましたのに残念です」

その思いは豊もまったく同じだった。豊が刑事告訴に続けて、損害賠償裁判に訴えるまでの二年半の間に健太も裁判に持ちこむことを主張し続け、結局、衣川家の親族に拒否されて孤立し、咲子と離婚していた。

咲子は硝酸銀の治療で、火で焙られ無数の針でつき刺されるような激痛に耐えながらけんめいの治療とリハビリに励んでいた。だが長い間伏せられていた子どもたちの死を知るとすべての気力を奪われたのか、毎日のように防衛施設局に電話でわめきまくり、独り言を終日、くりかえすようになったという。やがて咲子は精神病院に収容されて亡くなった、その時から健太の所在は不明になった。

豊はそれを知って、種田進のことばが胸の芯までキリのように刺しこんできた。

――一家離散ですよ。めちゃくちゃにされて、ひとりぼっちにされて――

健太はどこにいるのだろう。どこで生きようとしているのだろう。豊はそうした想いにかき混ぜられて、自然と自宅跡に向かった。もう一度、裁判の原点を胸にたたきこんでおきたかった。

駅前から事故当時と同じく徒歩で歩いてみた。バス道路沿いの住宅は歩道際からのり面の上に建っており、実際より大きな構えに見えてカラフルな塀や壁などで街並みが華やかだった。事故直後に自宅へ向かう時はぼう然とした思いで周りの光景が目に入らなかったが、約二キロの自宅にいたるまでの間の被害の状況だけは肌身に焼きついたように覚えている。

墜落現場に近づくにつれ家々のガレージの屋根が突き破られ、自動車のあちこちに黒い破片が食いこんだようなへこみやフロントガラスにひびが入っていたことがよみがえってきた。さらに進むと、路面には金属片がおびただしく散らばって革靴の底をかんだ。土くれをばらまいたようにアスファルト面は黄土色をしていた。さらに事故現場に近づくにつれ黒焦げの大きな金属片や塊がころがっていた。足でそっと押してみると思った以上にずしりとした重量感があった。

そうした残骸の印象にくわえて、豊の感覚に鮮烈に残っているのは電線やビニールなどが焼け焦げたものに硫酸と硫黄が攪拌されてまじりあったような化学臭だった。それは鼻孔をつき刺し、みぞおちからのど奥までかきむしり、息苦しさを覚えるものだった。

だが、たった今の道路沿いの住宅は昔のままになにごともなかったようなたたずまいを見せている。四メートルも道路にめりこんだというアスファルト表面は鏡みたいに滑らかで、公園を挟んで並んでいた衣川家と豊の自宅敷地だけがただの広っぱのようになっていた。そこに立つのは久しぶりだった。

バーベキューをした。庭いっぱいに花を植えた。葉子の頬がピンク色に染まって汗で光っていた。光と翔子のふざけ合う声がにぎやかだった。その幸福をもう一度とり戻したい。声のかぎり叫びたかった。

雑草のひろがった平地にはまったく事故の痕跡もなかった。自分の土地なのにたとえ跡片づけにしても豊に対して相談があってしかるべきだった。だが、一度の連絡もなく米軍のブルドーザーでならされてしまった。なにからなにまで米軍が一方的に処理してしまった。豊はそのやり方を一切の事故の証拠を残さないために被害者を蹴散らす行為だったとしか思えなかった。

　事故後、数日した現場でキャタピラの重機が土をこねまわすように作業していた。土や残骸が押しまくられ砕かれて、小山にされてダンプカーに積みあげられていた。

　豊は見分けはつけられないが、黒い塊が車の上に散らばるたびに、あっ、あれは家族の誰かの大切にしていたものではなかったのかと、胸をかきむしられる思いがした。数人の米兵が指示していたが、やはり日本人はいなかったし、ただの現場のあと片づけ業務に従事する無感情な作業といった光景で、その姿がよけいに豊の心に反発を呼んだ。

　もっと丁寧にやれないのか。放り投げるな。ぐちゃぐちゃにかきまぜるな。葉子が、光が、翔子が引き裂かれ、粉々になってごみとして積みあげられてでもいるように映った。


　念願の新居に引っ越したはじめての日曜日、早朝の庭先で深呼吸し、家族へのひとつの責任を果たした満足感とこれからの生活設計に酔う思いだった。だが、今は風が胸の隙間を吹き抜けてゆく空き地にすぎなかった。なにもかも根こそぎ奪われてしまった。その思いがひしと迫った。

　しばらく目を閉じていると、衣川健太の顔が浮かんだ。健太は豊以上に家屋だけでなく、家族そのものまで根こそぎさらわれてしまった。山本睦子に種田進の舐めた辛酸にも思いが及んだ。豊は嗚咽を抑えられずに遠い山並みに目を凝らした。

　豊は事故以来の嵐のような日日を思った。葉子の容体と治療のために生活のすべてを集中した。治療し通院に便利のいいように何度も引っ越しをし、そのために光や翔子は新学期に合わせて転校した。そして豊は退職した。防衛施設局の方針で生活支援は断ち切られたが、山原弁護士の強硬な抗議で、賠償金の内払いの形で一時金として支払いは受けていた。だが、まっとうに謝罪と賠償をさせるためにいよいよ再び裁判がはじまるのだ。豊は遠い山並みに目をこらした。

弁護団の訴状はまず事故当事者秋吉一家と加害者のパイロットふたりの名をあげ、第二に事故の概要、それを必然的に引き起こすものとしてのA基地の危険性を第三に指摘し、K県内にかぎっても米軍機墜落事故の件数を一九五二年から約四十件起きていて、その内、死傷者を含む重大事故は秋吉・衣川家の被害をくわえて八件と述べ、事故を起こしたファントム戦闘機の危険性についても就航一年目から七年間で約三百件の事故があったと記した。

そうした客観的事実にふれたあと、パイロットたちの責任について論及していた。そこでは、山原が刑事告訴で門前払いを喰らった事項について、「安保に風穴」をあけるべく、これまでの米軍機墜落事故に関して原因が解明されず、刑事責任は問われてこなかったと正面から迫った。その原因として米軍に対しては、日本の国内法である「航空法」が適用されず、事故原因究明の規定が日米地位協定には定めがなく、さらにその調査、話し合いも「日米合同委員会」で実施されても、我々国民にはまったくの非公開、秘密会議になっている現状を鋭く衝いた。そして地位協定一八条五項でとり決めた「公務中」の事故ゆえに、被害者の賠償請求処理は日本国が担うという点から、日本国自身の責任を問うという論を進めていた。

国の責任所在として、安保条約に基づき米軍にA基地使用を認めているが、その地域は人口過密で常に米軍機墜落事故の危険があり、墜落事故の多発性、危険性をこれまでの重大事故により、国は十分認識しており、これはA基地設置自体に瑕疵を有する飛行場である。よって被告国は原告らに対して「国家賠償法第二条」の責任を負う。また国家公務員である飛行管制官等の安全確保義務違反により原告らに多大の損害を与えたことで「国家賠償法第一条」に基づく責任を負う。さらに米軍のために定めた「民事特別法」により戦闘機の機体整備に関しての修理、点検業務不備をその「第二条」で問い、パイロットについては「民法七百九条」の故意又は重過失による責任は免れない」とした。

最後に被害の詳細を述べ、家族共有の家財、各人の損害額、慰謝料に弁護士費用の請求額として約一億四千万円を提示し、結論として原告らは日米安保条約の「いけにえ」に供されたものであり、本件事故の真の責任と原因を明らかにすることで、同様の事故をくりかえさないことを祈念するとむすんだ。

訴状に対して約半年後に国や米兵からの答弁書が提出された。

「秋吉さん、国の返答はひどいもんです。それにくわえてパイロットの責任については門前払いで済まそうというんですから、予想はしていてもあらためてあぜんとしてしまいますよ」

山原はあごをしごくようにして肩をゆすりながらせまい事務所内を歩きまわった。山原が思案し、興奮を抑える時にするしぐさだった。

「先生、座ってお話しいただけませんか」

事務局員の沖田恵と大北大輔が声を合わせた。いつもはふたりの注文には、舌を出して頭をかくしぐさで「はいはい、仰せの通りに」とおどけてしたがうのだが、この日は自分の思案に集中してか、あいかわらず机の間と通路を行ききした。

「先生、急がされている先日の交通事故示談書面作成に集中できませんので、そちらの応接室でお話しいただけますか」

沖田が再度、すこし声を尖らせると、大北は白い歯をのぞかせながら「はい、僕からもお願いします」と同調した。

「いやあ。弁護士たるもの、冷静沈着をモットーとすべきなんだが、秋吉さんがおいでになったとたん、熱くなってしまって。うん、失敬失敬」

山原はこっくりとふたりに頭を下げて、豊を応接室に招き入れた。

「それでですなあ」

山原はやはり声を太くして、テーブル上に身を乗り出して豊に話かけた。

「まあ、国はいろいろとむずかしいことばを並べていますが、要は米軍機が墜落したことは事実だから認めるが、その他の大部分は問題もなく、関知しない事項も多いというんですよ。たとえばA基地の危険性などまったく認識もなく、我々が指摘した墜落事故の件数も八分の一しか認めていないんですよね、私たちの訴えについては、国が責任を果たすのを怠っていると強調するために理屈を並べているだけのことであるといっているのです。結局、国は損害は賠償するといっているんだから、私たちにそれ以外にごちゃごちゃ要求することは論外だというこ となんですよ。ここには原因究明も事故責任の所在もはっきりさせる気もなく、あるのは金の話だけです」

山原は国の答弁書の内容を豊に説明するのに息巻くものがあった。米兵の答弁書の解説に移ると、

「わかっちゃいましたがねえ。それにしてもですよ」とさらに厚く大きな手で書面をたたきつけるようにして語気を強めた。

「パイロットに関してはたったひとこと、『却下』ですよ。それも水戸黄門よろしく『公務中』の印籠をつきつけて、『日本国の裁判権に服さない』で門前払い。本当に『公務中』と名がつけばなにをやっても無罪放免なんですから、これでは日本という国は米軍の無法地帯じゃないですか。彼らにとっては我が国は植民地か占領地そのままの意識なんでしょう」

山原は唇につばを溜めて歯を食いしばったあと、

「くそっ。日本ではなにをしてもいいんだと、にやにやしている米兵の顔が浮かんで腹の虫が収まりませんな」とテーブルに向かって怒鳴った。

豊は山原の正義感の爆発に自分も血を沸かせながらも、頭の芯では自分でも驚くほどに冷静に考え及ぶものがあった。

いくら考えてもわからないのは、自主憲法を、日本の誇りをと国民をあおり立てている人々が、こんなことを許す気持ちだった。豊のなかに、アメリカの、アメリカによる、アメリカのための日本というリンカーンのことばをもじった一節がふいに浮かんだ。

そうか、自分はそんな国に住んでいるのか。まるで売国奴に支配された国じゃないか。そんな連中に引きまわされるだけの自分でありたくない。被害者としてだけでなく日本人としての意地と誇りを自分

の裁判で見せてみたい。

　国やパイロットの答弁書の解説を受けて突然に胸のなかに湧きあがった衝動だったが、やがてそれが断固とした信念に固まるのを覚えた。

「先生、私は」

　豊が思いを吐露すると、山原は、おうっ、と叫ぶような声をあげ、「うん、あなたの強い思いに、私たちも闘いがいがあるというものですよ。がんばりましょう」と、どっかりとソファに腰を下ろした。

「さて、これからが本当の勝負です」

　山原は訴状提出と並行して、「訴訟費用ヲ支払ウ資力ナキ者」の「裁判を受ける権利」を民事訴訟法第一一八条に規定された「訴訟救助制度」に基づき、巨額の裁判費用の支払い猶予を裁判所に申し立てていた。

　豊が裁判に訴える決意が最終的に出来たのは「訴訟救助制度」を知ったからだった。実際、多くの人々の物心両面の応援があるといっても、長期裁判を維持するためには安定した財政的補償がなければ踏み切れるものではなかった。自分たちの生活だけでもぎりぎりで支えた上に、莫大な裁判費用など用立てることは不可能だった。山原はそのことが重しになって裁判を回避する人々を見てきたからこそ、裁判所に上申したのだ。山原はそのことをこう説いた。

「だいたいね、裁判はしたくても金と時間の問題で多くの人たちは断念してきたんですよ。これは憲法でいう『平和のうちに生存する権利』の行使を阻害するものであって、また憲法二十五条の生存権や十三条の『生命、自由、幸福追求権』を保障するものとしての実行法として民訴法の第一一八条はあるんですよ。もうひとつつくわえればですね、民訴法一二〇条では訴訟救助の費用範囲も決めていますが、それをせまくとらえるのではなく、訴訟遂行のための諸経費をも支払い猶予にふくめるべきなんです。実際にそうしたいくつかの判示が出ています」

　豊は山原の力説に、一番心配していた点にお墨つきをもらった思いで腹の底に重石を据えたような安心感があった。

「さて兵糧の問題はそういうことですから、どんと闘えるというものですよ」

　山原は豊に自信を与えてから力強く柏手を打ってつけくわえた。

「あなたの場合は、補償は国が言明しているのですから、問題はどれだけ勝ちとれるかです。ここで我々は『制裁的慰謝料論』で押しまくるつもりです」

　裁判では被告国側と原告秋吉豊側との間に長期にわたる応酬があった。ほぼ数ヶ月ごとに開かれる十数回にわたる法廷での口頭弁論のためにあらかじめ主張すべき内容を文書にして提出する「準備書面」の作成に相当な精力を要した。さらにその主張を裏付ける証拠資料などをそろえなければならなかった。

　豊はその事務作業のぼう大さを知り、次から次へと何十頁もの専門用語のつまった書類が積みあげられるたびに頭がパンクしそうだった。

　沖田恵や大北大輔などは終日、ひたすら文字を打ちこみ、山原がそれを読みこみチェックした。山原は諸文書が出来あがると必ず弁護団に持ちこみ議論を重ねた。さまざまな修正意見が出されると、再度、朱字で書きくわえ、削除して沖田と大北に再び作業を託した。それが完了してようやく法廷での口頭弁論がはじまるのだ。

　山原は合わせて証人尋問の対象となる人物を何名も申請した。だが国側は、その内の「A基地爆音被害訴訟」の代表や憲法学者、また日米合同委員会事故分科委員会における防衛施設庁職員、元Y市M区警察署長、海上自衛隊A航空隊救難飛行隊長及び運輸省航空事故調査委員会主席航空事故調査官などについては本件事案とは関係ない者として拒否するように申し立てた。

　ここには米軍基地の危険性と安保条約の違憲性はもちろん、事故状況とその処理をめぐっての詳細を法廷で明らかにする目的があったが、国側はまさにその核心を避けることに全精力を注いだ。そこには徹頭徹尾、国家の安全保障に関する事項は司法もアンタッチャブルな不可侵領域として指一本触れさせない「専管事項」としての国の対応が貫かれていたといえた。さらにそれらの証言を許容することで、アメリカとの数々の売国的「密約」が白日の下にさらされることを避けるという根本的目的があるともいえた。

　また、豊たちの損害額請求の積算でも「制裁的慰謝料論」などは問題外であり、家屋や治療費などの実費的費用の損害賠償にせまく限定して認諾することに固執し、さらに裁判を否定してきた姿勢から弁護士費用などは当然、補償額には参入しないという方針で臨んで来た。

「予想は出来たことですがねえ。それにしてもひどいもんだな。これほどまで本質的部分をはぐらかし、補償額もけちるとはなあ」

　何度かの法廷でのやりとりを経るなかで山原はあごをわしづかみにするしぐさで唸るようにもらした。

「あとは直接の被害者である葉子さんや光君に翔子さん、それにあなたの証言がいかに裁判官の心を動かすかにかかっています。国がどういおうと砂川事件では伊達裁判長が正面切って憲法判断を示しました。とにかく被害の苦しみと困窮を語っていただければよいのです。法廷では国は意地悪な質問を浴びせてくるでしょうが、それは裁判に慣れないあなたたちをあとずさりさせるためです」

第９章　歩み出る道

　裁判に訴えて七年目の判決だった。事故に遭ってから約十年の道程だった。当時中学生の光は大学院生になり、翔子は高校生になっていた。豊は五十歳半ば近くなり、葉子は五十歳を超えていた。

　判決直後に報告集会が開かれた。弁護団はもちろん支援団体のメンバーはほとんど参加してくれた。なかでも「赤旗」新聞の記者は法廷での傍聴だけでなく、どんなちいさな集まりにも欠かさず顔を出し、逐一豊たちの動きを報道してくれた。なによりも心強かったのは、一番に求めていた事故原因の根源をシリーズで報道し続けてくれたことだった。

　Y市市民ホールの一室を借りた会場には百五十席ほどを用意したが、参加人員はその二倍は集まって山原たちをあわてさせた。救いは開始一時間前には出足のよさがつかめて対応出来たことだった。

「先生はそんなにひろい部屋はいらないとおっしゃったけど、僕は絶対にそんなのじゃ間にあわないって思ってましたよ」

　事務局員の大北大輔がちょっと得意そうに胸をそらせた。

「私も大北さんと同じ意見でした。ですから市民ホールの事務の方に収容可能な人数を聞いておきました。消防法の関係がありますからね。椅子の補充についても確かめておいてよかったです。先生はこういう事務的な段どりについては大まかだからねえ」

沖田恵は気がついたことはすべて手を打ってい
た。沖田は思ったことをまっすぐに口にしてきつい
印象を与えたが、てきぱきとした仕事ぶりがそれを
カバーしていた。沖田は大北より三歳上で司法試験
に一度挑戦していた。近頃では二度目を迎えるため
昼食時間にもわき目もふらず法律書とにらめっこし
ている。山原はそうした沖田を信頼し、沖田の意見
を尊重した。

「配布資料が足らねえや。もっと印刷して来るん
だったなあ」

山原が会場真ん中で頭をしごきながらつぶやく
と、沖田が分厚い紙袋を差し出した。

「先生、こんなこともあろうかと余分に刷っておき
ました。ちょっと足りないですが、その分は大北君
と私が印刷してきますから」

沖田はそういうなり会場の階段を駆け下りて行っ
た。

山原と沖田たちのやりとりを聞いていた豊が「な
にかお手伝いしましょうか」と申し出ると、「い
や、主人公のあなたたちにはばたばたしてほしくあ
りません。控室でお話になる内容を整理していてく
ださい」と山原はきっぱりといった。だが、かた
わらにいた光が「じゃあ僕が」と飛ぶように沖田た
ちのあとを追った。光は家政婦の山本睦子が来なく
なって以来、葉子の通院のつき添いや日常生活の支
えを積極的に買って出た。豊は光にやはり青春時
代を精いっぱいすごさせてやりたくて、「お母さん
のことや家のことは父さんがするから」といって
も、「僕のさあ、やれることをやってるだけだから
さあ。それに皆で協力して母さんに早く元気になっ
てもらいたいもんな」と笑みさえ浮かべた。そうい
いながら、高校でも陸上部に所属し、家計のたすけ
にとアルバイトまではじめていた。高卒で働くとい
うのを豊は何日もかけて大学に行く希望があるなら
と、「父さんな。絶対にこの事故でお前たちが望む
ことを諦めるなんてことはさせたくないんだ」と夜
を徹して説得した。

光は豊のことばで、「一切、家には負担をかけな
いから」といい切って国立大学の法学部に進学し
た。将来は山原のような弁護士を目指すという。身

長も百八十センチメートル近くに伸びていた。それにしても、今は陸上から離れているとはいえ、沖田と大北を追うスピードは並みのものではなく階段を数段飛ばしして駆け下りていった。

その途中で出会った翔子は「兄貴、どうしたの」と驚いた顔で豊に問いかけた。翔子は紺色のセーラー服に臙脂のスカーフを首元でむすんでいる。背丈はやはり百六十五センチメートルを超えていて、豊と並んでもボリュームのある毛髪でその差は大きくは見えなかった。歌が好きでコーラスをやりたがったが、豊の勧めにもかかわらずクラブには所属しなかった。その分、いつもひとりで好きな曲を口ずさんでいた。その歌声は澄んで高くよく透った。豊はそのメロディを耳にする度に、惜しいな、と胸が痛んだ。

近頃、歌声だけでなく、翔子はますます葉子に似てきた。笑うと口元にちいさなえくぼが出来るところや額のひろさ、それにやや平板にも見える顔の造りなどだった。違ったのは葉子のように切れ長ではなく、二重まぶたで瞳が大きいことだった。物言いもはっきりしていて、すっかり大人の女性を思わせた。豊はふたりの姿に家族の絆をかみしめた。

翔子はＹ地方裁判所第五部民事部への陳述書で赤裸々に事故以来の自分の気持ちを述べていた。

豊はその内容ではじめて翔子の気持ちの詳細を知ることが出来た。葉子にばかり注意を奪われていたことに気づかされて動揺した。

事故当日の朝までいつも一緒に家を出て、バス停まで歩く途中で翔子は学校でのこと、友だちや先生のことなどをよくしゃべってくれた。にぎやかではずむようにふる舞う翔子に、豊は職場で憂鬱なことがあっても気持ちが切りかえられた。だが翔子は事故後は黙りこんで、ふいに泣き出すことが多くなった。

それからの思いを翔子はこう綴っていた。

―父が病院で母につきっ切りで、また多くの人たちとの応対でほとんど家に居なくて、家のなかはテレビとちゃぶ台があるだけであとはちいさな倉庫か物置みたいでした。家政婦さんが来てくれてからは夕飯も作ってくれるようになりましたが、兄とはただ黙りこんで食べるだけでした。ですからその分、テレビの音を大きくして、家のなかの不要な場所でも明かりを点けて気分を引き立てようとしました。でも気持ちは落ちこんでいくばかりでした。母のいない生活。父が帰ってこない兄とふたりきりの生活。さみしくて、不安で気が狂いそうでした。夢のなかでは、炎に包まれた母の姿が毎日のように出て来て、たすけて、たすけてって絶叫するのです。私は心臓が破裂するようで飛び起きるとパジャマは汗まみれでした。

　学校では「米軍、米軍、墜落っ子」といじめられ、学校の外では見知らぬ人から事故のことを面白半分に聞かれました。それに母が病院から帰ってくると、ほんとうにうれしかったのですが、でも、以前の明るい母ではなく、毎日、ぐちばかり口にするので、私は思わず、うるさい、と怒鳴ってしまって喧嘩になることもありました。それに父にも励ましばかりじゃなく、中傷、誹謗もたくさん寄せられました。

　犠牲者面ばかりして、賠償金を積みあげて踏んだくろうとする欲張りめが。日本は米軍に守られているんだ。たまたまの事故ぐらいでガタガタいうんじゃねえ。アカの連中にあおり立てられやがって、非国民が！お前なんかもう黙って引っこんでいろ！

　父はそんなことばを浴びせられると、元々、人の気持ちを思いやる優しい人でしたから、外では発散できず、家のなかで気持ちを爆発させることもありました――

　翔子の陳述書は最後にこうむすばれていた。

――家のなかがますます暗くなるので、裁判をやめてほしいとさえ思いました。

　でも、事故から二年半後に裁判がはじまって七年になりますが、父が裁判をやり通してくれたことを誇りに思います。私の家には粉々に砕いてしまいたい茶碗が四つあります。それは事故の直後に国がそろえてくれたものでしたが、それを見るたびに兄とふたりだけで食事した日々を思い出します。ご飯を口に運ぶたびに涙がしたたり落ちた茶碗でした。不安が満載された茶碗でした。ですから捨てられません。そこには事故の日以来の苦しかった日々が盛られています。私は一刻も早くこの茶碗を割ってしまいたい。そしてもう一度、父母や兄と笑顔で暮らせる日々がほしいです――

「いやあ、真情のこもった陳述書です。きっと裁判官の心にも響くでしょう」

　山原は一読して、歌舞伎俳優が見栄を切るように目を見開いておおげさに頸をまわした。

　翔子は証言に代えて文書として思いを提出したが、光に葉子、豊は法廷に立って証言した。

「まあ、とにかく判決に対する報告集会にはまだ時間がありますから、控室で待機しましょう」

　山原が先に立って同じフロアーの一室に向かった。部屋には木製のテーブルを挟んでソファーがそなえられ、豊と山原が向き合って体を沈めた。

「今日は奥様がおいでになれなくて、まことに残念です。一番の当事者である方のことばこそ、皆さんがお聞きになりたかったと思えますが、やはりいまだ事故の後遺症でお出かけになれない状態ですから、そのことを報告して事故の凄惨さやいかに平穏な家庭生活がめちゃくちゃにされたものかを実感してもらうようにしたいと思います」

　山原がいうように、葉子は這ってでも集会に参加してこの十年の苦しみを訴えたいと直前までくりかえしていた。だが、頭痛とめまいが激しく、発熱に嘔吐まで催し、家で臥せっているしかなかった。本人は「くやしい」と号泣したが、最後には「お父さん、よろしくお願いします。それにお世話になった方々にくれぐれもお礼をいってもらいたいし、私はこんな体になったけれど、第二、第三の私が生まれないように、事故を起こしたアメリカ兵が知らん顔していられるような日本とアメリカの約束の不当性を訴えてください」

　豊が葉子から託されたことばを伝えると山原はソファからぐいっと上体を起こして力をこめた。

「いやあ、葉子さんの思いは証言に立たれた時の気迫でよくわかりますよ」

　山原は立っているのも辛そうな葉子が半円の木枠にしがみつくようにして、かぼそい声で証言した時のことを復唱した。

「奥様は学生時代にはテニス部に所属されて、県大会で準優勝されたこともある方だったのですね。登山なども好きで北アルプスなどにも出かけられていたとか。そんなことなどは裁判ではじめて知りました。体を動かすことが好きな方がほとんど臥せる体になってしまった残酷さは裁判長にもリアルに伝わったと思います」

豊は山原のことばで、結婚前にテニスをした時のことを思い出した。豊は中学時代から陸上競技で中距離選手として鳴らしていたから、体力には自信があったし、テニスなどラケットでボールをはじき返せばいいんだろうという程度にしか考えていなかった。だが、ボールの行方を追って前後左右に全力疾走してはストップして反転する運動は、まっすぐ走る筋肉の動きとはまったく違っていた。息があがり、力まかせに打つボールはとんでもない方向に飛んで行き、へとへとになった。なのに葉子は軽々とコートを移動し、的確に返球しながら白い歯さえのぞかせていた。豊はとうとう「もう、無理しないで休んだ方がいいよ」と葉子をいたわるように負け惜しみを吐いた。汗みずくの豊にくらべて葉子は額や首筋にうっすらと汗をにじませているだけだった。真っ白なテニス着からのぞく腕や脚は筋肉が引き締まっていた。

帰り道、葉子はいった。

「私、会社でいろいろあっても、こうして体を動かしているとすっきりするのよね。これからもたまにはテニスにハイキングなどにもご一緒してくださらない。あなたの負担にならない程度にね」

豊は苦笑させられたが、それ以来、テニスだけでなく登山や水泳などにも葉子を誘った。躍動する葉子の肢体がまぶしかった。はつらつとした葉子を奪った憎しみがあらためて豊のなかにこみあげてきた。

「やっぱり、奥様の訴えで一番に胸を打ったのは、全身大火傷した自分のことよりご家族のことを心配されていたことばでしたね」

山原はさらに葉子の証言をなぞった。

葉子は全身包帯でダルマのように巻かれ、目と口元だけがのぞいていたが、吐くことばは光や翔子のその日からの眠る場所や食事のこと、着替えや学用品の心配ばかりだった。

　山原はそれに続けて、葉子が事故直後に自分を病院に運びこんでくれたのは近くで建築工事をしていた従業員の人たちで、自衛隊機がきたというのにほとんどけがもしていないアメリカ兵だけをたすけたことを、自分の恨みとしてではなく、衣川家の幼いふたりの子を見殺しにしたと涙ながらに証言したことのインパクトについても語った。

「まあ、光君もよい証言をしてくれました。事故の翌日に、お隣のちいさな息子さんふたりが亡くなったと知って、お母さんの名も出るのではないかとドキッとしたといわれたのは、だれもが同じ思いを抱かされたのではなかったかと思えるんですよ」

　豊は衣川家のふたりの幼子が息を引きとった瞬間を思い出した。のど奥から贓物が飛び出すかと思える絶叫が病室内で爆発した。豊の耳元に残っているのは、「私が代わってやりたかった。私がっ」と、床をぶつ祖母の声だった。わあっ、わあっと多くの親族が泣き叫んだなかで、その老婆の慟哭だけが豊のなかで生なましくよみがえって来た。たぶん、その時、葉子が「私も死ぬのよね」ともらしたインパクトが豊に突き刺さっているせいだったのかもしれなかった。

「まあ、とにかく、奥様が直接、証言出来たのは本当によかったです」

　山原は当然、本人証言を重視していたが、とても法廷には立てないだろうと予測していた。だが、葉子はそこで思いのたけを吐き出さないと、死んでも死に切れないとばかりに証言に執着した。

「まあ、一家を抱えておられるあなたの事故による苦闘も大変リアルに証言していただきまして、裁判での一番の山場でした」

　豊は整理して話せなかった思いがあったが、山原は「落ち着いて整理されて話されていたのがよかったですよ」と評したあと、つけくわえた。

「あなたがおっしゃった、事故で妻の命の行方もわからず、全焼した家を前にぼう然自失している人間に、補償うんぬんと口にする防衛施設局の姿勢を話されたこともよかったです」

　山原は事故原因の究明や責任の所在を鮮明にする

ことが第一番の仕事のはずなのに、煙のくすぶっている状態のなかで、補償の話をする神経がね、ともらしたあと、「まあ、そこに日本政府の基本的姿勢の核心があるのですからね。あなたはその点を鋭く衝いてくださったのですよ」

豊には山原の評の実感はなかったが、自分の役割は果たせたのだなと安堵するものがあった。

「それにしても、国側は徹底して問題の本質からそらそうとして、我々が証人として申請した安保・平和問題研究家やA基地爆音訴訟原告に憲法学者などの証言などいらないという意見書まで出して、事故の本質究明を妨害したんですからねえ」

山原はあきれましたよ、といわんばかりだったが、さらに腹に据えかねる口ぶりでつけくわえた。

「そのいい分がふるっているじゃないですか。被告、国は事故の責任原因に関する事実を争っておらず、事故の総論的背景立証は不必要というんですからなあ。まあ、これは補償問題について争っているのだから、事故原因どうのこうのなんてどうでもいい、金額の問題だと矮小化しているだけのことですよ。最後には法解釈は裁判所がするのだから、よけいな者に口出しさせるな、とむすんでいて、とにかく金さえ出せばいいんだろう、というのが一貫した姿勢でしたなあ」

「でも山原先生たちのおかげで、航空評論家の先生や以前に私と同じように墜落事故の被害に遭われた種田進さんなどが証言してくださったのが、私には貴重でした」

豊が証言者の名前を出すと、山原は大きくうなずいた。

「やはり専門家の話は逐一勉強になりましたな。エンジンや整備のポイント、それに飛行機の旋回の角度の問題や緊急事態時の対応のマニュアルなども今回の事故の実際に合わせて、どうだったのかが理解されたと思いますよ。例えば、パイロットが機体に異常を認識して、無人地に墜落する努力が足りなかったことは、彼らが海上などに向かって飛行を維持する時間はまだあったのではないか。それをしないで、早々と脱出してしまって、大事故を招いてしまったことは、航空評論家の先生の証言でも、あと数秒でも機体を持ちなおすようにがんばっていれば、とおっしゃっていましたからね」

山原は次々と証言をふり返ったが、種田のそれにふれた時は、特に力をこめた。

「種田さんの証言は烈火のようでしたね。なによりも私がお願いしていた事故に対する日本政府の姿勢を渾身の力で告発してくださって、本当に力になりました」

種田の証人としての出席についても国側は嫌った。

だが山原は種田家への国の事故対応のなかにこそ、十数年経過してもかわらず、むしろ強まっている日本政府の隠ぺい体質があることを焙りだそうとした。

「若いころから苦労して、ようやくふたりの息子とともに工場経営も順調に進みはじめた時に、息子さんはもちろん、全財産が焼きつくされたんですからね。それでももう一度、がんばれたらと気をとりなおされたのに議員や防衛施設局、それに大蔵省の役人に揉みくちゃにされ、奥さんとも別れられて、ちいさなアパートでたったひとり老身を養っておられたのですから、恨み骨髄といったものがありましたな」

種田は原告弁護団が証言質問を重ねるにつれ、浅黒い頬を紅潮させ唇につばを溜めた。証言台の木枠をにぎりつぶさんばかりに力をこめているのがわかった。豊がはじめて会った時には猫背ぎみだったが、頑丈な背なかや猪首、太い腕に力仕事をしてきた人の面影があったのに証言台に立ってくれた時には、全体にしぼんだ感じがあった。だが、裁判長にことばを発するにつれて、全身がふくらんでくる印象があった。こめかみや首筋などの血管が怒張しているせいかもしれなかったが、拳をにぎり締めてふりあげるしぐさにもそれは表れていた。

「日本政府はわしをだましました。白紙委任状を出させて、悪いようにはせんといいながら、元の土地からも追い出して、他の土地斡旋の約束も知らんといい張って、そっ、それが国のやることかと思っとります。それに文句をいったら、国の役人は日本の国を守るためにはそんな犠牲もやむをえんといったんです」

種田は最後は怒鳴って、裁判長にもうすこし穏やかに話してくださいと制せられた。

「まあ、皆さんの証言を総合してみますと、日本政府の姿勢がはっきりしたと思いますね。ですが、これだけの声があるのに、やはり安保の壁は厚いな、というのが実感ですなあ。戦後一貫して、司法は米軍に関することは『統治行為論』で判断放棄してきたんです」

山原はふっと息を継いで遠くを見る目つきになった。沖田と大北、それに光はもちろん翔子も息をはずませて配布資料の束を抱えて入室してきた。

「おうっ、翔子さんだね。よく育ったという感じで驚いたなあ。お母さん似でそのえくぼがいいねえ。もう高校生なんだねえ」

山原は翔子とは裁判がはじまった当時、一、二度顔を合わせていただけだった。小学生だった翔子は山原が自宅を訪れると一瞬のように挨拶しては、部屋に引っこんでしまった。それでも山原はよく覚えていて、翔子の成長ぶりを称賛したのだ。


「今日まで私たちが裁判をしてこれたのは先生のおかげです」

翔子は山原のことばに長いまつ毛をしばたたかせ頬をほんのり染めたが、まっすぐ山原をみつめこっくりと頭を下げた。

「いやあ、秋吉さん、光君といい、翔子さんも立派な青年になられましたな。これから先が頼もしいかぎりですなあ」

豊は山原のことばにふたりの顔をしみじみと見つめた。葉子の深刻な症状で暗く沈みがちな家庭にあって、ふたりともよくぞ今日まで自分についてきてくれたという思いしかなかった。一番の力はやはり光だった。葉子がいら立って子供に物を投げつけたり、「お母さんなんか死んでしまったらいいと思っているんでしょ」とわめくと、翔子はおびえ、やがてこんな家出て行きたいとよく泣いた。そんな時、豊さえもおろおろすることが多かったが、光が「お前なあ、苦しいのは母さんなんだぞ。それに父さんだってどれだけ皆のために走りまわってくれているのかわかっているのか」と強く叱った。豊は光に手を合わせる思いだったが、翔子は中学生になると光と気持ちを合わせるようになって、一致して豊や葉子をたすけるようになった。それがたった今の翔子の山原に対する折り目正しい挨拶に表れていたのだ。

山原は腕時計を確かめて、「おう、たすかったよ。あと二十分で報告集会がはじまるから、ジュースでも飲んでくれるかな」と四人を迎えた。

三百人は収容できる集会場は十数人の報道陣が前席を占め、カメラを構えていた。それに支援団体の人々、弁護団のメンバーや光の大学の友人などもくわわって、結局、満席どころか通路や背後の壁際まで人で埋まった。

参加者と対面する形で豊一家に弁護団長山原と数名の弁護士が着席した。テーブル中央には数本のマイク立てがあり、豊と山原がその前に座った。沖田と大北は受付で入場者に資料を配り、来訪者の記名依頼も担当していた。

部屋の壁の時計が午後一時をさした。

「それではY市M区『米軍機墜落事故損害賠償請求事件』についての判決報告集会を行いたいと思います」

山原はマイクに向かっていつもより抑えた声で宣言した。さすがに裁判など場数を踏んでいるだけあって普段通りの響きだった。

だが豊には、山原はつい熱がこもりすぎることを意識してか声のトーンを落としているように感じられた。それゆえ、豊には返って山原が記者などを前にしてはやる気持ちを抑え切れないのだなと思えた。テーブルの左端に光、右端を翔子が占めているが、その横顔はきゅっと唇を引き締めているので緊張しているのが手にとるようだった。

会場はざわめきが消えて山原の発言に集中した。山原は咳払いをして資料をめくった。ひそやかな紙をめくる音だけが人々の耳に伝わった。

「一九七X年九月X日の米軍機墜落事故に対する損害賠償請求事案に対してのY地裁判決は次のようなものでありました」

山原は淡々と資料を読みあげる口調で説明した。

豊は山原が感情を抑えすぎているとすこし物足りなさを抱きながら聞いていた。

「事故発生から十年。刑事事件としての告訴による約二年半があり、民事損害補償請求裁判から7年の歳月を要しました。その間、皆様にありましては、多大なご支援をいただきこの度の結審を迎えたしだいでございます」

山原は型通りの口上をまず述べてから、判決の核心からはじめた、

「判決は私たちの勝訴でありました。刑事事件の告発では不当にも却下されましたが、今回の裁判では『安保に風穴を空ける』画期的なものでありました。とにもかくにも、米兵の公務中であっても、その違法行為による損害については、『民事裁判権』が及ぶことと、実際に損害賠償を勝ちとったのですからね」

山原はその部分に差しかかるとつばを飲みこむのがわかり、あきらかに太く低い声から高音にかわりはじめた。

「判決文」

山原は資料を目の高さに掲げ、主文を読みあげた。

「判決主文」に沿って、山原は裁決された補償金額をあげた。

原告秋吉葉子、豊、光、翔子に対して総額で約五千万円を支払うこと。これは原告の請求額の約三十%を認めたにすぎなかった。また当然のように事故当事者の米パイロットへの補償請求は棄却されてしまった。それにくわえ、裁判費用は国と二分して負担するが、米兵に対する訴え分はすべて原告秋吉一家が負担せよという結論だった。

「今、ご報告いたしましたように、秋吉一家に与えた甚大な物的、精神的損害に対して、実に控えめに請求いたしました補償額の約三割という不当な認定額であります。これに対して、私たちは本判決に大いに不満とする訳ですが、先ほど『安保に風穴を空ける』判決との評価と矛盾するようではありますが、今回の判決の画期的ともいえる点は、日米地位協定からしても米兵の公務中の作為及び不作為については日本国の判決の執行に服さない旨を規定して

おるのですが、米国パイロットの日本の民事司法権からの完全免除まで規定しておらず、要するにその執行からの免除を認めているにすぎないということであります」

山原は抑えていたものを解き放って、集会場に響き渡るような声をマイクにぶつけた。

「いいですか、もう一度、申しあげます。私たちは『公務中』というだけで手も足も出ないと思いこんでいたものが、事故当事者、この場合、パイロットですが、名指しで訴えることが出来るということです。ただ、判決が出ても実際の執行は出来ないという点は残りますが、このことの意味は、その責任の追及は出来るという道が拓けたということなのです。どんな大事故があろうとも、『公務中』なら日本側はまったくアンタッチャブルではないということが確認されたのです。これは今後の日米安保、ひいては地位協定の不当な内容突破の橋頭保となりうるものとして評価できるものと考えております」

山原は一気にまくし立て、鼻孔をふくらませて熱い息を吐いた。

とたんに、いくつかの手があがった。

「補償金額への不満を述べられましたが、控訴されるのでしょうか」

新聞記者の質問だった。その質問には豊がマイクをとった。

豊は判決直後、山原にたずねられた。

「まだ、闘えますか」

豊はすぐにはことばがでてこず、ただ山原の顔を見つめるばかりだった。そしてだんだん顔を伏せていった。自然と肩がふるえ、嗚咽をもらしそうになった。山原は豊の反応に、両手を豊の肩に添えた。

「全生涯を奪いつくすような苦しみと被害をこうむった上に、原因究明と責任の所在の追及から逃げまわったあげくの、こんな補償額では地団駄踏みたいのが本音ですが、まあ。私どもの請求額とギャップはあるもののそれなりに考えられた額だとは考えられます」

山原はそういったあと、「でも、十年は長かったですからね」と、豊の気持ちを汲むように「これで受け入れますか」と最終意思を確認した。

豊は葉子の苦しみ、子どもたちの苦闘。己の怒りと不安の日々が金銭にかえるしかない虚しさに身もだえした。でも、それでしか自分たちの不幸があがなえないのならと割り切ろうとした。だが具体的な額が提示されてみると、自分たちの価値はたったこれだけなのかと、愕然とするものがあった。豊は判決後、しばらくはなにをするにも気力が湧いてこなかった。

山本睦子から米兵にひき逃げされた夫の仇をとってくださいと頭を下げられた。衣川健太の裁判に訴えられない無念の涙を思い出した。なによりも葉子以上にほぼ全身を焼かれた衣川咲子が子どもの回復を信じて激痛をともなう治療に耐えながらも、現実に裏切られた絶望を想像して豊の胸はかきむしられた。そのあげく、咲子は錯乱して精神病院に収容され三年前に亡くなっている。その日々、防衛施設局に毎日のように呪いのことばを電話で吐き続け、朝九時には必ず、人殺し、子どもを返せと電話口でわめき、壁に頭を打ちつけては物を投げつけ、最後には食事も拒否するようになり、衰弱死したという。豊は彼らのためになにほどのことが出来たのか。すこしでも無念は晴らせたのか、胸張って報告出来るのか、と日々考え続けてきた。

そうした自問をくりかえしてようやく己をとり戻せるようになり、今日の報告集会を迎えることになった。豊は十年の歳月と、判決後の思いを胸に質問に答えた。

「控訴は考えておりません」

豊は考え抜いた末のこととしてきっぱりといった。

別の記者から声があがった。

「それでは当初請求額とのギャップがありすぎてこれからのご家族の生活に支障が出ないのでしょうか」

豊は山原の説明と同じく、それなりの算定がなされたと思いますと意外に冷静に答えた。

「皆様には大変なご面倒をかけてご支援いただきました。私どもも精いっぱい訴えてまいりました。一庶民が闘うには十年は充分すぎる年月でした。これを区切りにして、新しい生活を築いてゆきたいと思っております」

　豊の淡々とした口調に会場にはため息のような空気が流れ、静まり返った。

「あの、山原弁護士にお聞きしたいのですが」

　会場端の席を占めている若い女性から声があがった。

「私は秋吉光さんと同じ大学の法学部の院生ですが、先生は損害請求をなさるのに『制裁的慰謝料論』という考えにもとづいておられるとお聞きしておりますが、そのお考えについてお聞きしたいと思いますので、よろしくお願いいたします」

　質問した女性はひっつめた髪に黒いスーツでぴっちりと身を固めた見るからに女子学生といういでたちだった。

「桑野だ」

　豊の耳に光のささやきが入った。山原はよくぞたずねてくれましたとばかりにテーブル上に身を乗り出した。豊は山原の日頃の熱い弁舌がはじまるなと予想した。山原はこの点についてはよく研究し、世界の判例などをたえず口にし、法廷ではこの論を武器に押しまくると闘志を見せていたが、判決では入れられず残念がっていた。それゆえにこそ、マスコミ人にアピールする機会とばかりに力をこめた。山原は腕まくりし、水を口に含んで舌を滑らかにした。

「まず、皆さんに理解していただきたいのは、米軍機の墜落というのは、皆さんが日頃に体験されている交通事故とは違うのです。皆さんはなにか目的をもって歩き、車を運転する。それでももし事故に遭い、また起こしてしまったら、治療費や逸失利益などが算定されます。問題は慰謝料についてです。本件の米軍機墜落事故はそうした交通事故などとは全く性質が違って、全身を焼かれ、今も後遺症に苦しみ、それを見守る家族の苦難も想像を絶するものです。アメリカや日本国はそれに対する国家的規模の補償をすべきです」

　山原は持論を述べるために長饒舌になりかけた。豊の隣の弁護団のひとりから「簡潔に」とささやかれて、額に手をあてて、「まあ、これはヨーロッパなどの判例にはあることです」とむすんだ。そのあと、いくつかの質問があったが、山原が捌いた。

「それでは本日の集会の最後に、この十年、中学生のころからお母様や妹さん、それにお父様の支えになってこられた秋吉光さんから閉会の挨拶をお願いしたいと思います」

司会が指名すると翔子が思わず光に注目した。山原と豊だけの計画だった。光に意向を打ち明けると、「僕はいいよ」と返って意欲的だった。

光がマイクをにぎって立ちあがると、「ずいぶん背が高けえなあ」という前席を占めている記者たちから声があがった。今日はスニーカーではなく革靴を履いていたので、数センチは底あげされて、百八十センチメートルは超えて見えた。

光はマイクをとりあげゆっくりと会場を見渡して会釈した。豊は光の落ち着いた呼吸に驚かされた。自分は短い答弁でさえやはり深呼吸しなければならなかったのに、光は両手をひろげて厚い胸いっぱいに大勢の人の気を飲みこんでしまっている余裕さえ感じられた。

「皆さん、本日はお忙しいところをお集まりいただきましてありがとうございます。原告を代表して感謝のことばを述べさせていただきます。今日一番に出席したかっただろう母はやはりめまいや動悸、倦怠感などの後遺症のために顔を見せることができませんでした。本当に残念でくやしい思いをしているはずです」

光はここでことばを切って、視線を宙にそらした。会場は水を打ったように静まり返った。光はその間合いを測ったように続けた。山原は豊の肘をつつき、「光君、演説慣れしてますねえ。法学部の院生だとのことですがね。他に大学ではなにをしているんですか」と耳打ちした。光の家の机の上や書棚には法律関係の本が積まれているだけだったので、豊は頭を傾げるしかなかった。光はタイミングよくそれに合わせるように続けた。

「僕は大学のサークルで平和問題研究会に所属しております。ここでは憲法九条の勉強会はもちろん、日米安保条約や地位協定などについても議論し、基地の現地調査や自衛隊の実態についても調べております。僕がこうした会に参加したのはもちろん、わが家を襲った墜落事故が動機です」

光は率直に平和運動に参加している気持ちを述べたあと、「おことわりしておかなければならないのは、僕らは反米でも、反自衛隊でもありません。ですが、僕の一家が経験してきたことはやはり理不尽だったということです。自衛隊だってたすけてくれませんでした。事故を起こしたアメリカのパイロットはさっさと国へ帰りました。我が家は全部焼きつくされたのに、アメリカも日本の国も誠意を感じられなくて、裁判を起こすとなると治療費も家賃なども一切負担しないと通告してきました。僕は当時、高校生でしたが、これを知った時は、国の担当部局に殴りこみをかけてやろうかとさえ思ったものです。でも、なぜそうなるのか、もっとしっかり勉強しようと思いなおし、大学に入学するとすぐ、平和運動に参加しました」

光はそこまで話すと腕時計に目をやった。

「とにかく、今、若い者は政治的問題からは遠ざかる傾向にあるといわれますが、どっこい僕らは粘り強くなぜ日本はアメリカいいなりなのかということをとことん研究したいと思っております。その仲間も思った以上にたくさんいます。たまたま僕は直接の被害者ですが、日本全国で誰でもがそうなり得るということを強く訴えたいと思います」

光はそこで司会者のほうに顔を向けた。司会者は察して「時間は気にされずに、話したいことを存分になさってください」と光にうながし、会場に向けて「そうですよね、皆さん。そのためにここに集まったんですからね」と会場に呼びかけると、かけ声と拍手が耳に痛いほど響いた。

光は何度も舌を舐め、コップの水を飲み、再びことばを継いだ。

「お許しいただいて簡潔につけくわえたいと思います」

光は先ほどとは違って頬が紅潮し、声がわずかにうわずってきた。

「僕らが仲間と共に安保の実態や地位協定を勉強し、実際になにが行われているかということを知ることによって、アメリカに対して以上に、日本政府の姿勢に怒りが積もるばかりだということでした」

　光はことばを連ねるにつれて、声が甲高くなり、マイクを持つ手がゆれた。上体も両肩が上下した。

「というのは、アメリカはいくらでも自分の都合のよいように日本を利用したい。それは当然のことです」

　光の発言に一瞬、会場がざわめいたが次のことばで納得したように波が引いた。

「だって皆さん、相手がなんでもいいなりになるなら、そりゃあもう無理難題を押しつけて来ると思います。僕の中学時代にいじめられ通したクラスの生徒のひとりはただただいいなりになっていました。それでますます図に乗られていましたが、今の日本とアメリカの関係はまったく同じだと僕は体験そのものでも実感してきました。自分の家や土地なのに外国兵が勝手に掘り返し踏み荒しても、家主は一歩も立ち入れない。それに今でも僕の家の上空をアメリカの戦闘機が飛びまわり、本国ではやらない住宅地上空の低空飛行を見て見ぬふりする。それにくわえて好きなだけ、どこにでも基地を作ってやる。日本で犯罪を起こしても無罪放免。知れば知るほど屈辱的な植民地状態なんですよ。なのに、日本政府の人たちや外務省の官僚は、どうぞお好きになさってください。なんならもっと他にお望みがあればと申し出ている状態です。お金も存分にご入用をお出しします」

　光はここまでいって、絶句しうつむいてしまった。

「がんばれ」という無数の声に励まされて顔をあげた。

「ぼ、僕はなぜこんなにまで、アメリカに対して奴隷状態なのか。そのことに憤っています。それにそうした人たちにかぎって、日本人の誇りを持て、美しい日本をと僕らに押しつけます。その醜悪さに僕は耐えられません。僕らはきっとそんな日本人になりたくはありません。この国は誰のものなのか。主人公は誰なのかを、追及していきたいと思っております。事故の被害者のひとりとして、僕が得た思いは今申しあげたことにつきます。ありがとうございました」

「いやあ、光君、核心を衝いていましたな。きっと立派な弁護士になりますよ」

　山原が散会後、感心しきりだった。豊はかえってあっけにとられていた。いつの間に、いっぱしの活動家に、いや政治家にさえなったような印象があった。

「いやあ、たいしたもんですよ。どこでそんな弁論術を身に着けたのかなあ」

　山原が握手を求めながらたずねた。

「特にないです。ただ、あちこちの大学で討論会や発表会で話す機会が多いからかもしれません」

　光は照れるようすもなく頭をかくばかりだった。

「兄貴、いい話だったよ」

　翔子が後ろ手を組みながらえくぼを作っていた。

「秋吉さん。ご苦労様でした」

　先ほど制裁的慰謝料論について質問した女性が握手を求めて来た。光は手を差し出しながら豊や山原に紹介した。

「大学院の同じ研究科の桑野秋子さんです。彼女も司法試験を目指していて、とても優秀なんです」

　桑野は鼻筋が通って切れ長なまぶたで、唇をこぎみよく引き締めていたが、色白な頬にほんのりと赤みをのせた。礼儀正しく姿勢を折ったあと、豊に
「いつも光さんにはリードしていただいています」

と頭を下げ、「山原先生の制裁的慰謝料論などの法理論について、今後ともご教授願いたいと思います」

　その口調には己の進路に一途なものがこもっていて、豊にはまぶしく映った。光はいい友人を得ているとひそかに喜ぶものがあった。

　豊に山原、翔子と桑野の立ち話の輪に突然くわわってきた女性がいた。

「あっ、山本のおばさん」

　翔子が叫んだ。豊は驚いた。光もはっとした表情を見せた。葉子が入院して以来、自宅療養に移っても三年ほどの間、家政婦として家事を切りまわしてくれた。夫を米兵にひき逃げされても泣き寝入りをさせられた人だった。五十代半ば近くで秋吉家に派遣されてきた山本睦子も六十歳を超えていて髪には白いものが混じっていた。

「ああ、ま、間に合って、よかったです。派遣されているおうちで、し、仕事が手間どっちゃって。どうしても、き、今日はお話をお聞きしたかったんです」

　山本はよほど息せき切ってきたのだろう、ことばを途切れさせながら継いだ。

「お忙しいのに、ほんとうにありがとうございます」

　豊はお礼をいいながら、山本は公判の時には可能なかぎり傍聴を欠かさなかったことを思い出した。判決の日にはどんなことをしても駆けつけたいといっていたが、親戚の不幸で、と歯ぎしりするようすが浮かぶほどの声で電話してきた。それゆえ、今日こそは、とすべての予定を外していたが、同僚の都合で仕事のシフトに入らなければならなくなったという。とにかくそれを片づけて駆けつけてくれたのだ。

　豊は一呼吸おいて、山本におわびをいった。

「すみません。山本さん。あなたに約束した敵討ちできたかどうか、心もとないです」

「いいえ、そんな。私、よけいなことを申しあげました。秋吉さんが、最後まで裁判をやり通されたことだけで、私は感謝しております。どういう結果であれ、闘ってくださったのですから」

　山本は長身を何度も折って恐縮した。ハンカチを目頭に何度も押しつけて声を濡らした。

「私も、私も裁判に訴えたかったです。結果はどうあれ、夫はそれでこそ浮かばれたと思うと」

　山本はすっかり涙声になって声を詰まらせた。若くして夫を失ない、その原因となった相手が判明しているのに手も足も出せなかった山本の無念。女手ひとりで幼児を抱えて生きなければならなかった苦労。

　豊はそのことを思いやると、やはり涙ぐんだ。

　豊は山本の顔をながめていると、種田進のことも思い出した。種田は裁判当初から傍聴を欠かさなかった。証言もしてくれた。だが二年前から杖をつきはじめ、やがて肝臓がんで亡くなった。工場敷地に米軍機が墜落し、後継ぎたる息子たちの命が奪われ、家族も離散したが、工場再開のための執念を持ち続け、工場敷地の代替地確保の国との係争を残して逝ってしまった。

猪首で筋肉の盛りあがった両肩や厚い胸もすっかりごつごつした骨が目立ち、頬もこけて太く濃い眉と瞳だけをぎょろつかせていた。見舞いに訪れた豊にうわ言のように「死んでも土地をとり返してやるんだ。防衛施設庁や大蔵省のやつらを絶対に許さんからな」とくりかえした。豊は種田の人生の無残に胸を衝かれた。丁稚からけんめいに這いあがろうとし、その手がかりをつかんだと思ったとたん、安保に押しつぶされてしまった。

豊は渦巻く思いをふり返りながら、自分は負けない。こうして裁判もやり通した。光も大学で己の道を見つけ、歩き出している。翔子も自分の主張を持っているようだ。

これからは葉子をひたすらに支えて生きてゆこう。今は行方不明になっている衣川健太も探し出して、もう一度、親交を回復したい。豊が思いをめぐらしていると、「さて、本日でひとつの区切りはつきましたな」と山原がいった。続けて、光と翔子が「お母さんに早く報告しなくちゃね」と声を合わせた。

豊は深々と息を継ぎ、ゆっくりとうなずいた。

この作品は一九七七年に横浜市緑区の住宅地に米軍機が
墜落した事故に材を得たフィクションです。

【引用・参考文献】

・『米軍機墜落事故損害賠償請求事件裁判記録』（米軍機墜落事故支援共闘会議、一九八八年）
・河口栄二『米軍機墜落』（朝日新聞社、一九八一年）
・孫崎享『戦後史の正体』（創元社、二〇一二年）
・新原昭治『密約の戦後史』（創元社、二〇二一年）
・前泊博盛『本当は憲法より大切な「日米地位協定入門」』（創元社、二〇一三年）
・吉田敏浩『「日米合同委員会」の研究』（創元社、二〇一六年）
・琉球新報社編『外務省機密文書　日米地位協定の考え方・増補版』（高文研、二〇〇四年）
・牧俊太郎『「米国のポチ」と嗤われる　日本の不思議』（本の泉社、二〇一二年）
・琉球新報社地位協定取材班『検証「地位協定日米不平等の源流」』（高文研、二〇〇四年）
・矢部宏治『知ってはいけない隠された日本支配の構造　この国を動かす「本当のルール」とは？』（講談社現代新書、二〇一七年）
・「しんぶん赤旗」政治部安保・外交班『検証　日米地位協定』（日本共産党中央委員会出版局、二〇一九年）
・「しんぶん赤旗」政治部安保・外交班『安保改定60年「米国言いなり」の根源を問う』（日本共産党中央委員会出版局、二〇二〇年）
・「しんぶん赤旗」政治部安保・外交班『安保改定60年Ⅱ「思いやり予算」異常な経費負担の構造』（日本共産党中央委員会出版局、二〇二〇年）
・佐々木憲昭「日本の支配者」（新日本出版社、二〇一九年）
・中村晋輔『横須賀・米兵による女性強盗殺人の賠償金支払問題の決着』（日本共産党中央委員会理論政治誌『前衛』二〇一八年五月号所収）・日本共産党中央委員会理論政治誌、日本共産党中央委員会出版局）
・平和の母子像建立実行委員会・米軍機墜落事故訴訟支援共闘会議編『鳩よよみがえれ』（平和の母子像実行委員会、一九八三年）
・その他、「しんぶん赤旗」記事参照

●著者略歴
草薙秀一（くさなぎ しゅういち）

1946年生まれ。日本民主主義文学会幹事。
『フィリピンからの手紙』で「第五回文化評論文学賞」受賞。
主な著書に『斜光』（かもがわ出版）、『大阪環状線』（新日本出版社）がある。

この国は誰のもの —クウィスリングのいけにえ—

2025年4月29日　初版第1刷発行
著　者　草薙 秀一
発行者　浜田 和子
発行所　株式会社 本の泉社
〒160-0022 東京都新宿区新宿2-11-7 第33宮庭ビル1004
TEL.03-5810-1581　FAX.03-5810-1582
https://www.honnoizumi.co.jp
印刷・製本　株式会社 ティーケー出版印刷
ＤＴＰ　木椋 隆夫

ISBN978-4-7807-2210-9 C0093